HEYNE <

Das Buch

Samantha holte tief Luft, um das plötzliche nervöse Schmetterlingsflattern in ihrem Bauch zu beruhigen, und öffnete die Schlafzimmertür, die direkt in ein kleines Wohnzimmer mit angeschlossener Küche führte. Die Wohnung war unglaublich klein und nur spärlich möbliert, sodass sie ihn direkt entdeckte. Er saß an einem kleinen Esstisch mit vier Stühlen und war kaum zu übersehen. Nicht wegen seiner Größe – obwohl er groß und gut gebaut war –, sondern wegen seiner eindrucksvollen Erscheinung, die ihr unter die Haut ging. Er beobachtete sie vom anderen Ende des Zimmers aus mit grüblerischem Blick. Seine Haarfarbe war ein sattes Schokoladenbraun, seine Augen waren genauso dunkel und intensiv. Und überdies klug und scharfsinnig. Selbst aus der Ferne ließ sein kritischer Blick sie erschauern. Ihre Haut prickelte, und Hitze durchflutete ihren Körper, raubte ihr den Atem. Sie holte tief Luft, brauchte unbedingt Sauerstoff …

Die Autorinnen

Carly Phillips, eine New-York-Times- und USA-Today-Bestsellerautorin, hat über 50 zeitgenössische, sexy Liebesromane geschrieben, mit heißen Männern, starken Frauen und den emotional fesselnden Geschichten, die ihre Leser erwarten und lieben. Sie lebt mit ihrem Mann und den zwei Töchtern im Staat New York.

Erika Wilde lebt mit ihrem Mann und ihren beiden Töchtern in Oregon und erkundet, wenn sie nicht schreibt, den wunderschönen pazifischen Nordwesten.

CARLY PHILLIPS
ERIKA WILDE

SEXY DIRTY TOUCH

Roman

Aus dem Amerikanischen von
Ursula Pesch

WILHELM HEYNE VERLAG
MÜNCHEN

Die Originalausgabe erschien 2016 unter dem Titel *Dirty Sexy Saint*.

Der Verlag weist ausdrücklich darauf hin, dass im Text enthaltene externe Links vom Verlag nur bis zum Zeitpunkt der Buchveröffentlichung eingesehen werden konnten. Auf spätere Veränderungen hat der Verlag keinerlei Einfluss. Eine Haftung des Verlags ist daher ausgeschlossen.

MIX
Papier aus verantwortungsvollen Quellen
FSC® C014496
FSC www.fsc.org

Verlagsgruppe Random House FSC® N001967.

Taschenbucherstausgabe 11/2017

Printed in Germany
Redaktion: Hanne Hammer
Umschlaggestaltung: ZERO Werbeagentur GmbH, München unter Verwendung von FinePic®, München
Satz: Greiner & Reichel, Köln
Druck und Bindung: GGP Media GmbH, Pößneck

ISBN 978-3-453-58052-7

www.heyne.de

KAPITEL 1

»Ich denke, es ist an der Zeit, dass Sie meiner Tochter einen Heiratsantrag machen, Harrison.«

Samantha Jamieson wollte gerade an die Arbeitszimmertür ihres Vaters klopfen, als Conrad Jamiesons nüchterne Aufforderung ihr Herz wild in ihrer Brust hämmern ließ. Sie war jetzt seit acht Monaten mit Harrison Blackwell III zusammen, hatte jedoch in letzter Zeit eher darüber nachgedacht, die Beziehung zu beenden, als ihn zu *heiraten*. Offensichtlich hatte ihr Vater andere Vorstellungen, und Samantha erstarrte und blieb wie angewurzelt stehen.

»Ich weiß, dass es vielleicht so aussieht, als wolle ich die Dinge überstürzen«, fuhr Conrad in seiner tiefen, gebieterischen Stimme fort, »doch Sie haben sich als Topführungskraft erwiesen, und es ist an der Zeit, Sie zum CEO zu befördern. Durch eine Heirat mit Samantha wäre dieses Ziel erreicht und sichergestellt, dass das Unternehmen in der Familie bleibt.«

»Conrad, ich fühle mich geehrt, dass Sie mich so einschätzen«, erwiderte Harrison auf die für ihn typische emotionslose Art. »Ich hatte in der Tat gehofft, dass meine Zeit mit Samantha genau dazu führen würde.«

Ekel stieg ihr die Kehle hoch, als ihr klar wurde, dass es bei Harrisons entschlossenem Werben allein um die Firma ging und darum, seine Stellung innerhalb des Unternehmens zu sichern. Es hatte nichts mit Zuneigung zu ihr zu tun. Sie war für beide Männer lediglich ein Handelsobjekt, weiter nichts. Und obwohl sie inzwischen über eine Trennung nachdachte, hatte sie sich ursprünglich aus aufrichtigen Gründen auf diese Beziehung eingelassen. Er offenbar nicht.

Das Unternehmen ihres Vaters, Jamieson Global, war eine große Hedgefonds- und Investmentgesellschaft, gegründet von Samanthas Großvater, der vor über zehn Jahren einem Herzinfarkt erlegen war. Danach hatte ihr Vater das Zepter übernommen, und da Samantha ein Einzelkind war und dem Familienunternehmen keinerlei Interesse entgegenbrachte, hatte Conrad offensichtlich beschlossen, für sie eine Ehe mit einem Mann zu arrangieren, der aus einer ebenso wohlhabenden und mächtigen Familie stammte wie sie.

Das Arrangement zwischen ihrem Vater und Harrison hätte Samantha nicht überraschen sollen. Ihr Leben lang war ihr nur allzu bewusst gewesen, dass ihre Eltern sie auf diese Rolle vorbereiteten – sie hatten sie nicht nur auf eine exklusive Mädchenschule geschickt, sondern auch dafür gesorgt, dass sie lernte, sich in der High Society zu bewegen. Und im Großen und Ganzen war sie der Inbegriff des braven Mädchens gewesen – sie hatte in den vergangenen 26 Jahren ihres Lebens folgsam die Wünsche ihrer Eltern respektiert und jene Seite ihrer Persönlichkeit unterdrückt, die dagegen rebellieren wollte, zu einer perfekten, devoten Ehefrau geformt zu werden. Doch jetzt bahnte sich diese Seite mit aller Macht den Weg an die Oberfläche.

Samantha lehnte sich gegen die Wand und unterdrückte ein gequältes Lachen, als ihr Vater und Harrison weiter über sie sprachen, als sei sie eine Ware und nicht eine Frau mit Gefühlen, Bedürfnissen und Träumen, die darüber hinausgingen, eine wohlerzogene, fügsame Ehefrau und Gastgeberin zu sein, die von ihrem erfolgreichen Ehemann lediglich als Aktivposten betrachtet wurde. Genau das war die Rolle, die ihre Mutter Cassandra für Samanthas Vater spielte – die der wunderschönen, pflichtbewussten Ehefrau, die ihren gehobenen Status und all die Vorteile genoss, die es mit sich brachte, eine reiche und bekannte Jamieson zu sein.

»Cassandra hat bereits einen Verlobungsring gekauft, von dem sie weiß, dass er Samanthas Geschmack und Stil entspricht, was Ihnen diese lästige Aufgabe erspart«, fuhr ihr Vater in geschäftsmäßigem Ton fort. »Sie brauchen meiner Tochter den Ring nur noch an den Finger zu stecken, und Cassandra wird mit den Hochzeitsvorbereitungen beginnen.«

Samantha würde nichts zu melden haben – weder in Bezug auf den Bräutigam noch auf den Ring noch auf ihre Zukunft. Die Annahme, dass sie automatisch Ja sagen würde, veranlasste sie, in das Arbeitszimmer hineinzugehen und die Kontrolle über ihr Leben zu übernehmen.

Ohne anzuklopfen, stieß sie die Tür auf und betrat den Raum. Ihr plötzliches, unerwartetes Auftauchen ließ beide Männer zusammenfahren.

Sie blieb neben dem Ledersessel stehen, in dem Harrison

saß, und begegnete seinem argwöhnischen Blick. »Ich werde dich nicht heiraten, Harrison, mach dir also keine Mühe, mich zu fragen.«

»Samantha.« Ihr Vater stieß ihren Namen wie einen Tadel hervor, in diesem unwirschen Ton, der sie normalerweise zur Räson brachte.

Nicht jedoch jetzt. Sie ließ sich nicht einschüchtern, weigerte sich nachzugeben oder einzulenken. Erkannte in diesem Moment, dass sie vor einer lebenswichtigen Entscheidung stand – ihren Eltern zu gehorchen, wie sie es immer getan hatte, oder endlich ihr eigenes Leben zu leben.

Harrisons Lippen verzogen sich zu einer dünnen Linie. »Ich nehme an, du hast unsere Unterhaltung belauscht?«

Er hatte nicht einmal den Anstand, schuldbewusst dreinzuschauen, dass er sie dazu missbrauchen wollte, sich eine Beförderung bei Jamieson Global zu sichern. »Ich habe jedes Wort gehört. Ich bin kein Besitzgegenstand, den ihr benutzen könnt, um einen Handel abzuschließen.«

Keiner der Männer stritt ihre Behauptung ab, und ihre Frustration und Wut nahmen noch zu.

»Findest du nicht, dass du überreagierst?«, fragte Harrison in beschwichtigendem Ton, als er sich erhob und sie damit zwang, den Kopf in den Nacken zu legen und zu ihm aufzusehen.

Er war groß und schlank, und sie hasste es, wenn er seine Körpergröße nutzte, um seine Autorität ihr gegenüber geltend zu machen. In letzter Zeit war ihr aufgefallen, dass Harrison zu subtilen Einschüchterungstaktiken Zuflucht nahm, wenn er seinen Willen nicht bekam.

»Von *Überreagieren* kann wohl kaum die Rede sein.« Ihre Mutter hatte sie oft als widerspenstig bezeichnet, und Samantha zögerte jetzt nicht, diesem Urteil gerecht zu werden. »Ich liebe dich nicht und du liebst mich auch nicht.« In den acht Monaten, in denen sie zusammen waren, war das Wort Liebe nie gefallen. Ihrer Beziehung hatte es an Intimität, Leidenschaft und Respekt gemangelt – an alldem, was Menschen dazu brachte, sich zu verlieben –, und Samantha weigerte sich, so wie ihre Mutter ihr Leben um des Familienunternehmens willen in einer Ehe ohne Liebe zu fristen.

Harrison schob die Hände in die Hosentaschen. Ungeduld stand ihm ins Gesicht geschrieben. »Ich habe dich gern, Samantha. Das reicht mir.«

Sie schüttelte den Kopf, während ihr Vater dastand und kein einziges Wort von sich gab. Er würde seine Meinung nicht ändern und für das eintreten, was *sie* wollte. Bei alldem ging es ohnehin nicht wirklich um *sie*.

»Aber *mir* reicht das nicht. Ich will mehr als jemanden, der mich gerne hat. Ich *verdiene* etwas Besseres, und ich werde dich *nicht* heiraten. Niemals.«

Conrad stieß einen zutiefst genervten Seufzer aus. »Sei nicht so pathetisch, Samantha. Es ist beschlossene Sache. Du und Harrison, ihr *werdet* heiraten.«

Ihr drehte sich der Magen um angesichts seines Befehls, denn sie wusste, dass sie Harrisons Frau werden würde, wenn sie in diesem Haus blieb. »Eine Hochzeit ohne Braut wird schwierig werden«, sagte sie, drehte sich um und steuerte auf die Tür zu.

»Wo willst du hin?«, verlangte ihr Vater zu wissen.

Seine dröhnende Stimme ließ ihr Herz stets vor Angst rasen, und normalerweise gehorchte sie ihm dann. Doch sie zeigte keine Anzeichen von Angst, als sie stehen blieb und sich zu ihrem Vater umdrehte. »Ich weiß nicht, wohin ich gehe, und es ist mir auch egal. Ich verlasse dieses Haus und werde sobald nicht zurückkommen. Nicht bevor du nicht akzeptierst, dass ich keinen Mann heiraten werde, den ich nicht liebe.«

Mit durchtriebenem Gesichtsausdruck kniff Conrad die Augen zusammen. »Wenn du heute Abend dieses Haus verlässt, gehst du mit nichts weiter als den Kleidungsstücken, die du am Leib trägst.«

Ihr Vater bluffte nicht. Diese Drohung war ernst gemeint, denn Conrad Jamieson würde *alles* tun, um sicherzustellen, dass er diesen Kampf gewann. Was sehr wohl möglich war, wenn man bedachte, dass sie in jeder Hinsicht von ihren Eltern abhängig war – eine Taktik, die sie bewusst gewählt hatten, und Samantha wusste nun auch warum. Doch sie war mehr als eine Schachfigur im Unternehmen ihres Vaters, und wenn sie es hasste, wie schwach und verletzlich sie sich wegen ihrer Abhängigkeit fühlte, dann wurde es Zeit, etwas dagegen zu unternehmen. Dass sie, wie ihr Vater ihr angedroht hatte, nicht länger in den Genuss der Annehmlichkeiten kommen würde, die sie immer als selbstverständlich betrachtet hatte, war eine beängstigende Aussicht. Doch nicht so beängstigend wie die Vorstellung, sich ihrem Vater unterzuordnen, Harrison zu heiraten und sich den Rest ihres Lebens elend zu fühlen.

Ihre Entscheidung war gefallen, und sie verließ den Raum.

»Machen Sie sich keine Sorgen, sie wird bald wieder hier

sein«, hörte sie ihren Vater Harrison versichern. »Ohne finanzielle Mittel wird sie nicht weit kommen.«

Tränen der Wut schnürten Samantha die Kehle zu. Sie schluckte sie herunter. Dass ihr Vater glaubte, sie könne nicht für sich selbst sorgen, versetzte ihr einen Stich ins Herz und verstärkte nur ihr Bedürfnis, ihm das Gegenteil zu beweisen.

Sie eilte in den Flur und wäre beinahe mit ihrer Mutter zusammengestoßen, die direkt vor dem Arbeitszimmer stand, so schön und alterslos, dank Botox und plastischer Chirurgie. Ihrem entsetzten Gesichtsausdruck nach zu urteilen hatte auch sie heute Abend gelauscht.

»Samantha, du kannst nicht gehen«, sagte Cassandra mit Verzweiflung in der Stimme. »Warum lassen wir uns nicht von Maggie eine Tasse Tee zubereiten und reden darüber.«

Samantha liebte Maggie – die reizende, liebenswürdige ältere Frau, die seit zwanzig Jahren als Haushälterin mit im Haus lebte. Sie hatte Samantha nachts in den Schlaf gewiegt, wenn ihre Mutter keine Lust dazu gehabt hatte, und ihre Tränen getrocknet, wenn irgendein Junge ihre Gefühle verletzt hatte.

Samantha schluckte schwer und hielt an ihrer Entscheidung fest. »Es gibt nichts zu besprechen, Mutter. Ich liebe dich, aber ich lasse mich nicht zum Tauschobjekt bei einem Geschäft machen, und ich werde keinen Mann heiraten, den ich nicht liebe.«

»Sei nicht albern, Samantha. Komm, wir setzen uns hin und reden. Du willst doch nicht wirklich all das hier hinter dir lassen.«

»Es muss im Leben mehr geben als *das hier*«, erwiderte Samantha mit einer ausgreifenden Handbewegung, die alles um sie herum umfasste – das prunkvolle, rund 3700 Quadratmeter große Anwesen, in dem sie wohnten, und den Reichtum und Überfluss, mit dem sie aufgewachsen war und der ihr von allem das Beste ermöglicht hatte.

»Dein Vater hat recht. Du wirst nicht weit kommen und schon bald erkennen, welch großen Fehler du gemacht hast«, sagte Cassandra in dem Versuch, sie umzustimmen.

Traurig lächelte sie ihre Mutter an. »Das ist ein Risiko, das ich eingehen muss.«

Sie eilte in die Eingangshalle, schnappte sich die Louis-Vuitton-Tasche, die sie vorhin auf dem Flurtisch gelassen hatte, und ging durch die massive Eingangstür hinaus. Die Autoschlüssel in der Hand bestieg sie den Maserati GranTurismo, den ihre Eltern ihr zu ihrem 25. Geburtstag geschenkt hatten. Aufgewühlt verließ sie das riesige Anwesen in River Forest und fuhr zum Stadtrand von Chicago.

Da sie wusste, dass es nur eine Frage der Zeit war, bis ihr Vater den Standort ihres Autos aufspürte, fuhr sie auf den Parkplatz eines rund um die Uhr geöffneten Lebensmittelladens. Sie parkte in einer Lücke in der vordersten Reihe, damit der diensthabende Wachmann ihr Auto ein paar Stunden lang im Auge behalten konnte. Denn sie war sich sicher, dass ihr Vater nicht lange brauchen würde, um ihren Maserati zu orten.

Sie hatte ein wenig Bargeld bei sich. Es ließ sich nicht absehen, wie lange sie noch ihre Kreditkarten nutzen konnte, bevor sie gesperrt wurden. Sie rief ein Taxiunternehmen an, stieg aus ihrem Auto, warf die Schlüssel und das Handy unter den Sitz – da ihr Vater auch das orten konnte – und verschloss die Tür manuell.

Kurz darauf traf das Taxi ein. Hinter dem Steuer saß eine freundliche junge Frau Anfang zwanzig, und Samantha verließ sich darauf, dass diese sie zu genau dem richtigen Ort bringen würde, an dem sie ihre erste Nacht in Freiheit feiern konnte. Einem Ort, an dem niemand sie kannte und niemand sie beurteilen oder von ihr erwarten würde, das brave Mädchen zu sein, das sie immer gewesen war.

»Ich heiße Angie.« Die junge Frau blickte mit einem freundlichen Lächeln über die Schulter zum Rücksitz. »Wo darf ich Sie heute Abend hinbringen?«

»Zu Ihrer Lieblingsbar in Chicago.«

Angie zog überrascht die Augenbrauen hoch, als sie Samanthas Designertasche und die teure Kleidung registrierte. »Sind Sie sich da sicher? Meine Lieblingsbar ist völlig anders als das Aviary.« Das Aviary war eine vornehme Lounge, in welche die Wohlhabenden gingen, um sich unter die Leute zu mischen und gesehen zu werden. »Die Bar, in der ich herumhänge, ist ein bisschen – na ja, unfein«, fuhr sie lachend fort.

Samantha grinste. »Das ist genau das, was ich mir vorgestellt habe.«

KAPITEL 2

Clay Kincaid warf einen Blick auf die Frau am anderen Ende der Bar und steckte sie sofort in die Schublade Cupcake – ein Begriff, den eine seiner Barkeeperinnen für Leute geprägt hatte, die nicht viel Alkohol vertrugen. Was bei dieser atemberaubenden blonden Schönheit, die eingehend das leere Shotglas vor sich betrachtete, der Fall zu sein schien.

Aber auch aus einem ganz anderen Grund hätte sie ein *Cupcake* sein können. Sie sah reich, süß und dekadent aus, wie die unwiderstehlichen Leckereien, die er als kleiner Junge sehnsüchtig durch das Fenster einer Bäckerei in der Stadt angestarrt hatte. Nie hatte er Gelegenheit gehabt, eine dieser Süßigkeiten zu kosten, doch selbst jetzt noch, mit 32, konnte er sich erinnern, wie ihm das Wasser im Mund zusammengelaufen war und sein stets leerer Magen geknurrt und geschmerzt hatte – bis die Ladenbesitzerin ihn weggejagt hatte, weil sie nicht wollte, dass Pack wie Clay Kincaid, das uneheliche Kind einer Cracknutte, ihre Kunden davon abhielt, ihre edle Bäckerei zu betreten.

Diese weibliche Version eines Cupcakes war genauso verlockend, und in Gedanken biss er genüsslich hinein, um zu sehen, ob sie so süß war, wie sie aussah, leckte ihre weiche, cremige Haut und besudelte diesen perfekten rosafarbenen Mund und den kurvenreichen Körper, der für Lust und Sünde wie gemacht zu sein schien.

Sein Schwanz zuckte angesichts der Bilder, die ihm durch den Kopf gingen, doch sie würden nichts weiter bleiben als eine schmutzige Fantasie. Die Frau war eindeutig nicht aus der Gegend. Mit diesem seidigen, glänzenden Haar, der makellosen Haut und den schimmernden Perlen um den Hals gehörte sie zweifelsfrei zur wohlhabenden Oberschicht. Auch der Rest ihres Aufzugs – die blassrosa Seidenbluse und die cremefarbene Hose – stand in direktem Gegensatz zu der lässigen Jeans-und-T-Shirt-Atmosphäre des Kincaid's.

Er ging hinter die Bar, wo Tara, seine letzte Barkeeperin für diesen Abend, einen Drink mixte. Es war Sonntagabend, Viertel vor elf, und sie hatte gerade die Glocke für die letzte Bestellung geläutet, was Clay veranlasst hatte, aus seinem Büro aufzutauchen, damit Tara um elf Uhr gehen konnte. Da es der ruhigste Abend der Woche war und das Kincaid's sich normalerweise kurz nach elf geleert hatte, machte es ihm nichts aus, die Bar selbst abzuschließen.

»Wer ist dieser Cupcake am Ende der Bar?«, fragte er Tara mit leiser Stimme.

»Keine Ahnung«, erwiderte sie achselzuckend, während sie Kahlúa in ein Shotglas goss. »Hab sie hier noch nie gesehen.«

Die hübsche Barkeeperin mit dem langen dunklen Haar, den exotischen Augen und dem diamantenen Piercing über der Oberlippe war eine faszinierende Mischung aus sanft und knallhart. Sanft mit einem großen Herzen, und doch hart genug, mit dem Bullshit eines jeden Mannes umzugehen. Und da einige der männlichen Stammgäste sich gelegentlich ziemlich ungebührlich verhielten, wenn sie betrunken waren, hatte er Tara vor allem auch eingestellt, weil sie gewieft war und den Leuten, wenn nötig, die Hölle heißmachen konnte. Sie war unerschrocken und zudem eine verdammt gute Barkeeperin.

Clay lehnte sich mit der Hüfte gegen den niedrigen Tresen und ließ den Blick wieder zu der Blonden schweifen, die das Kinn in die Hand gestützt hatte. Ihr ganzer Körper war entspannt, und selbst vom anderen Ende der Bar aus erkannte er den glasigen, benommenen Blick, der ihm verriet, dass sie bereits ziemlich angetrunken war.

»Ist sie mit jemandem gekommen?«, fragte er neugierig.

Tara goss noch die gleiche Menge Baileys in das Shotglas. »Nein. Sie ist allein gekommen.«

»Hat sie sich verirrt?« Das war für ihn das Einzige, was Sinn machte.

»Ich glaube nicht«, erwiderte Tara, deren Mund sich zu einem Grinsen verzog, während sie den Drink mit einer großzügigen Portion Schlagsahne krönte. »Sie hat sich auf den Barhocker gesetzt und mir gesagt, sie wolle den Drink von unserer Karte mit dem schmutzigsten Namen, also hab ich ihr einen Royal Fuck serviert. Sie hat ihn in einem Zug runtergekippt, noch zwei bestellt und mir dann gesagt, ich solle ihr noch andere bringen, je stärker und schmutziger, desto besser. Nach drei Royal Fucks hat sie einen Screaming

Orgasm, einen Slow, Comfortable Screw und einen Blow Job gehabt. Und jetzt kriegt sie einen Deep Throat.« Tara hob den Drink mit dem eindeutig sexuellen Namen hoch, den sie gerade zubereitet hatte.

Clay konnte sich ein amüsiertes Lachen nicht verkneifen. Verdammt. Hinter der Fassade des Reichtums verbarg sich also irgendeine unartige Seite. Er musste zugeben, dass es ihn neugierig machte, was den Cupcake in diese rauere Gegend der Stadt geführt hatte, wo jemand wie sie doch in einer ungefährlichen, trendigen Lounge in der Nähe des Lakeshore Drive mit ihren Schickeriafreunden Cosmopolitans hätte süffeln sollen.

Tara brachte der Frau den Drink, ging dann in den Barraum, um die Tische abzuräumen und sich zu vergewissern, dass die wenigen noch verbliebenen Gäste nicht noch einen letzten Drink wollten, bevor die Bar schloss. Clay begann, Alkoholflaschen wegzustellen, während er heimlich die Blonde beobachtete, die ihre Zunge in den Sahneschaum tauchte, bevor sie das Shotglas an die Lippen führte, den Kopf in den Nacken legte und das Gebräu *tief ihre Kehle* hinabfließen ließ, genau so, wie der Name des Drinks es nahelegte.

Oh, hol mich doch …

Beim Schlucken entfuhr ihr ein leises Stöhnen. Als sie fertig war, leckte sie langsam die Reste der Sahne aus dem Mundwinkel, wobei sie die Augen halb schloss. All das wirkte so arglos und ungeübt, war gleichzeitig jedoch so sexy, dass es ihn antörnte – und daran erinnerte, dass der letzte Sex schon viel zu lange her war.

Eine kurze SMS an die Frau, mit der er ein Freunde-mit-gewissen-Vorzügen-Arrangement hatte, könnte dies leicht ändern, doch zuerst musste er dafür sorgen, dass dieser Cupcake wohlbehalten sein Etablissement verließ. Dann konnte er die Bar abschließen. Angesichts seiner Reaktion auf die Blonde, die eine Nummer zu groß für ihn war, musste er sich definitiv einen harten, heißen Fick gönnen.

Tara kehrte mit einem Tablett voller leerer Gläser zurück und stellte sie in die Spüle hinter der Bar. Die letzten Gäste verließen das Kincaid's, und zwei seiner Stammgäste winkten ihm auf dem Weg zum Ausgang zu.

»Bis dann, Saint«, rief ihm einer der älteren Typen zu.

Clay war eher ein Sünder als ein Heiliger, doch seit sein Bruder Mason ihm vor vielen Jahren diesen Spitznamen verpasst hatte, um ihn zu ärgern – was auch geklappt hatte –, waren alle seinem Beispiel gefolgt. Und der Spitzname war an ihm hängen geblieben. Es war leichter gewesen, sich damit abzufinden, als dagegen anzukämpfen.

»Nacht, Ted. Charlie.« Er hob die Hand, um ihren Abschiedsgruß zu erwidern. »Kommt gut nach Hause.«

Tara schnappte sich einen feuchten Lappen und begann, ihm beim Saubermachen zu helfen.

»Ich mach das schon«, sagte Clay. »Ich weiß, dass du morgen eine Zwischenprüfung hast, also geh nach Hause, lern und schlaf gut, bevor du morgen zum Unterricht gehst.« Tara besuchte in Teilzeit ein College, um Diplomkauffrau zu werden, und Clay versuchte, sie zu unterstützen, wo immer er konnte.

Erleichtert lächelte sie ihn an. »Danke. Ich weiß das zu

schätzen. Ich kassiere eben bei der Blonden ab und gehe dann.«

»Mach dir darum keine Gedanken.« Er stellte eine Flasche Grey-Goose-Wodka zurück ins Regal. »Sie ist der letzte Gast. Ich kümmere mich um sie.«

»Na sicher, *Saint* Clay«, sagte sie neckend. »Sie hat definitiv etwas von einer Jungfrau in Nöten, trotz ihrer teuren Kleidung und der Accessoires.«

Clay war dafür bekannt – oder hatte, besser gesagt, die *schlechte Angewohnheit* –, jene zu unterstützen und/oder zu retten, die in irgendeiner Weise vom Glück verlassen waren, einschließlich Tara, obwohl sie bei Weitem nicht mehr das kaputte, wütende Mädchen war, das er ursprünglich im Kincaid's eingestellt hatte. Er hatte die meisten seiner Mitarbeiter engagiert, weil sie dringend einen Lohnscheck brauchten, aber auch, um ihr Selbstwertgefühl zu stärken. Viele von ihnen kamen aus schwierigen Verhältnissen oder versuchten, sich von einer Vergangenheit zu erholen, die so höllisch und kaputt war wie Clays eigene.

Doch all dies traf auf die Blonde nicht zu, und er bezweifelte, dass sie gerettet werden musste – und schon gar nicht von ihm. Sie war lediglich eine hübsche Unannehmlichkeit, eine, die es erforderte, dass er seiner Pflicht nachkam, so wie er das bei allen Gästen tat, die ein paar Drinks zu viel intus hatten. Den Rücken der Blonden zugewandt, verschränkte er die Arme vor der Brust und sah Tara mit stechendem Blick an. »Ich werde mich um sie kümmern, wie ich es für jeden anderen beschwipsten Gast auch tun würde«, stellte er klar. »Sie wird ihre Rechnung bezahlen, und ich rufe ihr ein Taxi, das sie sicher nach Hause bringt, damit sie nicht alkoholisiert hinter dem Steuer sitzt. Dafür zu sorgen gehört zu meinen Verantwortlichkeiten als Besitzer dieser Bar. Das ist alles.«

Tara hob die Hand und tätschelte ihm die Wange. »Du kannst versuchen, dich zu rechtfertigen, so viel du willst, aber du bist ein guter Junge, Saint Clay.«

Trotz seines Spitznamens und dem Grund, der dahintersteckte, war er kein verdammter Heiliger. War es nie gewesen und würde es nie sein. Er hatte in seinem Leben jede Menge Illegales und Unmoralisches getan, auf das er nicht stolz war, und obwohl er sein Bestes versucht hatte, das alles wieder gutzumachen, herrschte in seinem Inneren nach wie vor eine Dunkelheit, die für immer bleiben würde.

»Gute Nacht, Tara.« Sein schroffer Ton machte deutlich, dass er die Unterhaltung als beendet betrachtete.

»Bis morgen Abend, Chef«, erwiderte sie mit einem kecken Grinsen.

Sie schnappte sich gerade ihre Tasche und ihre Jacke aus einem Schrank hinter der Bar, als der Tellerwäscher – ein Junge, den Clay vor wenigen Monaten dabei erwischt hatte, wie er den Müllcontainer hinter dem Haus nach Essensresten durchsuchte – aus dem hinteren Bereich kam, wo sich die kleine Küche befand. Er schob ein ramponiertes Fahrrad, sein Transportmittel, das er immer in der Abstellkammer unterbrachte, damit es nicht gestohlen wurde. Am Lenker hing eine Plastiktüte, und Clay wusste, dass sie einen Styroporbehälter mit den Appetithappen enthielt, die von der Happy Hour übrig geblieben waren. Clay hatte darauf bestanden, dass er abends etwas zu essen aus der Bar mit nach Hause nahm, weil er vermutete, dass dies die Hauptnahrungsquelle des Jungen war.

»Elijah, begleitest du Tara auf dem Weg nach draußen zu ihrem Auto?«, bat er den Jungen. Normalerweise brachte Clay seine weiblichen Angestellten am Ende des Abends selbst zum Parkplatz, doch aus Haftungsgründen wollte er die Blonde auch nicht einen Moment lang völlig alleine lassen.

»Ja, Sir«, sagte Elijah respektvoll. Die Streitlust, die er in den ersten Wochen seiner Anstellung an den Tag gelegt hatte, war inzwischen eine weit zurückliegende Erinnerung.

Clay wartete, bis die beiden weg waren, und er hörte, dass Tara die Eingangstür abschloss, bevor er sich der Blonden zuwandte. Er schlenderte zu ihrem Ende der Bar, wo sie mit einem Finger über den Rand des Shotglases fuhr, das Kinn in die Hand gestützt. Als er sich ihr näherte, sah sie ihn mit einem Schlafzimmerblick an und musterte ihn ungeniert von oben bis unten.

Als ihre strahlend blauen Augen den Weg zurück zu seinem Gesicht fanden, entfuhr ein leiser Seufzer ihren Lippen. »Du bist sooo verdammt heiß«, sagte sie, ihr ungefilterter Kommentar war ein deutliches Anzeichen dafür, dass sie völlig betrunken war. Dann blickte sie auf ihr leeres Glas und runzelte die Stirn. »Ich glaube, ich brauche noch einen Royal Fuck, oder vielleicht könntest du mir einen Screaming Orgasm geben.« Sie kicherte wie ein kleines unartiges Mädchen, so niedlich und schelmisch. »Ich habe noch nie einen Typen um einen Screaming Orgasm gebeten, doch der letzte war so gut, dass ich noch einen möchte.«

Sein Mundwinkel zuckte amüsiert. Verdammt, er wollte sie nicht mögen. Wollte in ihr nichts weiter sehen als die reiche, privilegierte Frau, die sie zu sein schien. Die *Unannehmlichkeit*, zu der er sie zuvor erklärt hatte. Dieser Gedanke veranlasste ihn, ihrem Abend ein Ende zu setzen.

Er nahm ihr das Glas aus der Hand und stellte es in die Spüle unter der Bar. »Ich glaube, du hast für heute genug Royal Fucks und Screaming Orgasms gehabt, Cupcake.«

»Cupcake?« Ihre hübschen Augen leuchteten auf, ihr Teint war gerötet vom Alkohol. »Ich mag Cupcakes. Ich mache sie gern und esse sie gern. Und wenn niemand hinsieht, lecke ich gern an der Glasur«, sagte sie mit einem leisen, geheimnisvollen Flüstern.

Verdammt, er wollte an *ihrer* Glasur lecken, angefangen bei den vollen Lippen bis hin zu den prallen Brüsten und den harten Nippeln, die zweifellos süßer als Zucker schmeckten. Diese schmutzigen Gedanken gingen ihm durch den Kopf, begleitet von einer plötzlichen Erregung, die ihn die Zähne zusammenbeißen ließ.

Die körperliche Anziehung, die sie auf ihn ausübte, unterschied sich von allem, was er je empfunden hatte, war roh und heiß und ungefiltert. Sie war nicht annähernd sein Typ, aber sie war ein solches Rätsel und die Art von Versuchung, die, wie er wusste, nichts als Ärger bringen würde. Er schüttelte den Kopf – vor allem, um wieder zur Vernunft zu kommen –, ging zur Kasse und druckte ihre Rechnung aus. Als er sich wieder umdrehte, weilte ihr Blick dort, wo sein Hintern gewesen war, und jetzt beäugte sie schamlos seinen Schritt.

Langsam leckte sie sich die Lippen und blickte mit glasigen Augen zu ihm auf. »Dieser Blow Job, den ich hatte, war auch nicht schlecht«, sagte sie heiser, eine Spur von Verruchtheit in der Stimme. »Ich glaube, ich nehme noch einen.«

Plötzlich hatte er dieses heiße, geile Bild vor Augen, wie ihre weichen, rosaroten Lippen sich um seinen Schwanz schlossen und ihm einen bliesen. Sein ungebärdiger Schwanz war völlig einverstanden mit dieser Vorstellung, und Clay unterdrückte ein Stöhnen.

Gott, sie *brachte* ihn *um.*

»Die Bar ist geschlossen, und es ist schon spät.« Er legte den Zettel vor sie hin. »Wenn du die Rechnung bezahlt hast, sorgen wir dafür, dass du nach Hause kommst.« Er war sich sicher, dass er sie nie wieder sehen würde – Gott sei Dank.

Wieder runzelte sie die Stirn und schaute leicht besorgt drein. Sie griff in ihre Tasche, tastete kurz darin herum und zog dann einen Geldbeutel hervor, der dasselbe Muster aufwies wie ihre Handtasche. Mit unbeholfenen Fingern versuchte sie, eine Kreditkarte herauszuziehen, und reichte sie ihm, als ihr das Kunststück schließlich gelungen war.

Clay starrte einen Moment lang auf die schwarze American Express Centurion Card. Er hatte von der Existenz dieser exklusiven Karte gehört, wusste, dass sie den obszön Reichen vorbehalten war, hatte jedoch noch nie eine gesehen. Seine Gäste gehörten ausnahmslos der Arbeiterschaft an und bezahlten bar oder mit einer der üblichen Kredit- oder Debitkarten. Während er zurück zur Kasse ging, warf er einen Blick auf den Namen, der auf der Plastikkarte prangte.

Samantha Jamieson.

Ja, sie sieht aus wie eine Samantha, dachte er, und steckte die Karte ins Lesegerät. Wenige Augenblicke später tauchte das Wort ABGELEHNT auf dem Display auf. Sicher, dass es sich um einen Irrtum handelte, führte er die Karte erneut ein – und wieder passierte das Gleiche.

Verdammte Scheiße. Hatte sie wirklich den Kreditrahmen ausgeschöpft, einen der höchsten, die es gab? Damit hatte er nicht gerechnet. Er kehrte zu Samantha zurück, doch bevor er etwas sagen konnte, schaute sie mit weit aufgerissenen, wissenden Augen zu ihm hoch.

»Sie hat nicht funktioniert, stimmt's?«, fragte sie gequält.

»Äh, nein.« Er gab ihr die Karte zurück. »Hast du noch eine andere, die du benutzen kannst?« Er zweifelte nicht daran, dass sie ein halbes Dutzend zur Auswahl hatte.

Sie schluckte schwer und schüttelte den Kopf. »Nein. Keine, die funktionieren würde«, sagte sie leise. Fassungslosigkeit stand ihr in das schöne Gesicht geschrieben. »Er hat es wirklich getan. Mein Vater hat mir wirklich den Geldhahn zugedreht«, murmelte sie resigniert.

Bevor er diese interessante Aussage verarbeiten konnte, schwankte sie auf ihrem Stuhl, und Clay griff instinktiv nach ihren Armen, bevor sie herunterfiel und auf dem Hosenboden landete. Sie umklammerte seine Unterarme, während sie wieder zur Seite kippte.

»Der Raum dreht sich.« Stirnrunzelnd kniff sie die Augen zusammen, als sie versuchte, sich auf ihn zu konzentrieren. »Und du siehst … ein bisschen verschwommen aus.«

Oh ja, der Cupcake war betrunken. Die Rechnung war ihm inzwischen egal, aber er musste überlegen, was er mit *ihr* tun sollte. »Samantha, ich brauche dein Handy, damit ich jemanden anrufen kann, der dich abholt.«

»Hab ich weggeworfen«, murmelte sie und presste die Finger gegen die Schläfe. »Ich will nicht, dass mein Vater mich findet.«

Ihre Antworten wurden immer seltsamer, und er hatte keine Ahnung, ob ihre Worte der Wahrheit entsprachen oder dem Alkohol geschuldet waren. Wer warf schon sein Handy weg, weil er sich Sorgen machte, dass jemand ihn finden würde – es sei denn, er lief vor Problemen davon. Und nun war sie *sein* Problem. Na toll!

Er zog sie vorsichtig so weit nach vorn, dass ihre Arme ganz auf der Bar ruhten, damit sie nicht wieder zur Seite kippte. Dann ging er schnell um die Bar herum und drehte sie auf ihrem Stuhl zu sich herum. Sie blickte ihm ins Gesicht, sah so traurig, so verloren aus, dass er ein seltsames Engegefühl in der Brust verspürte.

Frustriert stieß er die Luft aus. »Es muss doch *irgendjemanden* geben, den ich anrufen kann. Oder wie wär's, wenn ich auf deinem Führerschein nach deiner Adresse sehe und dich von einem Taxi nach Hause bringen lasse …«

Sie schüttelte heftig den Kopf und eine Wolke seidigen blonden Haars fiel ihr über die Schultern. »Ich kann nicht nach Hause. Zwing mich nicht, zurück nach Hause zu gehen.«

Er wollte *wirklich* ein kalter, grausamer Mistkerl sein und sie nach Hause schicken, damit sie nicht länger sein Problem war, doch angesichts ihrer Gemütsverfassung und des Alkohols in ihrem Blut war sie stark im Nachteil und nicht in der

Lage, logisch mit dem umzugehen, wovor sie wegrannte, was immer das auch sein mochte.

Fuck, fuck, fuck!

Sie streckte die Hand aus und griff nach seinem T-Shirt. Ihre Augen schimmerten feucht. »Oh Gott, was habe ich getan? Ich habe … nichts. Ich habe kein Geld, kann nirgendwohin …« Als begreife sie schließlich, wie prekär ihre Situation war, warf sie sich an seine Brust und brach in Tränen aus.

Die Frau kannte keine Grenzen, denn sie klebte plötzlich an ihm, die Arme um seinen Nacken geschlungen und das Gesicht an seinem Hals vergraben – und er wurde irgendwie zu ihrem Rettungsanker. Clay war daran gewöhnt, mit widerwärtigen Betrunkenen und ungebärdigen Rüpeln umzugehen, die in seine Bar kamen, aber das hier … Er hatte keine Ahnung, was er mit einer anhänglichen, aufgelösten Frau tun sollte – und dazu noch einer, die so angenehm und so wunderbar weiblich roch.

Vorsichtig legte er einen Arm um ihre Taille, um sicherzustellen, dass ihre Beine nicht nachgaben. Dabei war ihm sehr wohl bewusst, wie ihre Brüste gegen seinen Brustkorb gepresst wurden und wie ihr kurvenreicher Körper genau an den richtigen Stellen zu seinem passte. Und ja, sein sich aufrichtender Schwanz bemerkte es auch und zögerte nicht, sein Interesse anzumelden.

Schließlich beruhigte sie sich und schniefte, und er hätte beinahe gelacht, als sie ihre laufende Nase an seinem T-Shirt rieb. Das war so undamenhaft, so unfein, dass sie es mit einem klaren Kopf bestimmt nie tun würde. Doch es ließ sie verletzlicher und realer erscheinen. Ganz und gar nicht wie die coole, unnahbare Schickeriatussi, für die er sie ursprünglich gehalten hatte.

Sie atmete leise und zittrig aus, und ihr feuchter Atem liebkoste seinen Hals. »Ich bin so müde, und ich weiß nicht, was ich tun soll, wohin ich gehen soll …« Ihr Flüstern verstummte, und sie schmiegte sich noch enger an ihn, vertraute ihm, einem *Fremden*, die Sorge um ihr Wohlergehen an.

Clay presste die Zähne zusammen und traf blitzschnell eine Entscheidung, die er, wie er hoffte, später nicht bereuen würde. Sie war nicht in der Lage, irgendwohin zu gehen, und er war nicht so ein Arschloch, dass er sie einfach wegschickte und sich allein durchschlagen ließ, wo sie doch eindeutig betrunken und ihr Urteilsvermögen verzerrt war.

Den Arm fest um ihre Taille gelegt, schnappte er sich ihre Tasche, führte sie zum hinteren Teil der Bar und schaltete das Licht aus. Sie war wackelig auf den Beinen, und sie fragte nicht einmal, wohin er sie brachte, ging einfach davon aus, dass er ein netter Typ war und für ihre Sicherheit sorgen würde. Was unglaublich dumm von ihr war. Er könnte ein Serienmörder sein, und dieser Gedanke bestärkte ihn nur noch in seiner Entscheidung, sie mit nach oben in seine Wohnung zu nehmen, wo sie ihren Rausch ausschlafen konnte. Und am Morgen – und er wettete, dass sie einen verdammten Kater haben würde – würde sie verschwinden und nicht länger sein Problem sein.

Sie die Treppe hochzuwuchten und auf den Füßen zu halten stellte seine Geduld auf die Probe. Sie kicherte jedes Mal, wenn sie stolperte, vergaß bereits den kleinen Zusammenbruch, den sie gerade in der Bar gehabt hatte, flirtete mit ihm und sagte ihm noch einmal, wie *verdammt heiß* er sei. Er wollte wirklich verärgert sein, und das wäre er auch gewesen, hätte sie sich als nervig erwiesen, aber sie war irgendwie hinreißend … bis er sie in seine Wohnung gebracht hatte und sie plötzlich ganz bleich wurde.

Sie presste eine Hand auf den Magen und leckte sich mit Panik im Blick die trockenen Lippen. »Mir ist so schwindlig, und ich fühle mich nicht gut.«

Oh, Mist. Clay wusste genau, was jetzt kam, und auch, dass das, was nun folgen würde, in Anbetracht der vielen unterschiedlichen Drinks, die sie intus hatte, sehr unschön werden würde. Er ließ ihre Tasche aufs Sofa fallen und brachte sie schnell in das einzige Badzimmer der kleinen Wohnung, das mit dem einzigen Schlafzimmer verbunden war.

Sie begann zu stöhnen, und er legte ihr die Finger um den Nacken und drückte sie, gerade als sie zu würgen begann, vor der Toilette auf die Knie. Er war nicht schnell genug. Sie übergab sich, bevor ihr Kopf über der Schüssel hing, und eine sehr farbenfrohe Mischung platschte auf ihre Seidenbluse und die teuer aussehende Hose. Doch selbst als er sie schließlich in die richtige Position gebracht hatte, fiel ihr beim Brechen das Haar ins Gesicht und Brocken des ekelhaften Zeugs verfingen sich in den blonden Strähnen.

Clay zog eine Grimasse, fluchte leise und tat sein Bestes, ihr Haar nach hinten zu halten, solange sie sich weiter übergab. Während er darauf wartete, dass sich ihr Magen ganz entleerte, dachte er an die vielen Male, die er seinem Bruder beigestanden hatte, wenn Mason während seiner wilden

Teenagerjahre über der Toilette gehangen hatte. Verdammt, Mason war immer noch wild und aufsässig, doch Gott sei Dank war Clay nicht länger dafür verantwortlich, ihn auszunüchtern.

Als der Älteste von drei Brüdern war Clay gezwungen gewesen, im Alter von 16 Jahren für Mason und Levi die Vaterrolle zu übernehmen – oder das Risiko einzugehen, dass sie alle in Pflege gegeben und voneinander getrennt wurden. Während seine Mutter eine 18-monatige Gefängnisstrafe wegen Drogenbesitzes und Prostitution absaß, hatte Clay dafür gesorgt, dass seine Brüder etwas zum Essen und Anziehen hatten und jeden Tag zur Schule gingen (obwohl Mason die meisten seiner Highschool-Jahre damit verbracht hatte, den Unterricht zu schwänzen, um Gras zu rauchen oder eine Tusse zu vögeln, oder nachzusitzen, weil er aggressiv gegenüber einem seiner Lehrer geworden war). Es hatte keinen Vater gegeben, der ihnen zu irgendeinem Zeitpunkt ihres Lebens geholfen hätte, denn seine Mutter hatte jeden ihrer Söhne mit irgendeinem namenlosen Freier gezeugt, mit dem sie geschlafen hatte, um ihr Meth zu finanzieren.

Ein weiteres leises Stöhnen von Samantha brachte Clay zurück in die Gegenwart, in der zu bleiben er vorzog. Die Vergangenheit bestand nur aus beschissenen, schmerzlichen Erinnerungen. Meistens gelang es ihm, sie tief in seinem Inneren unter Verschluss zu halten, in dem Winkel, in den er die dunkelsten von ihnen verbannt hatte.

Als das Würgen vorbei war, schob sie sich schließlich von der Toilette weg und versuchte, gefasst zu wirken, obwohl sie sich gerade sehr unelegant übergeben hatte und noch immer betrunken war. Er ließ ihr klebriges Haar los, schnappte sich einen sauberen Waschlappen, machte ihn nass und reichte ihn ihr, damit sie sich das Gesicht waschen konnte.

Sie wischte sich mit dem Lappen Mund und Kinn ab, schaute an sich herunter und zuckte entsetzt zusammen, als sie ihre verschmutzte Kleidung sah. »Das war widerlich«, murmelte sie verlegen, als sie von ihrem Platz auf dem Boden zu ihm hochsah. »Und jetzt … jetzt bin ich ganz schmutzig.«

Ehrlich gesagt, sah sein Cupcake scheiße aus und roch auch so. »Ja, du bist eine *heiße* Braut, echt«, sagte er mit einem Anflug von Sarkasmus.

Sie wurde ein klein wenig munterer, und ein spitzbübisches Lächeln umspielte ihre Mundwinkel. »Nein … *du* bist verdammt heiß«, sagte sie erneut.

Er kicherte, weil sie seine Aussage als Kompliment missdeutet hatte. Was Frauen anbetraf, war Clay zweifellos abgebrüht. Sie amüsierten ihn nicht, und er lachte auch nicht viel mit ihnen. Er ging keine Beziehungen ein, hatte keine Romanzen oder Dates. Normalerweise beschränkten sich seine Interaktionen mit Frauen darauf, ihnen einen Drink an der Bar zu servieren oder sie für einen schnellen Fick abzuschleppen. Doch diese Frau ging ihm bereits unter die Haut und faszinierte ihn mehr, als klug war.

Sie rümpfte die Nase, als sie schließlich ihren Geruch wahrnahm. »Ich … ich muss duschen«, verkündete sie und versuchte aufzustehen.

Sie schwankte auf ihren Absätzen, als sie sich aufrichten wollte, und er griff nach ihrem Oberarm, bevor sie aufs Gesicht fiel. Dennoch stolperte sie gegen seinen Brustkorb und schmierte sein T-Shirt und seine Jeans mit dem übel riechenden Erbrochenen voll.

Na toll, dachte er und biss die Zähne zusammen.

Auch wenn sie, wie er zugeben musste, widerlich roch, würde er sie in ihrem Zustand *unter keinen Umständen* in eine glitschige Wanne steigen lassen. »Wie wär's, wenn du eins meiner T-Shirts anziehst, dich aufs Bett legst und ein bisschen schläfst?« Und wenn sie morgen aufwachte, konnte sie duschen.

Sie sah ihn mit gerunzelter Stirn an. »Aber ich *stinke*.«

»Ja, das tust du.« Das ließ sich nicht leugnen.

Sie löste sich von ihm, und wieder schwankte sie in diesen unglaublich hohen Schuhen, als sie versuchte, ihre Bluse aufzuknöpfen. »Und meine Haare ... Da ist *Zeugs* drin.« Sie verzog das Gesicht. »Wenn ich nicht dusche ... wird mir von dem schrecklichen Gestank wieder übel.«

Sie furchte konzentriert die Stirn, doch ihre ungeschickten Finger schafften es nicht, einen Knopf durch das Knopfloch zu schieben. Ihr entschlossener Gesichtsausdruck verriet Clay jedoch, dass sie ihre Meinung nicht ändern würde, egal was er sagte oder tat. Nicht, dass er ihr das vorwarf. Von dem Gestank wurde auch ihm übel – und er hatte einen robusten Magen.

Da es wohl das Beste war, es einfach hinter sich zu bringen, damit sie endlich ins Bett kam und schlafen konnte, schob er ihre Hände beiseite und knöpfte schnell ihre Bluse auf, schob den fleckigen, seidigen Stoff von ihren Schultern und ließ ihn zu Boden fallen. Sie griff nach hinten, um ihren sexy blassrosa Spitzen-BH zu öffnen, der ihre vollen, cremigen Brüste auf eine Weise zur Schau stellte, die ihm das Wasser im Mund zusammenlaufen ließ, und er wusste, wenn diese Schönheiten befreit wären, würde die Versuchung, sie zu berühren und zu schmecken, seine Zurückhaltung hart auf die Probe stellen.

Verdammt, *alles* an Samantha machte es ihm schwer, sie *nicht* auf sexuelle Art zu berühren, obwohl sie sich gerade die Seele aus dem Leib gekotzt hatte. Zuzulassen, dass sie sich direkt vor ihm nackt auszog, war keine Option, auch wenn sein geplagter Schwanz das anders sah.

»Lass ihn an«, sagte er, dankbar, dass ihre ungelenken Finger es nicht schafften, den BH zu öffnen. Hatte die Frau kein Schamgefühl? Andererseits wusste er nur allzu gut, dass man unter dem Einfluss von Alkohol leicht seine Hemmungen verlor, und es kümmerte sie offensichtlich überhaupt nicht mehr, ob sie sich schicklich verhielt oder nicht. Zweifellos würde sie sich morgen früh schämen, doch im Moment war ihr alles egal.

»Aber ich muss …«

»Nein«, stieß er schroffer als beabsichtigt hervor, mit der herrischen Stimme, bei der normalerweise jeder strammstand.

Sie ließ die Hände sinken und seufzte gereizt. »Du brauchst nicht so mürrisch zu sein«, murmelte sie. Sein scharfer Ton hatte sie offensichtlich kein bisschen aus der Fassung gebracht.

Ja, er war mürrisch *und* verdammt geil, und es wurde immer schlimmer. So schnell wie möglich öffnete er den Knopf ihrer Hose und den Reißverschluss. Er musste sich hinunterbeugen, um ihr aus den Schuhen zu helfen, bevor er ihr das letzte Kleidungsstück auszog. Als sie aus ihrer Hose stieg, geriet sie ins Schwanken, streckte die Hände aus, um nach etwas zu greifen, und erwischte sein *Haar*.

Er zuckte zusammen, als ihre Finger sich darin verkrallten, und in seiner momentanen Stellung, vor ihr hockend, das Gesicht auf einer Höhe mit ihrem rosafarbenen Spitzenhöschen, stellte er sich vor, dass sie aus einem völlig anderen Grund sein Haar festhielt. Nicht, um sich zu stützen, sondern um seinen Mund zwischen ihre weichen, glatten Oberschenkel zu drücken, damit er sie geschickt mit der Zunge lecken und zum Höhepunkt bringen konnte.

Abrupt stand er wieder auf und schob sie mit dem Hintern gegen den Toilettentisch, damit sie nicht umkippte, während er ihr die Perlenkette sowie die mit Diamanten verzierte Uhr abnahm, die wahrscheinlich ein kleines Vermögen gekostet hatte. Er stellte das Wasser an, damit es warm wurde, und zog sein T-Shirt, seine Jeans, seine Socken und Schuhe aus.

Sie beobachtete ihn beim Ausziehen, betrachtete seine breite Brust und ließ den Blick zu den harrten Bauchmuskeln und hinab zum Bund seiner schwarzen Boxershorts gleiten, die er angelassen hatte. Sie leckte sich die Lippen und starrte ungeniert auf den dicken Schaft, der sich unter dem eng anliegenden Baumwollstoff abzeichnete. Ihr Atem wurde tiefer, und eine leise Röte der Erregung überzog ihre Wangen.

»Du bist so verdammt heiß«, flüsterte sie ehrfurchtsvoll, wobei ihr offenbar nicht bewusst war, wie oft sie ihm das bereits gesagt hatte.

Das Blut in seinen Adern kochte, sein ungewolltes Verlangen nach ihr machte ihn verrückt, weil er seine Reaktion trotz aller Bemühungen nicht kontrollieren konnte. Er erwägte kurz eine *kalte* Dusche, wusste aber, dass es ihr gegenüber nicht fair wäre.

»Komm, Cupcake.« Er streckte ihr die Hand entgegen. »Lass es uns tun.«

Sie riss die hübschen blauen Augen weit auf. »Wir werden es tun?«

Er seufzte leise und tief, weil sie seine Worte wieder einmal missverstanden hatte, obwohl sie nichts dagegen zu haben schien, das *zu tun*, worauf sie anspielte. »Du wolltest *duschen*, erinnerst du dich? Du wirst nicht alleine dort reingehen, weil du kaum stehen kannst, ohne umzufallen.«

Bevor sie etwas einwenden konnte, griff er nach ihrer Hand und half ihr, in die Wanne zu steigen. Er drehte sie dem warmen Wasserstrahl zu und half ihr so leidenschaftslos wie möglich, ihren Körper zu waschen, schamponierte ihr Haar und spülte das Erbrochene heraus. So etwas hatte er noch nie für eine andere Frau getan. Es ging immer nur darum, in sie einzudringen, sie hart zu vögeln und sich wieder aus ihr zurückzuziehen. Sich um sie kümmern? Das war nicht Teil des Abkommens. Dann machte er den Fehler, einen Blick auf das Wasser zu werfen, das in Rinnsalen über ihre weiche Haut floss und die Seide ihres BHs und ihres Höschens durchsichtig werden ließ. Sein ganzer Körper pulsierte vor Lust und Verlangen. *Fuck!*

Sie waren nur knapp zehn Minuten in der Dusche, doch die Wärme des Wassers lockerte ihre Muskeln und machte sie lethargisch, sodass er sie praktisch festhalten musste, was seine Erregung nur noch verstärkte. Als sie fertig waren und er sie mit einem Handtuch abgetrocknet hatte, konnte sie sich kaum noch auf den Beinen halten.

Im angrenzenden Schlafzimmer holte er ein sauberes T-Shirt aus seiner Kommode und zog es ihr über den Kopf und den prachtvollen, kurvenreichen Körper, während sie gähnte und ihre Augenlider müde herabhingen. Bevor sie die Arme durch die Ärmel stecken konnte, griff er unter den Stoff und zog ihr den nassen BH aus, schob dann das ebenfalls nasse Höschen ihre Beine hinab, wobei er die ganze Zeit den Blick abwendete.

Schließlich führte er sie zu seinem Bett, schlug die Daunendecke zurück und half ihr hinein. Sie kroch ins Bett und präsentierte ihm kurz ihren nackten, köstlichen Hintern, bevor sie sich auf den Rücken legte. Mit einem gequälten Stöhnen zog er die Decke hoch über ihre Brust.

Sie blinzelte ihn schläfrig an. »Danke, dass du dich um mich kümmerst«, flüsterte sie, bevor ihr die Augen zufielen.

In diesem Moment sah sie so verletzlich und einsam aus, dass es Clay eng in der Brust wurde, und er verspürte einen Beschützerinstinkt, den er für sie nicht empfinden sollte. Er wollte sich nicht um Samantha oder ihre Situation kümmern. Wollte nicht in das hineingezogen werden, was sie veranlasst hatte, ihr Handy wegzuwerfen und in eine Bar auf der falschen Seite der Stadt zu gehen und sich zu betrinken.

Und *vor allem* wollte er sich nicht zu ihr hingezogen fühlen; doch es bestand kein Zweifel daran, dass er das tat, sehr sogar.

Er würde auf dem Sofa schlafen, und morgen früh würde sie einen klaren Kopf haben, sich schämen und alles bedauern. Was ihn anging … er hatte die Nacht, um sich wieder zu fangen und die Stärke aufzubringen, alle unerwünschten Gefühle für den *Cupcake* zu begraben, den er nie wiedersehen würde.

KAPITEL 3

Samanthas Kopf fühlte sich an, als würde er jeden Moment explodieren. Der Druck, das Hämmern, schon die leichteste Bewegung verstärkte das Pochen in ihrem Schädel. Mit einem leisen Stöhnen öffnete sie die Augen und blinzelte in den allzu hellen Raum. Sie erkannte ihre Umgebung nicht, und Panik erfasste sie, trieb ihren Puls in die Höhe.

Als sie sich umsah, tauchten schließlich verschwommene Erinnerungen an den gestrigen Abend auf, die für ein wenig Erleichterung sorgten. Doch die hielt nicht lange an, denn ein Gefühl der Scham durchströmte ihren schmerzenden Körper. Sie hatte nicht nur *viel* zu viel getrunken, sondern auch wild mit einem umwerfenden Fremden geflirtet, und sie musste zugeben, dass es sich verdammt gut angefühlt hatte, ein bisschen unartig zu sein.

Sie stöhnte laut auf, als ihr eine noch unangenehmere Erinnerung durch den Kopf schoss. Ihr Vater hatte ihr, so wie angekündigt, den Geldhahn komplett zugedreht. Das Hämmern in ihrem Schädel wurde unerträglich.

Leider war das an demütigenden Vorfällen noch nicht alles. Sie hatte nicht nur ihre Barrechnung nicht begleichen können, sie war vor diesem umwerfenden Typen in Tränen ausgebrochen, hatte ihre persönlichen Probleme ausgeplappert und sich dann auf spektakuläre Weise übergeben – neben die Toilette. Dann war da die Dusche gewesen, in die ihr Retter mit ihr gestiegen war, um ihr beim Waschen und anschließend beim Wiederanziehen zu helfen. Die Demütigung war vollkommen.

Ganz vorsichtig drehte sie sich auf den Rücken und legte den Arm über die Augen, um sie vor dem Tageslicht zu schützen, das durch das Fenster hereindrang. Sie brauchte definitiv noch ein paar Minuten, um sich zurechtzufinden, bevor sie den Versuch unternahm, aus dem Bett zu steigen. Was ihr zu viel Zeit gab, über ihr Verhalten am Vorabend nachzudenken.

Sich zu betrinken war völlig untypisch für sie. Sie war kein Partygirl, war es nie gewesen, und sie kannte ihre Grenzen, wenn es um Alkohol ging – ein Cocktail und nicht mehr. Gestern Abend hatte sie mehr Drinks gehabt, als sie sich erinnern konnte, doch sie waren alle so köstlich gewesen, und es hatte ihr insgeheim gefallen, dass jeder von ihnen einen schmutzigen Namen hatte. Ein paar Royal Fucks, Screaming Orgasms und Blow Jobs zu genießen war eine amüsante und harmlose Art gewesen, auf all die Regeln und sozialen Normen zu pfeifen, die ihre Eltern ihr so lange auferlegt hatten.

Doch ihr kühner Akt der Rebellion hatte einen hohen Preis, weil sie nun weder Geld noch einen Job noch ein Auto noch eine Bleibe hatte. Sie hatte buchstäblich *nichts*. Sie war

26 Jahre alt und schämte sich zugeben zu müssen, dass ihr alles, was sie besaß, auf die eine oder andere Weise *geschenkt* worden war. Sie hatte jedes einzelne Geschenk ganz selbstverständlich angenommen, doch mit ihrem Lebensstil waren gewisse Erwartungen einhergegangen, die sie bis zu diesem Zeitpunkt wie eine gute, gehorsame Tochter erfüllt hatte.

Sie konnte so nicht weiterleben. Wie ein unartiges Hündchen den Schwanz einzuziehen und zurück nach Hause zu gehen war keine Option. Samantha wusste genau, wer und was dort auf sie wartete. Noch mehr erzwungene Etikette und Anstandsregeln sowie Tadel und Strafe für ihren offenen Ungehorsam. Nein danke. Sie hatte kurz an der Freiheit geschnuppert, und sie wollte mehr davon. Wollte ihr Leben zu ihren Bedingungen führen, ohne Einschränkungen, ihre eigenen Entscheidungen treffen und Fehler machen.

Sie machte sich nicht vor, dass es einfach werden würde, mit nichts neu anzufangen, aber sie würde irgendwie einen Weg finden, ohne die finanzielle Unterstützung ihrer Eltern unabhängig und erfolgreich zu sein. Sie musste sich selbst finden – die Frau, die sie ohne die Einschränkungen und Auflagen ihres Elternhauses war.

Doch bevor sie irgendetwas davon tun konnte, musste sie ihren Hintern aus dem Bett schwingen und sich dem Tag stellen. Und dem heißen, sexy Mann, der gestern Abend ihr Retter gewesen war. Es mochte zwar peinlich sein, aber sie wusste genau, dass sie ohne ihn und seine Freundlichkeit keine Ahnung hätte, wo sie heute Morgen aufgewacht oder was ihr in dem Zustand, in dem sie gewesen war, passiert wäre.

Mühevoll setzte sie sich auf die Bettkante und wartete

einige Augenblicke, dass ihr Kopf aufhörte, sich zu drehen. Ihr gereizter Magen knurrte, was sie daran erinnerte, dass er völlig leer war, und sie hatte einen Geschmack im Mund wie ... Äh, nein, sie wollte nicht einmal darüber nachdenken.

Als ihr Blick auf die Perlen und die Armbanduhr auf dem Nachttisch fiel, schätzte sie sich erneut glücklich, dass ein anständiger Typ ihr zu Hilfe gekommen war. Sie schaute auf die Uhr und stellte schockiert fest, dass es schon fast elf war. Als sie sich mit der Hand durchs Haar fuhr, zuckte sie zusammen, denn ihre Finger verfingen sich in den wirren Strähnen. Offensichtlich hatte dieser umwerfende Typ keinen Conditioner benutzt, als er ihr in der Dusche die Haare gewaschen hatte, doch sie war dankbar, dass sie wenigstens sauber roch – und ziemlich männlich, da ihre Haut noch Spuren einer nach Zitrus duftenden Duschlotion ausströmte.

Mit einem kleinen Lächeln auf den Lippen stand sie vorsichtig auf. Das Männer-T-Shirt, das sie trug, reichte ihr bis zur Mitte der Oberschenkel, doch die kühle Luft, die ihr nacktes Geschlecht liebkoste, rief eine andere Erinnerung wach, wie große, warme, fähige Hände sie von ihrem nassen BH und ihrem Höschen befreit hatten. Der Mann war den ganzen Abend über durch und durch ein Gentleman gewesen, obwohl sie sich ihm an den Hals geworfen und ihm jedes nur erdenkliche Signal gegeben hatte, dass sie zu mehr bereit war. Er hatte die Situation nicht ausgenutzt, und dafür war sie ihm dankbar.

Sie konnte sich nicht erinnern, je so kokett und schamlos

gegenüber einem Mann gewesen zu sein, doch der Alkohol hatte sie ihre Hemmungen verlieren lassen. Und die starke Anziehungskraft, die dieser Mann auf sie ausübte, hatte sie zusammen mit ihrem neu entdeckten Selbstbewusstsein zu diesem schamlosen Verhalten ermutigt. Nun, die Nacht ist vorbei, und ich habe keine andere Wahl, als ihm gegenüberzutreten, dachte sie, und ging in das angrenzende Bad, um sich frisch zu machen.

Trotz allem, was sich am Abend zuvor in diesem Raum ereignet hatte, war es hier nun sauber und ordentlich. Sie benutzte die Toilette, und als sie sich die Hände wusch, fiel ihr auf dem Waschbeckenrand eine brandneue Zahnbürste in ihrer Originalverpackung auf. Dankbar für diese Fürsorglichkeit putzte sie sich energisch die Zähne und gurgelte mit dem Mundwasser, das auf dem Toilettentisch stand. Als sie schließlich in den Spiegel schaute, erschreckte sie sich zu Tode.

Sie sah furchtbar aus. Ihr normalerweise glattes blondes Haar war gewellt und zerzaust – weit entfernt von dem gepflegten, weichen, seidig glänzenden Haar, das ihre Mutter an ihr sehen wollte. Jede Spur von Make-up war verschwunden, und ihr Gesicht war, abgesehen von dem verschmierten Eyeliner, sauber geschrubbt.

Sie hatte ein paar Make-up-Utensilien in ihrer Handtasche, doch keine Ahnung, wo sich diese befand. Oder ihre Kleidung. Ihr BH und ihr Slip hingen jedoch über der Duschvorhangstange. Sie fühlten sich trocken an. Rasch zog sie ihre Unterwäsche an und fühlte sich schon viel besser, denn wenigstens trug sie jetzt einen Schlüpfer, wenn sie ihrem weißen Ritter gegenübertrat. Samantha holte tief Luft, um das plötzliche nervöse Schmetterlingsflattern in ihrem Bauch zu beruhigen, und öffnete die Schlafzimmertür, die direkt in ein kleines Wohnzimmer mit angeschlossener Küche führte. Die Wohnung war unglaublich klein und nur spärlich möbliert, sodass sie *ihn* direkt entdeckte.

Er saß an einem kleinen Esstisch mit vier Stühlen und war kaum zu übersehen. Nicht wegen seiner Größe – obwohl er groß und gut gebaut war –, sondern wegen seiner eindrucksvollen Erscheinung, die ihr unter die Haut ging. Er beobachtete sie vom anderen Ende des Zimmers aus mit grüblerischem Blick. Seine Haarfarbe war ein sattes Schokoladenbraun, seine Augen waren genauso dunkel und intensiv. Und überdies klug und scharfsinnig.

Selbst aus der Ferne ließ sein kritischer Blick sie erschauern. Ihre Haut prickelte, und Hitze durchflutete ihren Körper, raubte ihr den Atem. Sie holte tief Luft, brauchte unbedingt Sauerstoff, und ihre Brüste hoben sich unter dem Baumwoll-T-Shirt, das sie trug. Der Stoff rieb an ihren empfindlichen Brustwarzen, und sie zogen sich zu harten, festen Punkten zusammen, die sich unter dem Stoff abzeichneten.

Selbst bei Tageslicht, unbeeinflusst von Alkohol, fühlte sie sich augenblicklich und unleugbar zu ihm hingezogen. Es war erregend und völlig anders als alles, was sie je mit Harrison erlebt hatte – oder mit irgendeinem anderen Mann. Eine brodelnde Hitze machte sich tief in ihrem Bauch breit, und sie spürte ein plötzliches schmerzliches Verlangen zwischen den Oberschenkeln.

Oh ja, er war *immer noch* verdammt heiß.

Der Art nach zu urteilen, wie er ganz leicht den Blick senkte und kaum merklich den Kiefer zusammenpresste, war ihm die Reaktion ihres Körpers nicht entgangen. Er schloss den geöffneten Laptop, der vor ihm auf dem Tisch stand, und schaute ihr mit beherrschter Miene ins Gesicht.

»Morgen«, murmelte er mit einer leisen tiefen Stimme, die sexyer war, als sie sie in Erinnerung hatte. Zusammen mit dem dunklen Dreitagebart und dem kantigen Kinn war dieser Mann die lebendig gewordene sündhafte Fantasie einer jeden Frau. Er hatte etwas von einem bösen Jungen an sich, was das brave Mädchen in ihr reizte, ein Abenteuer einzugehen.

Die Vorstellung war unglaublich verlockend.

Gedankenverloren zog sie am Saum ihres Shirts. »Hi«, erwiderte sie und zwang sich, auf ihn zuzugehen. Sie lächelte, war mit einem Mal verlegen, weil sie sich diesem Mann buchstäblich von ihrer schlechtesten Seite gezeigt hatte.

»Setz dich.« Er deutete auf den Stuhl ihm gegenüber.

Sie hatte keine Ahnung, was sie von ihm erwarten konnte, doch zumindest warf er sie nicht gleich hinaus. Als sie Platz genommen hatte, stand er auf und ging in die Küche. Den Rücken ihr zugewandt – Gott, er hatte einen tollen Hintern in dieser weichen, abgetragenen Jeans –, füllte er ein Glas mit Wasser und schüttelte ein paar Pillen aus einem Gläschen, bevor er wieder zurückkam.

»Wie fühlst du dich heute Morgen?«, fragte er, doch die Tatsache, dass er das Wasser vor sie auf den Tisch stellte und die Ibuprofen dazulegte, zeigte, dass er genau wusste, wie sehr sie litt.

»Besser als gestern Abend«, gab sie kleinlaut zu. »Aber mein hämmernder Kopf und mein schmerzender Körper protestieren eindeutig gegen all die Drinks, die ich hatte.«

Seine Mundwinkel zuckten leicht belustigt. »Ja, du bist definitiv ein Cupcake.«

Sie erinnerte sich, dass er sie ein paarmal so genannt hatte. »Warum nennst du mich so?«, fragte sie, bevor sie alle vier Tabletten in den Mund steckte und mit Wasser hinunterspülte, das sich köstlich in ihrer ausgetrockneten Kehle anfühlte.

»Weil du keinen Alkohol verträgst.«

Sie konnte ihm diese Feststellung nicht einmal übel nehmen, denn sie entsprach der Wahrheit.

Er griff nach dem Becher, der vor ihm stand, und ging zurück in die Küche. »Möchtest du einen Kaffee?«, fragte er, während er seine eigene Tasse nachfüllte.

Sie war sich nicht sicher, ob Kaffee bei ihrem Kater helfen würde, doch das Koffein gab ihr hoffentlich den dringend benötigten Energieschub, damit sie sich überlegen konnte, was sie als Nächstes tun sollte. »Gern. Mit Sahne, wenn du welche hast.«

Er lief ein paar Minuten in der Küche hin und her, und etwas zu Samanthas Linken erregte ihre Aufmerksamkeit. Sie schaute hinüber und entdeckte auf der Fensterbank eine grau gestreifte Katze, die sich träge die Pfoten leckte und das Gesicht putzte. Zuerst dachte sie, eines ihrer Augen sei geschlossen, doch dann erkannte sie, dass die Augenhöhle verschlossen war und der Katze ein Auge *fehlte.*

»Bitte schön.« Er stellte die Tasse und einen Teller mit

trockenem Toast vor sie hin. »Du brauchst etwas in den Magen.«

Er klang und handelte, als tue er dies nicht zum ersten Mal. »Danke …« Sie hielt inne, weil sie sich einander nicht vorgestellt hatten. »Ich kenne nicht einmal deinen Namen.« Obwohl er ihren irgendwoher wusste, denn er hatte ihn gestern Abend benutzt.

»Ich heiße Clay.« Er lehnte sich auf seinem Stuhl zurück und trank einen Schluck von seinem dampfenden Kaffee. »Clay Kincaid.«

Kincaid war auch der Name der Bar, bei der die Taxifahrerin sie abgesetzt hatte. »Die Bar gehört also dir?«

»Ja.«

Er war nicht gerade sehr gesprächig, aber was erwartete sie? Es war ja nicht so, dass sie eine Art Beziehung hatten und er sie *eingeladen* hatte, die Nacht bei ihm zu verbringen. Sie knabberte an ihrem Toast und suchte nach etwas, um die unangenehme Stille zwischen ihnen zu füllen.

»Wie hat deine Katze ihr Auge verloren?«, fragte sie neugierig.

»Ich hab sie hinter der Bar gefunden, als sie noch ganz klein war.« Mit einem liebevollen Lächeln schaute er zu der Katze hin. »Sie war unglaublich dürr, voller Flöhe und Milben und fraß Käfer, um zu überleben. Ihr linkes Auge war stark entzündet. Ich weiß nicht, woher sie die Wunde hatte, aber ich habe sie zum Tierarzt gebracht, und der hatte keine andere Wahl, als das Auge zu entfernen und zuzunähen.«

Die Tatsache, dass dieser Mann ein so hilfloses Wesen gerettet hatte, machte ihn noch anziehender für Samantha. »Und du hast sie behalten.«

»Sie brauchte ein Zuhause.«

Er zuckte die Schultern, als sei dies keine große Sache, aber sie wusste, dass er die Katze in ein Tierheim hätte bringen können, statt Geld für eine teure Operation auszugeben, um das schwache, schutzlose Tier zu retten. Ihr wurde klar, dass Clay Kincaid ein Mensch war, der sich um Leute kümmerte, und um Dinge – so wie er ihr gestern Abend zu Hilfe gekommen war.

»Wie heißt sie?«, fragte sie und trank einen Schluck Kaffee.

»Xena.«

Samantha grinste. »Weil sie eine Kriegerin ist?«

Er nickte. »Und eine Überlebende.«

Als wisse die Katze, dass sie über sie redeten, sprang sie vom Fensterbrett herunter, huschte hinüber zu Clays Stuhl und miaute. Ohne zu zögern, griff er nach ihr, hob sie hoch und setzte sie sich auf den Schoß. Xena rieb sich liebevoll an seiner Brust und stieß schamlos mit dem Kopf gegen seine Hand, damit er sie streichelte, was Clay auch tat. Schon bald schnurrte die Katze zufrieden.

Samantha aß den Rest ihres Toasts, während sie beobachtete, wie Clays große, starke Hand an Xenas Rücken entlangfuhr, eine langsame, zärtliche Liebkosung, die sie eifersüchtig machte. Sie fragte sich, wie es sich wohl anfühlen mochte, wenn Clays Hand über *ihren* Körper strich und seine Finger sie so achtsam berührten. Angesichts dieser verführerischen Fantasie rutschte sie ruhelos auf ihrem Stuhl hin und her und zwang sich, an ein ungefährlicheres Thema zu denken. Zum Beispiel daran, dass sie sich für ihr untypisches Verhalten am Abend zuvor entschuldigen sollte.

Sie räusperte sich, was seine Aufmerksamkeit von Xena auf Samanthas Gesicht lenkte. Sein dunkler Blick weilte länger als beiläufig oder höflich auf ihrem Mund, bevor er ihr in die Augen sah. Die Hitze in den Tiefen dieser braunen Augen verriet ihr, dass die verrückte Faszination, die sie empfand, auf Gegenseitigkeit beruhte, auch wenn er es besser verstand, die seine unter Kontrolle zu halten.

Samantha leckte sich geistesabwesend die Unterlippe und sagte, solange sie noch seine Aufmerksamkeit hatte: »Clay … es tut mir wirklich leid wegen gestern Abend.«

Er runzelte die Stirn. »Was genau?«

Sie konnte nicht sagen, ob er sie aufzog oder nicht, so gut verstand er es, seine Gefühle zu verbergen. »*Alles*, aber vor allem, dass ich mich übergeben habe und du mich mit hierhernehmen musstest, weil ich nirgendwo anders hinkonnte.«

Er fuhr fort, Xena zu streicheln, die sich nun auf seinem Schoß zusammengerollt und ihren pelzigen Schwanz um sein Handgelenk geschlungen hatte. »Wohin willst du jetzt gehen?«

»Ich … ich weiß nicht«, erwiderte sie ehrlich. Sie hatte nicht darüber nachgedacht, was kommen würde, hatte nur das Anwesen ihrer Eltern verlassen und deren Regeln und Erwartungen entkommen wollen. Das wollte sie immer noch. »Aber ich gehe nicht zurück nach Hause.«

Er runzelte die Stirn, und Besorgnis blitzte in seinen Augen auf. »Samantha, steckst du in Schwierigkeiten?« Seine

Stimme war leise und tief und fuhr ihr unter die Haut. »Gestern Abend hast du erzählt, dein Vater hätte dir den Geldhahn zugedreht. Und du hättest dein Handy weggeworfen, damit er dich nicht findet.«

Sie zuckte zusammen. Ja, das hörte sich schlimm an. Wirklich schlimm. Sie steckte nicht in *gefährlichen* Schwierigkeiten, doch angesichts von allem, was Clay bisher für sie getan hatte, schuldete sie ihm die Wahrheit. Sie *wollte*, dass er die Wahrheit kannte, weil sie unbedingt mit jemandem über ihr Dilemma reden musste. Sie hatte ein paar Freundinnen, doch keine von ihnen würde ihre Gründe, von zu Hause wegzugehen und einem so luxuriösen Leben den Rücken zuzukehren, verstehen, und sie würden sie dafür kritisieren, dass sie sich weigerte, einen so erfolgreichen Mann wie Harrison zu heiraten, obwohl sie einander nicht liebten. Sie hatte gestern Abend gelernt, dass *Liebe* bei einer Unternehmensfusion nicht zählte.

Das Leben, dem Samantha entflohen war, war sehr oberflächlich und eindimensional, eine Welt, in der sie nicht länger leben wollte. Es war ein beängstigender Gedanke, in einem raueren Teil der Stadt ohne Geld oder eine Bleibe allein und auf sich selbst gestellt zu sein, doch sie zweifelte nicht daran, dass die Alternative – nach Hause zurückzugehen und Harrisons Antrag anzunehmen – sie schließlich zerstören würde.

Was hieß, dass sie Clays Hilfe brauchte.

Geduld gehörte nicht zu Clays Stärken, Ausdauer hingegen schon. Im Augenblick versuchte er den Spagat zwischen beidem, während er darauf wartete, dass Samantha seine Frage beantwortete, ob sie in Schwierigkeiten stecke – denn das war seine Hauptsorge. Falls sie irgendeiner Gefahr ausgesetzt war, würde er dafür sorgen, dass sie Hilfe und Unterstützung bekam. Levi war Polizist, und es erwies sich manchmal als nützlich, einen Bruder zu haben, der im Polizeidienst war. Obwohl Mason, der Delinquent in der Familie, der den größten Teil seiner Jugend damit verbracht hatte, das Gesetz zu *brechen*, da bestimmt anderer Ansicht war.

Von der anderen Seite des Tisches her beobachtete er, wie Samantha eine Art inneren Kampf austrug, und ließ sie in Ruhe ihre Gedanken sortieren. Sie hatte sich gestern Abend seiner Fürsorge anvertraut, obwohl sie in Wahrheit zu betrunken gewesen war, irgendetwas zu tun, außer ihm seinen Willen zu lassen. Er biss die Zähne aufeinander bei dem Gedanken, was ihr hätte passieren können, wenn jemand anderer als er sie in diesem betrunkenen, schutzlosen Zustand aufgegriffen hätte. Doch er hoffte, dass sie zu dem Schluss kommen würde, dass sie ihm nun vertrauen konnte, damit er weiter für ihre Sicherheit sorgen konnte.

Wenige Augenblicke später atmete sie tief aus, erwiderte seinen Blick und sagte: »Ich laufe nicht vor Problemen davon, und ich bin nicht in Gefahr. Aber es stimmt, dass ich nicht will, dass mein Vater mich findet.«

Das war zumindest ein Anfang. »Warum nicht?«

»Hast du je von Jamieson Global gehört?«, fragte sie leise.

Er nickte. Jamieson Global war ein riesiger Mischkonzern und eine von Chicagos größten, bekanntesten Investmentgesellschaften. Er kannte das Unternehmen nicht näher, aber der Name war den meisten Menschen, die in oder im Umkreis der Stadt lebten, vertraut.

Im nächsten Moment dämmerte es ihm … Samantha *Jamieson.*

Verdammt. Schockiert starrte er sie an, hatte das Gefühl, als habe ihm gerade jemand einen Faustschlag versetzt. Selbst Xena, die spürte, wie sein Körper sich plötzlich anspannte, sprang von seinem Schoß.

Als er Samantha in der Bar gesehen hatte, war ihm gleich der Verdacht gekommen, dass sie aus einer wohlhabenden Familie stammte, doch *heilige Scheiße*, das beförderte sie in eine ganz andere Stratosphäre des Reichtums. Damit war sie unantastbar und für ihn mit dem bescheidenen Leben, das er führte, völlig außer Reichweite. Eine Frau wie sie hatte absolut nichts auf *seiner* Seite der Stadt zu suchen.

»Ja, *dieser* Jamieson«, bestätigte sie und nutzte sein fassungsloses Schweigen aus. »Ich habe gestern Abend herausgefunden, dass mein Vater von mir erwartet, dass ich den Mann heirate, mit dem ich die letzten acht Monate zusammen war. Sein Name ist Harrison Blackwell III, und mein Vater hat ihn für die CEO-Position aufgebaut, offensichtlich unter der Bedingung, dass Harrison mich heiratet, damit das Unternehmen in der Familie bleibt.«

Ihre blauen Augen loderten vor Wut, obwohl Clay nicht sicher war, wo genau das Problem lag. Schließlich war sie schon eine ganze Weile mit dem Typen zusammen. Der Kerl war ja kein Fremder. »Bist du verärgert, dass er dich heiraten will, damit er befördert wird und das Unternehmen deines Vaters in der Familie bleibt?«

Sie setzte sich aufrechter hin und presste verzweifelt die hübschen rosafarbenen Lippen zusammen. »Nein, ich bin wütend, dass mein Vater mir befiehlt, einen Mann zu heiraten, den ich nicht liebe!«

»Befiehlt?« Die Vorstellung kam ihm äußerst vorsintflutlich vor, und er wusste nicht, ob sie die Sache dramatisierte oder nicht.

»Ja, *befiehlt.* Soll heißen, dass er mir keine Wahl lässt und erwartet, dass ich mich seinen Wünschen füge und tue, was er mir sagt.« Verbissen reckte sie das Kinn vor. »Die Tochter von Conrad Jamieson zu sein geht mit gewissen Verpflichtungen einher, und eine davon ist offensichtlich die, dass ich eine arrangierte Ehe eingehe, die ich nicht eingehen will.«

Ihr Brustkorb hob und senkte sich vor Frustration, und Clay konnte nicht behaupten, dass ihn das leichte Zittern ihrer Brüste unter dem T-Shirt störte. Sie hatte tolle Titten, üppig und voll genug, um sie mit den Händen zu umfassen und zu drücken oder seinen prallen Ständer zwischen dieses weiche Fleisch zu stecken. Ja, er hatte sich den größten Teil der Nacht auf dem Sofa hin und her gewälzt und sich all die schmutzigen Arten vorgestellt, auf die er sie ficken wollte. Wie ihre Nippel in seinem Mund schmecken und ihre langen, wunderschönen Beine sich anfühlen würden, wenn sie seine Hüften umklammerten und Samantha mit einem leisen, süßen Stöhnen kam …

»Ich lasse mir von niemandem vorschreiben, mit wem ich den Rest meines Lebens verbringen soll«, sagte sie und verdrängte diese verwirrenden Gedanken aus seinem Kopf. »Schon gar nicht von meinem Vater.«

Er zwang sich, den Blick auf ihr Gesicht gerichtet zu halten. »Du bist also von zu Hause weggelaufen?«, fragte er in neckendem Ton.

»Ja.« Plötzlich sah sie sehr niedergeschlagen aus. »Ich bin 26, und das klingt so … kindisch. Und doch stimmt es zu 100 Prozent.« Seufzend fuhr sie sich mit den Fingern durchs Haar und zuckte zusammen, als diese sich in den noch immer wirren Haarsträhnen verfingen. »Es ist mir peinlich zuzugeben, dass ich in allem von meinen Eltern abhängig war.« Sie wich seinem Blick aus. »Ehrlich gesagt hätte ich schon längst gehen sollen, und es ist mir zutiefst zuwider, dass ich mir so lange habe vorschreiben lassen, wie ich zu leben habe.«

Sein Kaffee war kalt geworden, und er fuhr geistesabwesend mit einem Finger über den Rand der Tasse. »Und was gedenkst du jetzt zu tun, nachdem du dein Zuhause verlassen hast?«

»Ich hatte keinen Plan, ich wollte nur weg«, gestand sie und kaute auf ihrer Unterlippe, als ihr ernster Blick seinem begegnete und er ihn festhielt. »Ich habe immer noch keinen. Und ich weiß, dass das sehr viel verlangt ist … aber kann ich hierbleiben, bis ich eine Lösung gefunden habe?« Die Worte purzelten von ihren vollen Lippen. »Ich werde dir nicht im Weg sein. Ich kann auf dem Sofa schlafen, und ich schwöre, du wirst nicht einmal merken, dass ich da bin.«

Oh verdammt, nein. Diese Frau setzte jetzt schon seiner Selbstkontrolle zu. Er konnte sich nicht vorstellen, dass sie in seiner kleinen Wohnung schlief, sie mit ihrem Duft erfüllte, seine Dusche benutzte und ihn mit ihrer bloßen Gegenwart in Versuchung führte.

Doch bevor er ihre Idee ablehnen konnte, fuhr sie schnell fort:

»Mein Vater *hat* mir den Geldhahn zugedreht. Komplett. Ich habe kein Geld, keine Bleibe, und ich kann nicht einmal ein Hotelzimmer oder was zu essen bezahlen.« Sie wand sich verlegen und fuchtelte mit den Händen in ihrem Schoß herum, bevor sie sie wieder auf den Tisch legte. »Offenkundig habe ich die Sache gestern Abend nicht durchdacht, aber ich bedaure es nicht, dass ich gegangen bin, und ich bin fest entschlossen, mich alleine durchzuschlagen. Ich kann in deiner Bar arbeiten, um ein bisschen Geld zu verdienen, bis ich genug gespart habe, um mir eine eigene Wohnung zu suchen, was nicht lange dauern dürfte. Bitte.« Sie schaute ihn mit diesen großen Augen an.

Wollte sie ihn auf den Arm nehmen? Nein, der Blick in ihren weit geöffneten blauen Augen verriet ihm, dass sie es völlig ernst meinte und fest entschlossen war. Irgendwie bewunderte er ihre Stärke, doch ein Blick auf ihre perfekt manikürten Fingernägel und die weiche Haut ihrer verwöhnten Hände reichte, um zu wissen, dass sie die letzte Person war, die er je in seiner Bar würde arbeiten lassen. Innerhalb weniger Stunden wären ihre Hände spröde und trocken, ihre Nägel eingerissen, und ihre schwielenfreien Füße würden nach Erleichterung schreien.

Sie wäre eine unterhaltsame Abwechslung für seine Stammgäste, und mit diesem welligen blonden Haar, den großen, arglosen blauen Augen und den tollen Kurven für jeden Mann, der die Bar betrat, die perfekte Zerstreuung. Als das neue Mädchen wäre sie rüden Kommentaren und kühnen, aggressiven Händen ausgesetzt, die nicht zögern würden, ihre Grenzen zu testen.

Die jüngeren Besucher des Kincaid's waren ungehobelt und großmäulig. Und wenn sie ein paar Drinks zu viel intus hatten, war es ihnen scheißegal, dass Clay verlangte, dass sie die Finger von den Frauen ließen, die für ihn arbeiteten. Tara und seine anderen Barkeeperinnen konnten mit aggressiver Anmache umgehen. Aber Samantha? Sie wäre köstliches Frischfleisch in einem Becken voll hungriger Haie. Sie würde es nicht überleben.

Sie sollte wirklich zurück nach Hause gehen. »Samantha, ich glaube nicht …«

»Clay, *bitte*«, unterbrach sie ihn, bevor er Nein sagen konnte, ihre Stimme so weich und flehentlich wie ihr Blick. »Ich brauche einfach jemanden, der mir die Chance gibt, mich zu beweisen.«

Und sie bat darum, dass *er* sie ihr gab.

Er rieb sich mit der Hand übers Gesicht und den angespannten Kiefer. Ihre Worte klangen wie ein Echo seiner eigenen Vergangenheit und trafen ihn an seiner emotional empfänglichsten Stelle. *Bitte, Jerry, gib mir einfach die Chance, dir zu zeigen, wie hart ich arbeiten kann*, hatte Clay, der damals noch ein Teenager war, gebettelt. *Ich schwöre, dass du es nicht bereuen wirst.*

Jerry hatte ihm diese Chance gegeben, hatte an ihn geglaubt – das uneheliche Kind einer bekannten Cracknutte –, als niemand sonst das getan hatte. Und diese eine wohlwollende Geste hatte Clays Leben und das seiner Brüder von Grund auf verändert.

Er glaubte nicht, dass ein Job in seiner Bar Samanthas Leben auf dieselbe Weise verändern würde, aber er wusste, wie schwer es fiel, jemanden um Hilfe zu bitten, wenn man völlig am Boden war. Und für Samantha war dies der absolute Tiefpunkt.

Sein Bauch sagte ihm, dass er dabei war, einen Riesenfehler zu begehen, wenn er dieser Frau half, doch entschlossen, wie sie war, würde sie zweifellos versuchen, irgendwo anders Arbeit zu finden, wenn er sie wegschickte, und es ließ sich nicht absehen, wer dann versuchen würde, sie auszunutzen. Und wo sollte sie ohne Geld oder funktionierende Kreditkarten wohnen? Ohne Telefon oder Auto? Wer würde dafür sorgen, dass ihr in diesem rauen Teil der Stadt nichts zustieß?

Mist. Sein verdammtes Gewissen würde es ihm nicht erlauben, sie abzuweisen und ihrem Schicksal zu überlassen. Eine Frau wie sie, die im Schoß des Luxus aufgewachsen war, hatte ihre Jugend nicht damit verbracht, ihren Überlebensinstinkt zu trainieren, wie er und seine jüngeren Brüder das getan hatten. Sie war zu verletzlich, zu schutzlos und zu vertrauensselig. Und es gab zu viele Menschen auf dieser Welt, die es sich nicht zweimal überlegen würden, ihre Naivität auszunutzen.

Er würde sie einzig und allein deswegen in seiner Wohnung wohnen und in seiner Bar arbeiten lassen, um auf sie aufpassen und dafür sorgen zu können, dass sie nicht in Gefahr geriet. Es bestand kein Zweifel daran, dass Samantha es in dieser Umgebung nicht lange aushalten würde. Vielleicht ein paar Tage, bevor ihr klar wurde, dass diese Art von Leben hart und unglamourös war, dass es schwer, anstrengend und aufreibend war, für seinen Lebensunterhalt arbeiten zu müssen, und dass eine Ehe mit einem wohlhabenden CEO aus ihrem eigenen sozialen Umfeld – *Liebe hin oder her* – am Ende doch genau das war, was sie wollte. Sie würde schnell herausfinden, dass das Gras auf der anderen Seite der Stadt *nicht* grüner war, und froh sein, in ihr reiches Leben zurückzukehren.

»Okay«, sagte er mit monotoner Stimme, lehnte sich auf seinem Stuhl zurück und verschränkte die Arme vor der Brust. »Ich gebe dir einen Job als Kellnerin in meiner Bar. Du fängst heute Abend an. Und du kannst hierbleiben, bis du genug Geld für eine eigene Wohnung gespart hast.«

Er betrachtete das T-Shirt, das sie trug, was ihn daran erinnerte, dass ihr Seidenoberteil und ihre Hose noch auf seiner Waschmaschine lagen, weil bei beiden *chemisch reinigen* auf dem Etikett stand. Sie brauchte praktische Kleidung und Jeans und bequeme Schuhe für die Arbeit, da sie stundenlang auf den Beinen sein würde.

»Ich rufe Katrina an, die beste Freundin meines Bruders. Sie kann mit dir ein paar Klamotten und Toilettenartikel einkaufen.«

Ihre Augen leuchteten vor Dankbarkeit. »Ich gebe dir das Geld zurück. Für alles.«

Er machte sich keine Gedanken über das Geld. Dank Jerry hatte er mehr, als er in seinem Leben ausgeben konnte. Ihm ging es allein darum, sie an die Arbeit zu schicken, denn je früher sie harte Arbeit kennenlernte, desto eher würde sie zurück nach Hause gehen und sein Leben wieder zur Normalität zurückkehren. Was auch der Faszination, die sie auf ihn ausübte, ein Ende bereiten würde.

Da die Angelegenheit für ihn erledigt war, stand er auf, schnappte sich seinen Kaffeebecher und ging in die Küche. Er hörte, dass sie ihm folgte. Ihre nackten Füße tapsten über den Hartholzboden. Sie stellte ihren Teller und ihre Tasse in die Spüle und drehte sich zu ihm um. Vorsichtig trat sie einen Schritt näher, befeuchtete nervös mit der Zunge die Unterlippe, und schon loderte in ihm die Anziehung und sexuelle Spannung auf, die er den ganzen Morgen in Schach hatte halten können.

Die Dankbarkeit in ihrem Blick war nun einer weiblichen Neugier gewichen und etwas noch weitaus Verlockenderem. Wagemutigem sogar. Er stand still da, unsicher, was sie vorhatte, musste jedoch nicht lange warten, um es herauszufinden. Sie legte die Hände auf seine Brust, und selbst durch das weiche Baumwollshirt fühlte sich ihre Berührung warm und viel selbstsicherer an, als sie es hätte sein sollen.

Gespannte Erwartung und Hitze fluteten seine Sinne, machten es beinahe unmöglich, rational zu denken, als sein Körper auf ihre langsame, subtile Verführung reagierte. Er verspürte ein gefährliches Sehnen zwischen den Beinen, und wenn sie noch näher kam, würde sie Bekanntschaft mit seinem hart gewordenen Schwanz machen.

Sie hielt seinen Blick fest, als sie sich auf die Zehenspitzen stellte und, mit den Lippen ganz nah an seinen, flüsterte: »Danke, Clay«, bevor ihr Mund seinen berührte und ihn küsste.

KAPITEL 4

Clay presste die Hände an die Seiten und ballte sie zu Fäusten. Er traute sich nicht, sich zu bewegen, als Samantha nach und nach den Druck ihres Mundes auf seinem verstärkte und ihre Dankbarkeit sich in etwas Sinnlicheres und Intimeres verwandelte. Der Kuss war warm, weich und ausdauernd, und ein begieriger Seufzer entfuhr ihr, als sie die Zunge spielerisch gegen seine Oberlippe schnellen ließ. Ihn neckte. Ihn quälte. Und seine Selbstbeherrschung auf die Probe stellte, die bei einem Mann wie ihm unklug und gefährlich war.

Einem Mann, der nichts von sanft oder langsam oder lieb hielt, wenn es um Frauen ging.

Scheinbar blind gegenüber seiner plötzlichen Anspannung, ließ sie die Hände seinen Brustkorb hoch und um seinen Nacken gleiten und presste ihren Körper an seinen. Die Wärme ihrer festen Brüste und harten Nippel drang durch ihre Shirts und weckte seine Sehnsucht nach ihr. Sein Verlangen wuchs, nagte an seiner Selbstkontrolle. Sie hatte keine Ahnung, wie nah er daran war, den Hunger zu stillen, der ihn seit letzter Nacht quälte.

Er legte die Hände auf ihre Taille und wollte sie wegschieben, diesen Irrsinn beenden und Grenzen setzen, doch dann biss diese erotische Frau spielerisch in seine Unterlippe und nahm sie zwischen die Zähne. *Oh, verdammt …*

Das letzte bisschen Selbstdisziplin war dahin, und das wilde Tier in ihm kam zum Vorschein. Egoistisch, wie er war, würde Clay sich nicht weigern, die Lust zu kosten, die sie ihm anbot. Letzte Nacht hatte sie unter dem Einfluss von Alkohol mit ihm geflirtet. Heute Morgen war sie völlig nüchtern und wusste genau, was sie tat. Und da dies seine einzige Chance war, sie zu schmecken, würde er sich nicht zurückhalten. Sie würde gleich Clays dominante, aggressive Seite kennenlernen, und er war sich sicher, dass Samantha dann zur Vernunft kam und erkannte, dass ihre Raffinesse nicht zu seinem rohen, groben Geschlechtstrieb passte.

Er hob die Hände, vergrub sie in ihrem Haar, griff mit den Fingern nach ihren Strähnen und zog ihren Kopf nach hinten. Überrascht rang sie nach Luft, als ihre Blicke sich trafen, doch nicht voller Argwohn oder Panik, wie er erwartet hatte. Vielmehr blitzte in ihren Augen Erregung auf, die das Blut in seinen Adern kochen ließ. Sie war so verdammt widersprüchlich, war in mancher Hinsicht so naiv und vertrauensvoll, doch so verwegen und furchtlos, wenn es um ihn ging. Diese Kombination weckte Begierde.

Bevor er es sich anders überlegen konnte, presste er seinen Mund auf ihren. Der Kuss war vom ersten Moment an heiß, hart und fordernd, und seine Zunge drang tief in ihren Mund ein, plünderte ihn, verschlang ihn. Sie stöhnte und umklammerte seinen Bizeps, als brauche sie etwas, woran sie sich festhalten konnte, während er seinen Mund auf ihrem ließ und sich an ihrem köstlichen, dekadenten Duft labte.

Sie schmeckte wie der Cupcake, als den er sie bezeichnet hatte. So köstlich, dass er sie verschlingen wollte. So süß, dass er nicht genug bekommen konnte, egal wie sehr er sich dem Kuss hingab. Er brannte für sie. Sie zitterte. Sein Schwanz pochte vor qualvollem Verlangen unter dem Reißverschluss seiner Jeans, und Begierde, mächtig und stark, vernebelte seinen Verstand.

Den Mund fest auf ihren gepresst, führte er sie rückwärts, bis ihr Hintern gegen die Kante des Tisches stieß, an dem sie eben noch gesessen hatten. Seine Hände glitten hinab zu ihren Hüften. Er hob sie leicht hoch, und schon saß sie auf der glatten Oberfläche. Er atmete schwer gegen ihre geöffneten Lippen, schob ihre Beine weit auseinander und stellte sich so dazwischen, dass sein harter Schwanz gegen ihren Slip stieß. Selbst durch den Jeansstoff spürte er ihre Wärme und Feuchtigkeit, und das machte ihn wild.

Er drang mit der Zunge tief in ihre Kehle, während sich sein Schwanz an ihrem Geschlecht rieb. Sie wimmerte und legte schamlos die Beine um seine Taille. Ihre weichen Hände fanden den Weg unter sein T-Shirt, berührten flüchtig seine Bauchmuskeln und wanderten hoch zu seiner Brust, bis ihre Finger seine Nippel erreichten und an den festen, empfindlichen Spitzen zupften.

Er stöhnte und zitterte. Sein Schwanz pochte fast schmerzhaft, und eine erbarmungslose Hitze durchflutete ihn.

Was zum Teufel tat er hier? Bei jeder anderen Frau hätte er ihn jetzt bereits tief in ihr versenkt, würde sie beide zu einem überwältigenden Orgasmus treiben. Doch er wusste intuitiv, dass Samantha Jamieson keine Frau war, die er unbekümmert vögeln konnte, um anschließend lässig seiner Wege zu gehen. Sie war wohlerzogen, kultiviert und würde sich wahrscheinlich nicht über den traditionellen Missionarssex hinauswagen. Er war ungeschliffen und mochte heißen, schwitzigen, schmutzigen Sex.

Er fuhr zurück, schaffte Abstand zwischen ihnen, mehr als genug, um dem Beinahe-Unfall ein Ende zu setzen. Sie schaute zu ihm hoch, die Lippen nass und geschwollen von seinem Kuss, das Gesicht gerötet vor Verlangen, und ihr Blick verriet deutlich ihre Erregung und die Hoffnung auf viel, viel mehr.

Aber dazu würde es nicht kommen. »Du spielst mit dem heißesten Feuer, das es gibt, Cupcake.« In seiner Stimme lag eine unmissverständliche Warnung.

Sie hob ganz leicht das Kinn, und ihr Mund verzog sich zu einem schamlosen Lächeln. »Noch vor wenigen Augenblicken schienst du nichts dagegen zu haben.«

Herrgott noch mal. Er wollte schmutzige Dinge mit diesem frechen Mund machen, wollte *ihr zeigen*, wie er mit schamlosen Frauen im Schlafzimmer umging. Diesem Drang zu widerstehen kostete ihn Mühe – weil allein die Vorstellung, wie ihr nackter Hintern unter seiner klatschenden Hand zitterte, ihn härter als Stein machte –, doch es gelang ihm, sich darauf zu konzentrieren, diese allzu wichtige Grenze zwischen ihnen zu ziehen. Er musste ihr den Kopf zurechtrücken, ihr klare Grenzen setzen, und die einzige Möglichkeit, dies zu tun, war die, schonungslos und grob genug zu sein, um diese Schickeriatusse wieder zur Vernunft zu bringen.

Er stützte die Hände zu beiden Seiten ihrer Hüften auf den Tisch, beugte sich vor und bedachte sie mit einem finsteren, einschüchternden Blick. »Ich bin kein Gentleman, Samantha«, sagte er schroff. »Mit mir ist es nicht harmlos und sanft und nett. Ich mag es, die Kontrolle zu haben und so hart und tief zu ficken, dass du schreien und am nächsten Tag wund sein würdest. Ich würde dich auf den Knien wollen, die Hände in dein Haar verkrallt, während du meinen Schwanz lutschst; und dann würde ich dich über diesen Tisch beugen, deine Beine weit spreizen und dich noch einmal ficken.«

Damit hatte er eindeutig ihre Aufmerksamkeit gewonnen, doch nicht so wie erhofft. Ihre Augen weiteten sich, ihr Atem wurde tiefer, und die Art, wie sie sich die Lippen leckte, verriet ihm, dass sie in Gedanken jedes dieser geilen Szenarien durchspielte.

»Was … was, wenn es das ist, was ich will?«, fragte sie leise.

Seine Bauchmuskeln spannten sich an. Er atmete tief und langsam aus und stellte noch einmal klar: »Es wird nicht passieren.« Er musste schlau genug für sie beide sein.

Sie schaute ihn mit gerunzelter Stirn an und wich auf eine Weise zurück, die ihm verriet, dass er einen Nerv getroffen hatte. »Ich bin 26 Jahre alt, und man hat mir mein Leben lang gesagt, was ich tun soll. Ich habe die Nase voll von Regeln, Clay. Ich habe genug davon, ein puritanisches, artiges Mädchen zu sein, wenn die Frau in mir Aufregung und Leidenschaft und einen Mann will, der mir beides bieten kann.«

»Ich bin nicht dieser Mann, Samantha«, sagte er barsch.

»Du bist jetzt, wo du ein bisschen Freiheit hast, einfach nur wild und rebellisch, und es gefällt dir, wie sich das anfühlt. Ich werde dich auf keinen Fall etwas tun lassen, was du später bereust.«

Sie zog einen Schmollmund, erhob jedoch keine weiteren Einwände, und das machte ihn mehr als alles andere nervös. Wer immer sie zuvor auch gewesen sein mochte, diese Inkarnation von Samantha Jamieson hatte eindeutig kein Problem damit, sich zu holen, was sie wollte.

Und sie hatte klargemacht, dass sie ihn wollte.

Samantha mochte Katrina sofort. Sie war freundlich, liebenswürdig und traf bei Clay mit einem Tank-Kleid und Flip-Flops für Samantha ein, deren Bluse und Hose noch immer schmutzig waren. Katrina war kleiner und zierlicher als Samantha, doch das Kleid war lose geschnitten und würde gehen, bis Samantha etwas wirklich Passendes gefunden hatte.

»Kann's losgehen?«, fragte Katrina, als Samantha mit dem bequemeren Outfit aus Clays Schlafzimmer auftauchte.

»Ja. Und noch mal danke, dass du mir das Kleid und die Schuhe leihst.« Es machte Samantha ein wenig verlegen, dass sie sich Kleidungsstücke von jemandem borgen *musste*. Auch das war noch nie vorgekommen. »Ich weiß ds wirklich zu schätzen.«

»Kein Problem«, sagte Katrina mit einer wegwerfenden Handbewegung, doch ihre hübschen grünen Augen verrieten unverhohlenes Interesse. »Obwohl ich sagen muss, dass ich es noch nie erlebt habe, dass Clay eine Frau bei sich übernachten, geschweige denn so schnell hat einziehen lassen.«

Samantha spürte, wie eine warme Röte ihre Wangen überzog, obwohl das Lächeln, das Katrina ihr schenkte, unbeschwert und neckend war. Sie hatte keine Ahnung, was Clay ihr von ihrem Arrangement erzählt hatte oder wie sie überhaupt in seiner Wohnung gelandet war. Sobald er Samantha nach diesem glühend heißen Kuss klargemacht hatte, dass er sie auf keinen Fall etwas tun lassen würde, was sie später bereuen könnte, hatte er sie weggestoßen, gemurmelt, dass er Katrina von seinem Büro in der Bar aus anrufen würde, und war aus der kleinen Wohnung gestakst.

Er hatte sie auf dem Tisch sitzen lassen, allein mit all den Gedanken, die ihr durch den Kopf gingen. Vor allem dem, dass sie noch *nie* eine so rohe Leidenschaft empfunden hatte. Und dass er gesagt hatte, harmlos und sanft und nett sei nicht sein Ding. Selbst jetzt noch zog sich ihr Magen zusammen, wenn sie an all die verruchten Dinge dachte, die Clay, wie er gesagt hatte, mit ihr tun wollte. Er hatte sie abschrecken wollen, stattdessen jedoch ein Verlangen in ihr entfacht, dass nur *er* würde befriedigen können. Kein anderer Mann würde ihr genügen, nachdem er ihren Mund auf so geile, wollüstige Weise in Besitz genommen und ein so brennendes Verlangen in ihr entfacht hatte.

»Ich bleibe nur vorübergehend hier«, erwiderte Samantha, während sie ihre Tasche vom Sofa nahm. »Bis ich ein bisschen Geld verdient habe und mir über ein paar Dinge klar geworden bin.« Was, wie sie hoffte, höchstens ein paar Wochen dauern würde.

Katrinas Blick wanderte von der Designertasche in Samanthas Hand hoch zu ihrem Gesicht. Sie schaute sie einfach nur neugierig an, ohne zu urteilen, und Samantha hoffte, dass sie die Tasche einfach nur für ein billiges Imitat hielt. Ihr altes Leben sollte ihr neues nicht störend beeinflussen, was hieß, dass die Louis Vuitton verschwinden musste, denn das Letzte, was sie wollte, war, Aufmerksamkeit auf sich zu ziehen.

Samantha folgte Katrina aus einer Seitentür und eine Holztreppe hinab zu einem kleinen Parkplatz. Soweit sie sich an gestern Abend erinnern konnte, führte die andere Tür in der Wohnung direkt zu der unten liegenden Bar, was für Clay sehr bequem war.

Katrina drückte auf die Fernbedienung in ihrer Hand, die zu einem schnuckeligen VW-Käfer in einem schillernden Violett gehörte, der so flippig war wie seine Besitzerin und zu den pflaumenfarbigen Strähnen in ihrem blonden lockigen Haar wie auch zu dem glänzenden Nagellack passte.

Katrina war hübsch, hatte aber auch etwas Taffes an sich, von ihrer Art sich zu bewegen bis hin zu ihrer Gesamterscheinung – in allem schwang mit: *Leg dich nicht mit mir an*, was Samantha bewunderte und respektierte. Sie trug eine enge schwarze Jeans, Leder-Schnürstiefel mit spitzen Absätzen und ein schwarzes Tanktop, das die farbenfrohen Tattoos zur Geltung brachte, die ihren linken Arm bedeckten und sich seitlich ihren Hals hochzogen. Die Tätowierung sah aus, als würden Dutzende exotischer Schmetterlinge auf ihrer Haut den Arm entlangfliegen. Es war ein wunderschönes Kunstwerk, das sich von allem unterschied, was Samantha je bei einer Frau gesehen hatte.

Andererseits verunstalteten die Ladys und Freundinnen

in ihren Kreisen ihre perfekte Haut auch nicht mit Tattoos. Ihre eigene Mutter hatte ihr in einem Lebensmittelladen beim Anblick eines Mädchens mit ein paar Tattoos zugeflüstert, dass nur Heiden und Menschen ohne Format sich Tattoos machen ließen, dass sie abscheulich und entwürdigend seien. Samantha hatte dies immer anders gesehen, ja, sich sogar selbst ein Tattoo gewünscht, es jedoch nicht gewagt, dem Drang nachzugeben, weil sie wusste, dass ihre Eltern empfindlich darauf reagieren würden.

Das war die alte Samantha, das beispielhaft brave Mädchen, immer darum bemüht, Mutter und Vater nicht zu enttäuschen. Ein kleines Lächeln umspielte ihren Mund, als sie an all die Regeln dachte, die sie an knapp einem Tag bereits gebrochen hatte, und wie gut es sich anfühlte, zur Abwechslung einmal unartig zu sein. Vor allem, was Clay betraf.

Als sie beide in dem kleinen und überraschend bequemen Auto saßen, schaute Katrina zu Samantha hinüber, während sie den Schlüssel im Zündschloss drehte. »Clay hat gesagt, dass du im Kincaid's als Kellnerin arbeiten wirst, also brauchst du eine Jeans und bequeme Schuhe, richtig?«

Samantha nickte und versuchte, Katrinas Ton zu deuten, doch die Frau verstand es wirklich gut, ihre wahren Gedanken verborgen zu halten. Und so versuchte sie, es zu erklären. »Ich weiß, dass dir die ganze Situation, dass ich bei Clay wohne und in der Bar arbeite, seltsam vorkommen muss …«

»Oh, das ist überhaupt nicht seltsam«, unterbrach Katrina sie mit einem kleinen Lächeln auf den Lippen und einem Schulterzucken, bevor Samantha ihren Satz beenden konnte. »So ist Saint Clay eben. Er kümmert sich um Leute.«

Samantha runzelte die Stirn. Saint Clay? Sie versuchte, aus dem Spitznamen schlau zu werden, und wunderte sich, wie der ruppige Mann, den sie kennengelernt hatte, zu ihm gekommen war, doch bevor sie Katrina danach fragen konnte, sagte die: »Wir sollten uns beeilen.«

Sie legte den Rückwärtsgang ein, um aus der Parklücke herauszusetzen. »Ich habe zwei Stunden, bevor Mason mich wieder im Laden erwartet, obwohl er mich ehrlich gesagt am Arsch lecken kann, *so eine* Forderung zu stellen, wo ich doch die Managerin des Ladens bin und nicht seine Sklavin.«

Samantha konnte sich ein Grinsen nicht verkneifen, als die andere Frau sich in den Verkehr einfädelte. Oh ja, sie mochte Katrina. Sehr sogar. Das Mädchen hatte offenbar keine Skrupel, die Dinge beim Namen zu nennen, oder sich zu weigern, sich von jemandem etwas gefallen zu lassen.

»Mason ist Clays Bruder, richtig?«, fragte Samantha.

»Er ist *einer* von Clays Brüdern, ja«, erwiderte Katrina, während sie sich eine Sonnenbrille aufsetzte. »Da ist auch noch Levi, der Jüngste von den dreien.«

Samantha, die ein Einzelkind war, hatte sich immer Geschwister gewünscht, doch gleich nach ihrer Geburt hatte es Komplikationen gegeben, die ihre Mutter zu einer Not-Totaloperation zwangen – worüber Samanthas Vater nicht glücklich gewesen war, da er statt des Sohns, den er gerne gehabt hätte, eine Tochter bekommen hatte.

»Ich nehme an, sie stehen sich alle sehr nahe?«

»Das würdest du nicht denken, wenn du siehst, wie sie miteinander umgehen, aber ehrlich gesagt kann Mason ein ziemliches Arschloch sein und bringt seine beiden Brüder gern in Rage.« In Katrinas Stimme schwang Humor mit, bevor ihr Gesichtsausdruck ernster wurde. »Aber ja, sie stehen sich nahe. Die drei haben viel zusammen durchgemacht, und es gibt nichts, was sie nicht füreinander tun würden. Abgesehen davon könnten sie in puncto Aussehen *oder* Persönlichkeit nicht unterschiedlicher sein.«

Samanthas Neugier war geweckt. »Inwiefern?«

»Na ja, wie Brüder *aussehen* tun sie eher nicht, aber sie sind alle geile, umwerfende Typen.« Katrina grinste, sie wusste diese Qualität der Brüder Kincaid eindeutig zu schätzen. »Was ihre Persönlichkeit angeht, ist Clay der Verantwortungsbewusste, Beherrschte. Mason ist seit jeher der großspurige Teufelskerl und Levi der gute, ehrbare Bulle, der es nicht wagen würde, irgendwelche Regeln zu brechen, wenn du weißt, was ich meine. Er ist so verdammt puritanisch.«

Samantha lachte, obwohl sie das Gefühl hatte, dass sie sich angesichts dieser Beschreibung seines Charakters gut mit Levi verstehen würde, auch wenn sie sich stark zu Clay hingezogen fühlte. Bei Mason war sie sich nicht so sicher. Er klang nach einem bösen Jungen, der es genoss, brave Mädchen zu korrumpieren, nach dem Typ Mann, vor dem ihre Mutter sie als Teenager immer gewarnt hatte. Und sie hatte sich artig von solchen Jungen ferngehalten, trotz der Faszination, die sie aus der Ferne auf sie ausübten.

Nach diesem Morgen mit Clay verstand Samantha, welchen Reiz es hatte, von einem Mann verdorben zu werden, der verrucht und knallhart und ein purer Alpha-Mann war. Clays dominantere Seite hatte sie auf eine Weise erregt, wie sie es nie für möglich gehalten hätte, denn die Männer, mit denen sie bis jetzt zusammen gewesen war, hatten sich als höflich, korrekt und wenig antörnend im Bett erwiesen.

Und bei Harrison musste alles sauber und ordentlich sein, einschließlich jeden körperlichen Kontakts – ob es nun darum ging, jemandem die Hand zu schütteln, oder darum, was sie beide im Schlafzimmer taten. Seine Zwangsneurose und schwere Ansteckungsphobie hatten dafür gesorgt, dass sie beim Sex schnell zur Sache kamen. Es hatte kein gemächliches Vorspiel gegeben, bei dem Münder und Finger in heiße, nasse Öffnungen glitten. Keine tiefen, erregenden Zungenküsse, die sie dahinschmelzen ließen. Und sobald es vorbei war, war er aus dem Bett gestiegen, um zu duschen. Ohne sie.

Sie hatte genug *Gentlemen* gehabt, genug *harmlosen und sanften und netten* Sex, und der war das Letzte, was sie sich von einem selbstbewussten Mann wie Clay wünschte. Sie wollte genauso gefordert und besessen werden, wie er es am Morgen beschrieben hatte. Sie wollte erleben, wie es war, Clays Händen und Mund ausgeliefert zu sein. Wollte spüren, wie es sich anfühlte, unter seinem starken, festen Körper festgenagelt zu sein, während er sie vögelte und ihr keine andere Wahl ließ, als die Lust zu akzeptieren, die er ihr verschaffte.

Samantha unterdrückte das Stöhnen, das diese Fantasien ihr zu entlocken drohten. Unter großen Mühen zwang sie sich, ihre Konzentration auf Katrinas Worte zu richten, die noch über die Brüder Kincaid erzählte und deren lebhafte Stimme verriet, dass sie alle drei ziemlich gut kannte und jeden von ihnen sehr mochte.

»Ich nehme an, du kennst sie schon lange?«, fragte Samantha, als Katrina zu reden aufhörte.

»Ich habe Mason kennengelernt, als ich 14 war, und wir …« Sie hielt einen Moment lang inne, als bremse sie sich, etwas zu sagen, was sie nicht sagen wollte, bevor sie vorsichtiger fortfuhr: »Wir waren auf derselben Highschool. Eine Gemeinsamkeit hat uns zusammengeschweißt, und seitdem sind wir beste Freunde.«

Samantha erkannte instinktiv, dass mehr an dieser Geschichte dran war, wollte jedoch nicht neugierig sein. »Und jetzt arbeitest du mit ihm zusammen?«

»Also eigentlich arbeite ich *für* Mason«, stellte Katrina klar, als sie zu einem großen Einkaufszentrum mit vielen Läden und einem Target als Kundenmagnet einbog. »Er besitzt ein paar Straßen von Clays Bar entfernt einen Tattooladen namens Inked. Ich verwalte vor allem den Laden, mache seine Buchführung und sorge dafür, dass er seinen Scheiß geregelt kriegt, aber gelegentlich zeichne ich auch Entwürfe für die Kunden, mache aber keine Tätowierungen.«

Samantha betrachtete erneut die fantastischen Bilder auf Katrinas Haut, die so lebensecht aussahen. »Hat Mason all die Schmetterlinge auf deinen Arm und deinen Hals tätowiert?«

»Nein. Jemand anders«, erwiderte Katrina, die ihren Käfer in eine Parklücke steuerte.

Da Katrina gerade gesagt hatte, Mason sei ihr bester Freund, und da sie in seinem Laden arbeitete, überraschte es Samantha, dass ein anderer Künstler sie tätowiert hatte. »Sie sind wunderschön.«

»Danke.« Katrina setzte ihre Sonnenbrille ab, und einen kurzen Moment lang verriet der Ausdruck in ihren Augen, dass mit diesen Schmetterlingen etwas Emotionaleres verbunden war, bevor er von einem vergnügten Lächeln vertrieben wurde. »Komm. Lass uns die Sachen kaufen, die du brauchst, und ein bisschen von Clays Geld auf den Kopf hauen.«

Katrina ließ es klingen, als würde Clay im Geld schwimmen, was nicht der Fall sein konnte, wenn man bedachte, wo seine Bar lag und in welch kleiner Wohnung er lebte. Wie auch immer, Samantha hasste den Gedanken, auch nur einen Cent von Clays Geld ausgeben zu müssen. »Ich brauche nur das Nötigste, um bis zu meinem Lohnscheck zurechtzukommen.« Und dann würde sie ihm alles zurückzahlen, was sie heute ausgab.

Als sie aus dem Auto stieg und Katrina zu dem riesigen Laden folgte, sah diese sie mit einem verschlagenen Grinsen an. »Glaub mir, du wirst schon *vor* deinem ersten Lohnscheck Geld haben. Wir kaufen dir eine eng sitzende Jeans für die Arbeit und du bekommst ein eng anliegendes Kincaid's-T-Shirt, und ich garantiere dir, dass die Männer, die in die Bar kommen, dir das Trinkgeld *nachwerfen* werden.«

»Oder auch nicht, denn ich habe keine Ahnung, was ich tue«, scherzte Samantha. Doch es war die Wahrheit. Sie nahm an, dass es nicht schwierig sein würde, Bestellungen aufzunehmen und Drinks zu servieren, war sich aber sicher, dass sie einiges zu lernen hatte und zunächst einige Fehler machen würde.

Samantha konnte nur hoffen, dass Clay sie nicht schon am ersten Abend feuerte.

KAPITEL 5

Clay gelang es, Samantha den größten Teil des Tages aus dem Weg zu gehen. Während sie mit Katrina unterwegs gewesen war, ja selbst nach ihrer Rückkehr, war er unten in der Bar geblieben, hatte den Alkoholbestand überprüft und sich damit beschäftigt, alles für den abendlichen Ansturm vorzubereiten. Die Happy Hour begann um vier, und montags war Ladies' Night, was hieß, dass es für Frauen Drinks zum halben Preis gab.

Die allwöchentliche Werbung war großartig fürs Geschäft, doch der Zustrom weiblicher Gäste lockte auch jede Menge Männer an, die Beute machen wollten. Dementsprechend war immer sehr viel los. Um halb vier trafen die Angestellten ein – Hank, der Koch, der die Appetithappen vorbereitete, Elijah, der sicherstellte, dass alle Trinkgläser gespült und vorrätig für die Flut an Bestellungen waren, Tara und Gina, die hinter der Bar standen, sowie Amanda und Tessa, zwei erfahrene Getränkekellnerinnen.

Während Samantha mit Katrina shoppen gewesen war, hatte Clay für sie ein Kincaid's-Barshirt auf den Tisch gelegt sowie einen Zettel mit der Nachricht, dass sie zur festgelegten Zeit arbeitsbereit unten in der Bar sein solle. Er warf gerade einen Blick zu der Tür, die hoch zu seiner Wohnung führte, als diese sich öffnete und die Frau, die heute viel zu oft in seinem Kopf herumgespukt hatte, auftauchte und auf den Bartresen zusteuerte, auf dem er gerade eine Kiste Bier abgestellt hatte.

Verdammt, sie sah gut aus. Er hatte sich Sorgen gemacht, ob sie zum Rest seiner Angestellten passen würde, doch all seine Bedenken lösten sich in Luft auf, als er sie näher kommen sah. Verschwunden war die elegante, nach Geld riechende Lady, die gestern Abend nur zu dem einen Zweck in seine Bar gekommen war, um sich zu betrinken. Jetzt, da ihr Haar in losen, natürlichen Locken herabfiel und sie nur ganz wenig Make-up trug, sah diese Frau jung und frisch aus, und ihre Augen strahlten erwartungsvoll. Sie sah aus, als *gehöre* sie in diese Umgebung.

Er wusste, dass der Hauptgrund ihre Kleidung war, und herrje, enger konnte die Jeans, die sie heute gekauft hatte, wahrlich nicht sitzen. Der Jeansstoff in dunkler Waschung schmiegte sich an ihre Kurven, betonte ihren Hüftschwung, ihre straffen Oberschenkel und die langen, schlanken Beine. Das T-Shirt, das er ihr hingelegt hatte, spannte sich straff über ihrer Brust, und er war ein verdammter Idiot, Besitzerstolz zu empfinden, weil sein Nachname, *Kincaid's*, über ihren vollen Brüsten prangte, als handele es sich eher um ein Statement, dass sie ihm gehörte, als um den Namen der Bar. Er brauchte dem *Kincaid's* nur noch *Eigentum von* hinzuzufügen, um sein albernes Verlangen, Anspruch auf sie zu erheben, kundzutun, bevor irgendwelche anderen Männer kamen und sie anbaggerten.

Und er war sich sicher, dass sie das tun würden. Die Männer, die heute Abend zur Ladies' Night kamen, waren in der Regel großspurige, dreiste Typen, die nach ein paar Drinks allzu aggressiv und grob wurden und jegliche Zurückhaltung verloren, die sie bei ihrer Ankunft vielleicht noch gehabt hatten. Im Großen und Ganzen gelang es Clay, alles unter Kontrolle zu halten, aber er wusste, dass Samantha heute Abend einen gewaltigen Kulturschock erleben würde. Wenn er Glück hatte, wäre sie noch vor dem Ende des Abends verschwunden und würde dorthin zurückkehren, woher sie gekommen war.

Weil es für ihn wirklich, *wirklich* wichtig war, dass sie ging. Sie stellte eine zu große Ablenkung und Versuchung dar, was sie wieder einmal unter Beweis stellte, als sie vom anderen Ende des Raums her seinem Blick begegnete und ihm ein süßes, sinnliches Lächeln schenkte, das seinen Schwanz in seiner Jeans zucken und ein Stöhnen in seiner Kehle aufsteigen ließ. Er schluckte es herunter, bevor der Laut entweichen konnte.

»Was zum Teufel macht sie noch hier?«, fragte Tara, die neben ihm stand, mit gerunzelter Stirn, als ihr Blick in dieselbe Richtung wanderte wie seiner. »Und warum trägt sie die Baruniform?«

»Weil sie einen Job braucht«, murmelte er und machte sich daran, Bierflaschen in den Eisbottich zu stecken, damit er Tara nicht in die Augen sehen musste.

Da er wusste, dass er es nicht lange würde geheim halten

können, dass Samantha bei ihm wohnte, beschloss er, es hinter sich zu bringen und die Tatsache offenzulegen.

Er richtete sich auf und sah Tara schließlich in die Augen. »Und da es ja doch bald alle wissen werden: Sie wohnt für eine Woche oder so oben in meiner Wohnung.«

»Du machst wohl Witze!« Tara riss ungläubig die Augen auf. »Ich dachte, du hättest gesagt, du würdest dich um sie kümmern wie um jeden anderen beschwipsten Gast. Würdest sicherstellen, dass sie heil nach Hause kommt und so weiter.« Sie schüttelte den Kopf und die Andeutung eines Lächelns umspielte ihren Mund. »Du konntest einfach nicht widerstehen, diese Jungfrau in Nöten zu retten, stimmt's?«

Er würde ihre Frage nicht beantworten, und er hatte es nicht nötig, sich dafür zu rechtfertigen, dass er Samantha bei sich wohnen ließ. »Mach dir keine Sorgen. Sie wird nicht lange bleiben.«

Tara warf ihm von der Seite her einen neugierigen Blick zu, während sie einen Stapel Servietten auf den Tresen legte und begann, Umrührstäbchen nachzufüllen. »Wieso?«

»Weil sie noch nie in einer Bar gearbeitet und keinen blassen Schimmer hat, was sie heute Abend erwartet.«

Tara konnte sich ein Grinsen nicht verkneifen. »Du hoffst also, dass die Radaubrüder sie verschrecken und dorthin zurückschicken werden, wo immer sie auch hergekommen ist?«

»Das ist der Plan«, gab er zu. Weil er nach der morgendlichen Begegnung keine Ahnung hatte, wie lange er die Finger von ihr lassen konnte. Vor allem, da sie es ihm bereits erlaubt hatte, sie mit solch heißer Begierde zu küssen, und ihn hatte wissen lassen, dass sie von allem, was er zu bieten hatte, noch sehr viel mehr wollte. Und verdammt, wie gern würde er es ihr geben. Zu gern.

Samantha erreichte schließlich die andere Seite der Bar und schenkte ihm ein fröhliches Lächeln. »Ich bin bereit anzufangen. Wo brauchst du mich?« Ihre unschuldigen Worte klangen nicht ganz so unschuldig in Clays schmutziger Fantasie.

Auf den Knien vor mir … flach auf dem Rücken, die Beine fest um meine Taille geschlungen, während ich hart und tief in dich eindringe …

»Da Clay im Moment nicht in der Lage zu sein scheint zu sprechen – ich bin Tara«, sagte seine Barkeeperin trocken und winkte eine der anderen Getränkekellnerinnen herbei. »Amanda kann dir einen Crashkurs geben, wie man Getränkebestellungen aufnimmt und was dich heute Abend erwartet.«

Samantha wirkte kein bisschen nervös wegen ihres ersten Abends in diesem Job. »Das wäre super.«

»Sie kann dir in den ersten paar Stunden, nachdem wir geöffnet haben, unter die Arme greifen«, fuhr Tara fort und legte eine kleine Gummimatte auf den Bartresen. »Aber irgendwann wird es hier rappelvoll sein, und dann hast du einen Bereich ganz für dich und musst allein zurechtkommen.«

»Gut, dass ich schnell lerne.« Eine allzu selbstbewusste Samantha wandte sich Amanda zu und stellte sich vor. Dann verschwanden die beiden, damit Amanda ihr schnell die Getränketerminologie und das Bestellsystem erklären konnte.

»Läuft da was zwischen euch?«, fragte Tara amüsiert, als sie begann, Limonen in Scheiben zu schneiden. »Denn weißt du, als du sie angestarrt hast wie ein Taubstummer, hast du einen Moment lang so ausgesehen, als wolltest du über die Bar springen, die Frau packen und alle möglichen schmutzigen Dinge mit ihr tun.« Sie zog die Augenbrauen hoch, sie amüsierte sich köstlich.

Hör verdammt noch mal auf, meine Gedanken zu lesen, Tara. »Du hast eine blühende Fantasie.« Er sah sie ausdruckslos an.

»Du kannst es leugnen, soviel du willst, Saint Clay.« Mit zusammengekniffenen Augen richtete sie das Messer auf ihn, um ihren Worten Nachdruck zu verleihen. »Aber ich habe es noch nie erlebt, dass du eine andere Frau so angesehen hast. Nicht einmal Vicky.«

Vicky, die Frau, mit der er sich seit einem Jahr gelegentlich zu ungezwungenen Sexdates traf. Nein, er hatte noch nie diesen irrsinnigen Hunger, dieses Verlangen nach Vicky verspürt, das er nach Samantha hatte. Deswegen war sie die perfekte Affäre. Aber er würde seine Schwäche für Samantha weder Tara noch jemand anderem gegenüber zugeben.

»Ich dachte, du machst deinen Abschluss in Wirtschaft, *nicht* in Psychologie«, scherzte er, um ihren prüfenden Blick von sich abzulenken.

Die leichte Sorgenfalte auf ihrer Stirn blieb. »Sei einfach … vorsichtig, Clay.«

Ich möchte nicht, dass du verletzt wirst. Er las die unausgesprochenen Worte in ihren Augen, und die Tatsache, dass Tara dies überhaupt für möglich hielt, ärgerte ihn. Es gab nur eine Frau, die er je so nah an sich herangelassen hatte, dass sie ihm wehtun konnte – seine Mutter –, und das brutale Verletztheitsgefühl und die Wut, die ihre Herzlosigkeiten in ihm hervorgerufen hatten, stellten so gut wie sicher, dass Clay nie wieder irgendeiner anderen Frau so viel Macht über sich geben würde.

Nein, Tara hatte keinen Grund, sich Sorgen zu machen, dass er etwas so Leichtsinniges und Dummes tat, wie sich in Samantha zu verlieben, eine Frau, die garantiert in ein paar Tagen wieder verschwunden war. Spätestens in einer Woche. Darauf würde er seine Bar verwetten.

»Da läuft *nichts.*« Seine Stimme klang viel ruhiger, als er sich fühlte. »Ich helfe ihr nur in einer schwierigen Phase ihres Lebens. Das ist alles.«

Tara öffnete den Mund, um etwas zu erwidern, doch Clay hob die Hand und bremste sie, bevor sie etwas sagen konnte. »Die Unterhaltung ist beendet. Ich schaue mal nach, ob Hank in der Küche Hilfe braucht, bevor die Happy Hour beginnt.«

Tara schürzte die Lippen, und als er sich umdrehte und davonging, hörte er deutlich, wie sie hinter ihm murmelte: »Sturer Bock.«

Egal! Man hatte ihn schon Schlimmeres genannt.

Er ging nach hinten in die kleine Küche, wo Hank gerade riesige Bleche mit Hähnchenflügeln aus dem Ofen zog, die er im Fall einer Bestellung in die Fritteuse werfen würde. Elijah, der im Moment keinen Abwasch zu erledigen hatte, half Hank, die anderen Appetithappen vorzubereiten – Beef Sliders, Hähnchensticks, überbackene Kartoffeln und einige andere Häppchen.

»Alles in Ordnung hier?«, fragte Clay.

Hank schenkte ihm sein typisches gut gelauntes schiefes Lächeln und streckte den Daumen hoch, während er in der Küche herumhantierte. »Yep, alles bestens, Boss.«

Clay beobachtete das Duo noch ein paar Minuten lang, froh, dass er den beiden eine Chance gegeben hatte. Sie waren gute, harte Arbeiter, aber vor allem hatten sie den Job nicht nur gebraucht, sie hatten ihn unbedingt *gewollt.* Des Geldes wegen, ja, aber auch, um ihre Würde wiederzugewinnen.

Insbesondere Hank. Clay hatte den Mann vor ein paar Jahren eingestellt, als er auf der Suche nach einem Job ins Kincaid's gekommen war. *Nach irgendeinem Job.* Damals war er 28 gewesen, ein Jahr zuvor aus der Armee entlassen worden und behindert, weil er durch eine Sprengfalle eins seiner Beine sowie sein rechtes Auge verloren hatte. Das Schrapnell hatte sich in seine rechte Gesichtshälfte gegraben, die Nerven zerstört und eine Lähmung verursacht. Deswegen hatte Hank dieses schiefe Grinsen so gut drauf.

Trotz allem war Hank in erstaunlich guter körperlicher Verfassung. Er hatte eine Beinprothese und sah mit der Augenklappe, die er trug, wie ein gefährlicher Pirat aus, womit die Mädchen ihn gern aufzogen. Hank hatte eine großartige Einstellung und weigerte sich, sich von seinen Verlusten definieren zu lassen.

Der Klang eines aktuellen Rocksongs, der aus den Lautsprechern im Hauptbereich der Bar drang, verriet Clay, dass die Öffnungszeit kurz bevorstand. Das digitale Unterhaltungssystem wählte beliebte Songs aus einer Playlist aus und projizierte die entsprechenden Musikvideos auf einen riesigen Flachbildschirm an der hinteren Wand. Das war trendy und gefiel den Leuten – sie hatten etwas zum Anschauen oder konnten auf der Tanzfläche mitmachen, die in der Ladies' Night normalerweise irgendwann brechend voll war.

Um 16 Uhr trafen nach und nach die ersten Gäste ein, Männer und Frauen, meist zu zweit. Noch war relativ wenig los, sodass Samantha die Chance hatte, das Wesentliche zu lernen, während sie Seite an Seite mit Amanda arbeitete. Clay beobachtete, wie sie Getränkebestellungen aufnahm und Amanda gelegentlich eine Frage stellte, bevor sie ihre Aufmerksamkeit wieder dem Gast zuwandte. Soweit er das beurteilen konnte, eignete sie sich die Barterminologie schneller als erwartet an. Sie gab die Bestellungen auf und servierte die Cocktails und Bierflaschen auf einem Tablett mit mehr Geschick, als er es ihr zugetraut hätte.

Für jemanden, der nicht einen Tag in seinem Leben hatte arbeiten müssen, schien sie sich sehr gut anzustellen. Verdammt, sie schien sich sogar gut zu amüsieren, als sie mit einer Gruppe von Frauen plauderte, während sie deren Wünsche auf einem Notizblock festhielt. Dann ging sie zum nächsten Tisch, an dem ein paar junge Typen saßen, die unverhohlen mit ihr flirteten. Clays Magen verkrampfte sich, als sie deren Lächeln erwiderte und über etwas lachte, was einer von ihnen sagte. Er musste sich mehrmals daran erinnern, dass Anmachsprüche und lockere Annäherungsversuche an einem Ort wie diesem in der Natur der Sache lagen und dass alle Barkellnerinnen regelmäßig angebaggert wurden. Sie flirteten sogar zurück, um mehr Trinkgeld zu bekommen. Solange ein Kunde nicht vulgär war und seine Mädchen antatschte, wurde das Verhalten toleriert.

Doch dieses Wissen hielt Clay nicht davon ab, einen Mistkerl, der Samanthas Hintern unter die Lupe nahm, als sie wegging, um die Getränkebestellungen aufzugeben, wütend anzustarren.

»Meine Güte, Clay. Dein mürrischer Gesichtsausdruck wird noch die Gäste verschrecken«, sagte Katrina, die vor ihm auf einen Barhocker glitt.

Er war so damit beschäftigt gewesen, Samantha zu betrachten, dass er Katrina nicht hatte hereinkommen sehen.

Sie folgte seinem Blick zu der Frau, die ihn in so vielerlei Hinsicht verrückt machte. »Oder vielleicht willst du ja die Typen hier in der Bar so einschüchtern, dass sie die Finger von deinem glänzenden neuen Spielzeug lassen.«

»Von mein kann keine Rede sein«, erwiderte er schroff und wünschte, die Leute würden mit dieser Unterstellung aufhören. Er wandte sich wieder Katrina zu, überrascht, sie an einem Montagabend im Kincaid's zu sehen. »Was machst du hier überhaupt? Du kommst doch nie zur Ladies' Night.«

»Weil es da wie auf einem Fleischmarkt zugeht.« Sie rümpfte angeekelt die Nase, als sie auf das Gewühl von Männern und Frauen deutete. »Hier ist doch jeder auf der Suche nach einer unverbindlichen Affäre, deswegen sitze ich *allein* an der Bar.«

Clay zuckte die Achseln, obwohl er wusste, dass sie die Wahrheit sagte. »Es geht mich nichts an, was sie tun, sobald sie das Lokal verlassen. Ich serviere lediglich die Drinks, solange sie hier sind, und du hast immer noch nicht meine Frage beantwortet. Warum bist *du* hier?«

»Um moralische Unterstützung zu leisten.« Sie grinste ihn an.

»Samantha?«, riet er, während er den Behälter mit den Maraschinokirschen nachfüllte, mit denen die Cocktails garniert wurden.

Katrina nickte, streckte die Hand aus, um nach einer Frucht mit Stiel zu greifen, zupfte die Kirsche mit den Zähnen ab und aß sie. »Ich dachte, es wäre schön für sie, hier heute Abend ein bekanntes Gesicht zu sehen.«

»Ich nehme an, ihr beide habt euch heute beim Einkaufen gut verstanden?«

»Oh ja.« Katrinas Gesichtssaudruck wurde weicher. »Sie ist wirklich sehr nett. Für ein reiches Mädchen.«

Neugierig hob er eine Augenbraue. Davon, dass Samanthas Familie eine milliardenschwere Investmentgesellschaft besaß, hatte er weder Katrina noch sonst jemandem etwas erzählt. Vielleicht hatte Samantha es ihr gesagt, was er jedoch für unwahrscheinlich hielt, da sie versuchte, sich ein neues Leben aufzubauen, fern dem Reichtum und Einfluss der Jamiesons.

»Und wie kommst du darauf, dass sie reich ist?«, fragte er.

Katrina verdrehte die Augen, als sei das doch offensichtlich. »Als ich sie abgeholt habe, hatte sie eine Louis-Vuitton-Tasche dabei, die dreitausend Dollar kostet. Zuerst dachte ich, es sei ein verdammt gutes Imitat, aber als wir ins Target reingegangen sind, sah sie aus wie ein Kind in einem Süßwarenladen. Obwohl es richtig niedlich war, wie sie versucht hat, mit deinem Geld hauszuhalten.« Katrina grinste amüsiert. »Außerdem schien sie von der großen Auswahl an Shampoos und Duschlotionen überwältigt zu sein und hat mich immer wieder gefragt, welches das beste Produkt für den besten Preis ist. Ein *normaler* Mensch würde genau wissen, was er braucht und welche Marke er kaufen muss, weil er das Zeug regelmäßig benutzt.«

Es war eine clevere und präzise Schlussfolgerung, doch Clay, der gerade den Tresen abwischte, wollte sie weder bestätigen noch abstreiten. »Noch mal danke, dass du mit ihr in den Laden gefahren bist und ihr geholfen hast zu kaufen, was sie braucht«, sagte er und wechselte das Thema. »Die Cocktails für die Damen kosten heute Abend nur die Hälfte. Was also darf ich dir bringen?«

»Einen Mojito, bitte.«

»Kommt sofort.« Er gab Minze und Limettensaft in ein Glas, um beides zu vermischen, bevor er den Alkohol hinzufügte.

Katrina drehte sich auf ihrem Stuhl um, zufrieden damit, die Aktivitäten um sie herum aus der Ferne zu beobachten. Die Bar füllte sich langsam – was um sechs Uhr abends normal war, wenn alle von der Arbeit kamen und die Happy Hour nutzten, in der es die Appetithappen zum halben Preis gab. Um sieben war es dann normalerweise brechend voll, und der Ort brodelte vor Leben. Nachdem er Katrina ihren Drink serviert hatte, wandte Clay sich wieder seiner Arbeit hinter der Bar zu, füllte Getränke nach und half Tara und Gina, jetzt, wo immer mehr Frauen eintrafen, mit den Bestellungen Schritt zu halten. Die Tanzfläche füllte sich, und in der Bar war so viel los, dass es nur noch Stehplätze gab. Kurz nach sieben tauchte sein Bruder Mason mit ein paar Freunden auf, doch Clay verlor sie sofort aus den Augen, als sie sich unter die Menge mischten.

Zweifellos machte sein Bruder bereits die anwesenden Frauen an, versprühte seinen Charme und organisierte seinen *Quickie* für den Abend, Masons Modus Operandi, was Frauen betraf. Und mit seiner Großspurigkeit und Böser-Junge-Attitüde, seinem guten Aussehen und den vielen Tattoos stand ihm immer eine große Auswahl an bereitwilligen Frauen zur Verfügung – was er sich stets auch zunutze machte.

Eine weitere halbe Stunde war vergangen, als Tessa neben Katrina an der Bar auftauchte, jedoch nicht, um ein bestelltes Getränk abzuholen, sondern um Clays Aufmerksamkeit zu gewinnen. Mit gerötetem Gesicht und verärgerter Miene winkte sie ihn zu sich herüber.

»Alles okay?«, fragte Clay beunruhigt.

»Nein.« In ihrer Stimme schwang Ärger mit. »Dein *Bruder* vögelt gerade in der Damentoilette irgendeine Tusse, und ich muss unbedingt pinkeln!«

Verblüfft runzelte er die Stirn. »Mason?«

Katrina schnaubte, und es war kein schönes Geräusch. »Wer sonst? Glaubst du im Ernst, Levi würde etwas so Unanständiges tun?«

Ja, Katrina hatte recht. Nur Mason war dreist genug, an einem halb öffentlichen Ort Sex zu haben, während die Leute darauf warteten, die Toilette zu benutzen. Seit seiner Teenagerzeit hatte Mason eine *Scheißegal*-Haltung entwickelt, die ihn impulsiv und leichtsinnig machte, eine Haltung, die er auch mit inzwischen 27 Jahren noch nicht wieder abgelegt hatte. Mason kriegte einiges geregelt – er war ein talentierter Tattoo-Künstler und besaß seinen eigenen Laden –, doch ihre beschissene Kindheit beeinträchtigte ihn noch immer auf emotionaler Ebene, und er versuchte auf seine eigene Weise, mit all dem schmerzlichen Mist fertigzuwerden. Und zwar, indem er waghalsig und wild war und vorgab, so unnahbar zu sein, dass niemand auch nur versuchte, ihm so nahezukommen, dass er ihn zerstören konnte, wie ihre Mutter es getan hatte. Was seine Neigung zu One-Night-Stands erklärte. Leicht zu habender Sex und keine Bindungen. Niemals.

Ja, alle drei Kincaids hatten ein Mamaproblem, und alle gingen auf ihre Art mit den Folgen um. Mit einem Junkie als Mutter aufzuwachsen, die ihre Kinder tagelang allein ließ, um high zu werden, und die dann wegen Drogenbesitz und Prostitution im Gefängnis landete, hinterließ einen bleibenden Eindruck bei einem Kind. Und das war nicht einmal das Schlimmste, was sie durchgemacht hatten.

»Da Mason mich ignoriert, kannst du *bitte* gehen und dich um das Problem kümmern?«, fragte Tessa, während sie unruhig von einem Fuß auf den anderen trat.

Problem war ein zu nettes Wort für Mason. Sein Bruder war eine Nervensäge. War ihm ein Dorn im Auge. Ein Plagegeist. Bei Mason war nichts leicht oder vorhersagbar, was die heutige Eskapade wieder einmal bewies.

Clay stieß unwirsch die Luft aus, doch gerade als er sein feuchtes Tuch hinter den Tresen warf und dem Vergnügen seines Bruders ein Ende setzen wollte, tauchte Mason aus der Menge auf und steuerte auf die Bar zu. Alleine. Doch sein arroganter, wiegender Gang und das zufriedene Lächeln im Gesicht bestätigten eindeutig, dass er gerade gevögelt worden war – und leicht noch einmal mit einer der vielen Frauen Sex haben könnte, die ihn beäugten, als er an ihnen vorbeischlenderte.

Als er das Ende der Bar erreichte, blitzte Erleichterung in Tessas Gesicht auf. »Wurde aber auch Zeit, Romeo«, brummte sie und stürzte schnurstracks auf die Damentoilette zu.

Mason grinste nur, was Clays Verärgerung noch verstärkte. »Was zum Teufel machst du in der *Damen*toilette?«

»Man nennt es Sex haben«, erwiderte Mason, während er auf den Hocker neben Katrina glitt, die ihn finster anschaute. »Du solltest es mal ausprobieren, großer Bruder. Es könnte deine schlechte Laune verbessern und dafür sorgen, dass du dich ein bisschen entspannst.«

»Ich habe gute Laune«, blaffte Clay, nicht bereit zuzugeben, wie gereizt er seit diesem morgendlichen heißen, erotischen Kuss mit Samantha tatsächlich war. Und die Tatsache, dass sie in dieser eng anliegenden Jeans und dem körperbetonten T-Shirt hier herumlief, minderte auch nicht gerade die enorme Anziehungskraft, die sie auf ihn ausübte. Sein Schwanz war auf Halbmast, seit sie in der Bar eingetroffen war, ohne Aussicht auf Erleichterung.

Doch hier ging es nicht um ihn. Es ging um Masons Verhalten. »Es gefällt mir ganz und gar nicht, dass du dich in meiner Bar so unmöglich verhältst. Jeden anderen hätte ich hochkant hinausgeworfen.«

»Gott sei Dank stehe ich mich gut mit dem Besitzer.« Mason grinste.

Clay griff in den Eisbehälter, in dem das Bier gekühlt wurde, und zog ein Sam Adams heraus – Masons Lieblingsgetränk, bevor er in einer Stunde oder so zu Härterem übergehen würde. »Nicht *so* gut, also fordere dein Glück nicht heraus.« Er öffnete den Deckel und stellte die Flasche auf den Tresen.

»Mein Gott, Mason«, sagte Katrina schließlich in scharfem, strafendem Ton. »Kannst du ihn nicht mal *einen Abend* in der Hose lassen?«

Mason lachte über ihr offensichtliches Missfallen, was sie sichtlich erzürnte. »Warum sollte ich das tun, Miezekätzchen?«, fragte er unschuldig, wobei er sie bei dem Kosenamen nannte, den er ihr vor so vielen Jahren gegeben hatte.

»Oh, ich weiß nicht«, erwiderte sie sarkastisch. »Damit du dir nichts einfängst und dein Schwanz abfällt?«

Ihr wenig schmeichelhafter Kommentar schien ihn nicht aus der Fassung zu bringen. »Wird nicht passieren. Ich mach's nur mit Kondom, *immer*.« Er trank einen großen Schluck Bier.

Katrina gab einen angewiderten Kehllaut von sich. »Du bist ekelhaft und widerlich.«

»Das hast du mir schon oft gesagt.« Mason wurde mit einem Mal ernster, was nicht oft geschah, weil es als Klugscheißer in der Regel leichter war, die Leute auf Abstand zu halten. »Aber du bist meine allerbeste Freundin, und tief in meinem Inneren weiß ich, dass du mich trotz meiner Fehler insgeheim liebst.«

In Masons Stimme lag etwas leicht Neckendes, was dafür sorgte, dass seine Erwiderung nicht zu intim war, doch einen kurzen Moment lang flackerten in Katrinas Augen eine Sehnsucht und ein Verlangen auf, die Clay schon früher in ihrem Blick gesehen hatte.

Gott, sein Bruder war ein blinder Idiot, nicht zu sehen, was direkt vor seinen Augen war, nämlich dass Katrina, seine beste Freundin, die eine Frau war, die ihn besser verstand als er sich selbst. Und sie wollte mehr als die geschwisterähnliche Beziehung, in die Mason sie gezwängt hatte.

Clay wusste nicht, wie sein Bruder so begriffsstutzig sein konnte, es sei denn, Mason hatte sich ganz bewusst dafür entschieden, es bei einer platonischen Beziehung zu Katrina zu belassen, um seine eigenen Gefühle zu schützen. Denn so bestand kein Risiko, abgelehnt oder verlassen zu werden, und das konnte Clay nur allzu gut nachvollziehen.

Was immer sich auch gerade zwischen Mason und Katrina abgespielt hatte, war im nächsten Augenblick verschwunden, als Samantha an die Bar kam, um eine Getränkebestellung *zurückzubringen*. Ihr Gesicht war vom vielen Herumlaufen gerötet, und sie sah ein bisschen erschöpft aus, denn sie musste sich schließlich nicht nur an das Arbeitstempo gewöhnen, sondern auch noch auf die Schnelle lernen.

»Es tut mir so leid, ich habe schon wieder die falsche Bestellung eingetippt«, sagte sie mit einem entschuldigenden Lächeln, als sie einen Tom Collins auf den Tresen stellte. »Wer hätte gedacht, dass es so viele ›Collins‹ gibt? Der Typ wollte einen *John* Collins«, erklärte sie aufgeregt und zerknirscht. »Mir ist klar, dass es das vierte Mal ist, dass ich den falschen Cocktail bestellt habe, und ich weiß, dass du dadurch Verluste machst, weil du die Drinks nicht wieder verkaufen kannst. Du kannst die Kosten von meinem Lohn abziehen.«

Clay war nach Lachen zumute, denn erstens sah sie so verdammt niedlich aus, und zweitens waren Geld und Profit für ihn nicht wichtig. Doch das wusste sie nicht, und es war auch nichts, was er herausposaunte. Tatsächlich wussten nur sehr wenige Menschen – vielleicht eine Handvoll, zu der seine Brüder gehörten –, wie reich er wirklich war.

»Mach dir keine Sorgen, Cupcake.« Der Kosename kam ihm viel zu leicht über die Lippen, rutschte einfach so heraus. »Das gehört zum Lernprozess.«

Clay nahm ein Longdrinkglas, füllte es mit Eis und griff nach dem Bourbon.

Mason, der Clay direkt gegenüber und ganz in der Nähe von Samantha saß, drehte sich zu ihr um. Seine blauen Augen leuchteten interessiert auf. »Cupcake?«, fragte er und schenkte ihr sein charmantestes Grinsen. »Ist das dein Name? Du siehst auch verdammt süß aus.«

Katrina stöhnte und verdrehte die Augen.

Samantha lachte, und Clay war total erleichtert, dass sie nicht auf Masons Flirt einging, was seinem Bruder nicht oft passierte. Die Tribal-Tattoos, die seine muskulären Arme bedeckten, wirkten auf die meisten Frauen sehr verführerisch, und beim Anblick seiner von dichten schwarzen Wimpern umrahmten saphirblauen Augen ließen sie normalerweise innerhalb von Sekunden das Höschen herunter – man brauchte nur das Mädchen zu fragen, das Mason gerade in der Damentoilette gevögelt hatte.

»Nein, ich heiße Samantha«, sagte sie, während sie zusätzliche Cocktailservietten auf ihr Tablett legte. »Clay hat mir den Spitznamen Cupcake gegeben, weil ich nur so wenig Alkohol vertrage.«

»Hat er das?« Mason wandte sich Clay zu, sah ihn prüfend an und runzelte die Stirn.

Oh, Clay kannte diesen durchdringenden Blick sehr gut, den Blick, mit dem Mason in vielerlei Hinsicht seine Abwehr durchbrach, wie nur ein Bruder das konnte. Bevor Mason etwas Unangebrachtes sagen konnte, beschloss Clay, dass es am besten war, ihm zuvorzukommen, indem er das Thema wechselte und ihn Samantha vorstellte.

Er garnierte den neuen Drink, den er gerade zubereitet hatte, mit einer Zitronenscheibe und stellte ihn auf ihr Tablett. »Samantha, das ist Mason. Er ist …«

»Ein *Hurenbock*«, warf Katrina bissig ein, bevor Clay *Bruder* sagen konnte.

Samanthas Augen weiteten sich, und sie wartete, wie Mason darauf reagieren würde. Offenbar war Katrina noch immer sauer auf ihn.

Wie nicht anders zu erwarten, zuckte Mason nicht einmal zusammen. Vielmehr grinste er, als habe sie ihm gerade ein Kompliment gemacht. »Sei vorsichtig, Miezekätzchen«, sagte er, wobei er sich so weit zu ihr hinüberbeugte, dass sein Atem über ihr blondes Haar strich. »Du fängst an, eifersüchtig zu klingen.«

»Ich bin nicht eifersüchtig«, protestierte Katrina und rückte ruckartig von ihm weg. »Ich sage Samantha nur, wie es ist, damit sie Abstand zu dir hält. Du, Mason Kincaid, bist das männliche Äquivalent zu einer Nutte.«

Er legte die Hand aufs Herz und sah sie mit gespielter Verletztheit an. »Du sagst das, als sei es etwas *Schlimmes*.«

Katrina schüttelte nur den Kopf und ließ es auf sich beruhen.

»Schön, dich kennengelernt zu haben, Mason«, sagte Samantha, als sie ihr Tablett nahm und sich zurück ins Gedränge begab, um den neuen Drink abzuliefern.

Mason drehte sich um und beobachtete sie, und Clay *wusste*, dass der Blick seines Bruders auf ihrem festen, runden Hintern ruhte. Er schaffte es gerade noch, das besitzergreifende Knurren zu unterdrücken, das mit aller Macht versuchte, aus seiner Kehle zu dringen. Das Letzte, was er brauchte, war, dass sein Bruder sich auf die Tatsache einschoss, dass Clay Samantha für sich haben wollte. Nicht dass es je dazu kommen würde, doch er würde auch nicht zulassen, dass Mason sich an sie ranmachte.

Als Samantha aus seinem Blickfeld verschwunden war, wandte Mason sich wieder Clay zu. »Brauchst du Hilfe, die neue Kellnerin einzuarbeiten?«, fragte er anzüglich, bevor er den Rest seines Biers hinunterkippte.

Clay starrte ihn wütend an, hätte ihm am liebsten eine runtergehauen. »Sei kein Arschloch, Mase.«

»Sie ist tabu«, verkündete Katrina plötzlich. »Sie wohnt bei Clay.«

Mason fiel die Kinnlade herunter, doch er schloss schnell wieder den Mund, denn seine Fassungslosigkeit hatte ihm kurzzeitig die Sprache verschlagen. Schließlich schüttelte er den Kopf. »Was zum Teufel? Das ist doch wohl nicht dein Ernst? Hast du wieder eine Streunerin bei dir aufgenommen und beschlossen, sie so wie Xena zu behalten, *Saint Clay*?«

Clay biss ob Masons sarkastischer Bemerkung die Zähne aufeinander und bedachte Katrina mit einem *Danke-vielmals*-Blick, bevor er seinem Bruder das sagte, was er bisher auch allen anderen erklärt hatte. »Es ist nur vorübergehend, bis sie eine eigene Bleibe hat, und bevor du fragst, *nein*, wir haben keinen Sex.«

»Wie schade für dich«, sagte Mason mitfühlend und grinste boshaft. »Das muss hart sein, sie in deinem Bett schlafen zu lassen, ohne dass du drin bist.«

»Was bist du witzig«, kommentierte Clay die Zweideutigkeit seines Bruders.

Mason glitt vom Barhocker, offensichtlich bereit, sich einer anderen Form des Vergnügens zu widmen. »Bis später, Miezekätzchen«, sagte er zu Katrina, während er die violetten Enden ihres Haars um seinen Finger wickelte und spielerisch daran zog. »Und vielleicht komme ich morgen früh ein bisschen später, je nachdem, wie mein Abend endet.« Er blinzelte ihr zu.

»Nicht zu spät«, murrte sie. »Du hast um elf einen Termin mit einer Frau, die speziell nach dir gefragt hat. Sie will auf den Innenseiten ihrer Oberschenkel ein Tattoo von einem Schloss und einem Schlüssel haben.«

Masons Augen leuchten auf. »Verdammt. Dann weiß ich ja, dass morgen ein super Tag für mich wird, weil ich ihn zwischen den Beinen einer Frau verbringen werde.« Und nach dieser Zote wandte er sich wieder dem zu, was er am besten konnte … dem Rumhuren.

Katrina stieß einen tiefen Seufzer aus, der eine Müdigkeit verriet, die eher emotionaler als körperlicher Natur war. »Genau deswegen komme ich montagabends nicht«, sagte sie, stand auf und griff nach ihrer Handtasche. »Dein Bruder ist hier, und er treibt mich schon tagsüber im Laden mindestens acht Stunden lang in den Wahnsinn. Nicht nötig, mich der Tortur länger auszusetzen, als ich es muss.«

Als sie ihre Geldbörse herauszog, winkte Clay ab. »Dein Drink geht aufs Haus, und es tut mir leid, dass Mason manchmal ein solches Arschloch ist.« Das zumindest entlockte ihr ein Lächeln. »Hab einen schönen Abend, okay?«

Sie nickte. »Ja, du auch.«

KAPITEL 6

Als die Bar an jenem Abend schließlich um elf Uhr schloss und alle Gäste gegangen waren, sah Samantha aus, als habe man sie durch den Fleischwolf gedreht. Clay hatte Mitleid mit ihr. Die Erschöpfung stand ihr ins Gesicht geschrieben, während sie Tessa und Amanda half, die schmutzigen Gläser und Teller von den Tischen zu räumen. Hin und wieder zuckte sie zusammen, wenn sie sich vorbeugte und wieder aufrichtete, um etwas auf ihr Tablett zu stellen. Ihr Rücken brachte sie offenbar um.

Er wusste, dass jeder Zentimeter ihres Körpers müde sein und wehtun musste, nachdem sie nonstop gearbeitet hatte, doch sie hatte sich kein einziges Mal über die körperliche Anstrengung beklagt. Verdammt, er hatte in der Vergangenheit andere, erfahrenere Kellnerinnen eingestellt, die nicht in der Lage gewesen waren, das schnelle, hektische Tempo zu verkraften, das im Kincaid's herrschte, und nach dem ersten Abend aufgegeben hatten. Samantha nicht. Sie war unglaublich gut mit der großen Vielfalt an Menschen und den unterschiedlichen Persönlichkeiten zurechtgekommen, mit denen sie im Lauf des Abends zu tun gehabt hatte.

Trotz aller snobistischen, überheblichen Klischeevorstellungen von einer Frau, die aus wohlhabenden Kreisen stammte und sich, wie er gern glauben wollte, wohl kaum als Kellnerin eignete, hatte sich Samantha als unglaublich freundlich, entgegenkommend und liebenswert erwiesen. Alle, die im Kincaid's arbeiteten, hatten sie bereits in ihren Kreis aufgenommen und ihr das Gefühl gegeben, dass sie zum Team gehörte, und sie waren normalerweise ein harter Haufen, wenn es um neue Angestellte ging.

Die Mädchen wischten noch die Tische und Stühle ab, was alles war, was Clay von ihnen nach dem Ende ihrer Schicht verlangte. Er hatte einen Putztrupp, der jeden Morgen kam, um die Böden zu fegen und zu wischen, den Müll rauszubringen und alle anderen lästigen Arbeiten zu erledigen, damit seine Angestellten an den Wochentagen zu einer vernünftigen Zeit nach Hause kamen. Um Viertel vor zwölf waren alle gegangen, außer ihm und Samantha, die sich an einem der Tische auf einen Stuhl fallen ließ und einen müden Seufzer ausstieß, als könnte sie sich nicht dazu überwinden, auch nur noch einen Schritt zu tun.

Er kam hinter der Bar hervor, um nach ihr zu sehen. »Alles in Ordnung mit dir?«

»Nein.« Sie zog eine Grimasse, als sie sich zurücklehnte, um ihre Rückenmuskeln zu dehnen, wobei sich ihre Brüste wirkungsvoll vorreckten und seinen Blick auf ihre harten Nippel zogen, die sich unter dem Stoff ihres Baumwoll-T-Shirts abzeichneten. »Ich fühle mich, als hätte ich einen

Kater, dabei habe ich heute Abend keinen einzigen Schluck getrunken. Und meine Füße bringen mich um. Oh, und ich sterbe vor Hunger.«

Widerstrebend riss er den Blick von ihren Brüsten los, dachte an die eine Scheibe Toast, die sie morgens zum Frühstück gegessen hatte, und fragte sich, ob sie seitdem noch irgendetwas zu sich genommen hatte. »Hast du vor deiner Schicht zu Mittag gegessen?«

»Ich war nach dem Shoppen mit Katrina in einem Fast-Food-Restaurant und habe einen Burger gegessen, aber das ist fast neun Stunden her.« Ein kleines Lächeln umspielte ihre Mundwinkel. »Verdammt, ich habe heute Abend bei der ganzen Rumrennerei ziemlich viele Kalorien verbrannt, und mein Magen knurrt schon seit zwei Stunden.«

Er schaute sie mit gerunzelter Stirn an. »Du hättest eine Pause machen und dir etwas aus der Küche bestellen sollen. Alle Angestellten essen hier während ihrer Schicht gratis.« Er schüttelte den Kopf, als sich diese natürliche Neigung, für sie zu sorgen, meldete. »Bleib hier. Ich bin gleich wieder da.«

»Als ob ich mich jetzt noch bewegen könnte, nachdem ich mich hingesetzt habe.« Gedankenverloren rieb sie sich mit der Hand den Nacken und stöhnte, als sie die verspannten Sehnen knetete. Er musste sich sehr zurückhalten, nicht ihre Hände wegzuschieben und die Knoten selbst aus ihren schmerzenden Muskeln zu massieren. »Ich könnte eigentlich gleich hier schlafen, mit dem Kopf auf dem Tisch«, fügte sie hinzu.

Clay widerstand dem nicht nachlassenden Drang, ihr höchstpersönlich eine entspannende Massage zu geben – *je-*

der Ausrede, sie wieder zu berühren –, und ging in die Küche, was eine sehr viel sicherere Alternative war. Er wärmte ein paar Appetithappen in der Mikrowelle auf und nahm eine kleine Flasche Wasser aus dem Kühlschrank.

Als er zum Tisch zurückkehrte, zählte sie gerade ihr Trinkgeld, sie hatte zwei getrennte Stapel mit Dollarnoten aufgehäuft.

»Hier, du musst was essen.« Er stellte den Teller mit Essen und das Getränk neben die Geldstapel, bevor er ihr gegenüber Platz nahm.

»Danke, mach ich gleich«, erwiderte sie, ganz auf die Aufgabe vor sich konzentriert. »Ich will das hier nur eben zu Ende zählen.«

Er lehnte sich auf seinem Stuhl zurück und genoss es, sie einfach nur in Ruhe zu beobachten. Sie hatte die Stirn vor Konzentration in Falten gelegt, und als sie sich geistesabwesend auf die Unterlippe biss, sammelte sich tief in seinem Bauch eine deutlich spürbare Wärme. Die Erinnerung daran, wie sie heute Morgen schamlos an seiner Lippe geknabbert und sie zwischen die Zähne genommen hatte, wurde wach, gefolgt von der an den süßen Geschmack ihres Mundes und ihrer ungehemmten Reaktion auf seinen aggressiven Kuss.

Er wollte sie wieder küssen. Unbedingt. Verdammt, wenn er ganz ehrlich zu sich selbst war, dann lechzte er danach zu spüren, wie ihr weicher, kurvenreicher Körper sich unter ihm anspannte, während er sie festhielt und hart und tief in sie eindrang und sie ganz in Besitz nahm. Er sehnte sich danach, seine Hände in ihrem Haar zu vergraben und sie wimmern, stöhnen und darum betteln zu hören, dass er ihr die Erleichterung verschaffte, die sie so dringend brauchte. Und er würde dafür sorgen, dass sie lange und heftig kam, bis sie auf die bestmögliche Weise matt und gesättigt und wund war und all die Schlappschwänze vergaß, die sie vor ihm gehabt hatte.

Sein Schwanz pochte angesichts dieser erotischen Fantasie, und er rutschte auf seinem Stuhl hin und her. Er hatte sich noch nie so unmittelbar zu einer Frau hingezogen gefühlt wie zu Samantha. Und es hatte ihn noch nie solche Mühe gekostet, sein Verlangen im Zaum zu halten. Samantha weckte ihn ihm den Wunsch, die Kontrolle zu *verlieren*, in ihr und mit ihr, und das jagte ihm eine Heidenangst ein, weil es zu Komplikationen führen würde … und der Art von Verpflichtungen, die er in seinem Leben nicht zuließ.

»Ich hatte keine Ahnung, wie viel Trinkgeld ich bekommen würde, weil ich so etwas noch nie gemacht habe, aber das hier ist viel mehr, als ich erhofft hatte«, sagte sie und riss ihn aus seinen Gedanken.

In ihrer Stimme schwang Stolz mit, und sie schob ihm den größeren Geldstapel über den Tisch hin. »Das ist ein Teil von dem, was ich dir für die Kleidung und die Toilettenartikel schulde, die ich heute gekauft habe. Ich habe ein bisschen für mich behalten für unvorhergesehene Ausgaben, aber wenn es jeden Abend so gut läuft, sollte ich in ein paar Tagen meine Schulden bei dir abbezahlt haben. Dann kann ich für eine andere Bleibe sparen und bin dir aus dem Weg.«

Er öffnete den Mund, um ihr zu sagen, dass er nichts gegen ihre Anwesenheit hatte, schloss ihn jedoch wieder, bevor die Worte entweichen konnten. *Was zum Teufel?* Wie kam es, dass er nach nur *einem Tag* so an ihr hing und nicht wollte, dass sie ging? Gott, er steckte voll in der Scheiße.

»Du warst gut heute Abend«, sagte er stattdessen und deutete auf das Trinkgeld.

Sie lächelte ihn an, und das zufriedene Strahlen in ihren Augen war nicht zu übersehen. »Du klingst überrascht.«

»Vielleicht, weil ich es tatsächlich bin«, gab er mit einem Schulterzucken zu. »Für jemanden, der keine Erfahrung hat, hast du sehr schnell gelernt, wie das hier läuft.«

Sie steckte die kleinere Geldsumme zurück in die Tasche ihrer Kellnerinnenschürze und zog den Teller mit Essen zu sich hin. »Nur weil ich blond bin, bin ich noch lange nicht blöd«, frotzelte sie, während sie nach einem mit geschmolzenem Käse, Speck und saurer Sahne gefüllten Kartoffelschiffchen griff. »Damit du's weißt, ich habe meinen Abschluss in Politikwissenschaften an der Northwestern University mit summa cum laude gemacht.«

Beeindruckt von ihrer Ausbildung, beobachtete er, wie sie den Appetithappen mit zwei hungrigen Bissen verputzte. Er wusste, dass sie nicht prahlte, sondern ihm nur sagen wollte, dass sie keine Versagerin war. Nicht, dass er das je gedacht hatte. Auch ihre Kompetenz hatte er nicht angezweifelt. Sie war wunderschön und die Erbin eines Milliardärs, doch in der kurzen Zeit, die er sie kannte, war er bereits zu dem Schluss gekommen, dass sie auch intelligent war und dazu eine Frau, die stolz darauf war, unabhängig zu sein – etwas, was man ihr anscheinend nicht erlaubt hatte, als sie noch zu Hause lebte.

»Und was hast du mit diesem tollen, glanzvollen Abschluss angefangen?«, fragte er neugierig.

Sie verputzte den Rest eines Hähnchensticks. Das fröhliche Schimmern in ihren Augen verblasste. »Nichts«, sagte sie leise. »Ich habe eine Privatuniversität besucht, weil das seit meiner Kindheit für mich vorgesehen war und weil das bezahlt wurde. Man hat mir keine Wahl gelassen. Ich habe mich für Politikwissenschaften entschieden, um mich zu fordern und weil ich mich für Politik und das Weltgeschehen interessiere. Ich hatte auch überlegt, anschließend Jura zu studieren, doch meine Eltern waren dagegen. Es mir zu erlauben ein Ziel zu verfolgen, hätte vielleicht ihre Pläne gestört, dass ich eine gute Partie mache. Und das schnell.« Sie holte tief Luft. »Letztlich war das Ganze nur eine Show, die es meinen Eltern ermöglicht hat, damit zu prahlen, dass ich mein Studium an einer prestigeträchtigen Uni mit Auszeichnung abgeschlossen habe.«

»Du wolltest Jura studieren?« Auch das überraschte ihn.

Sie schüttelte den Kopf. »In letzter Konsequenz … nein. Ich glaube, ich wollte einfach etwas für mich haben. Aber das war nicht erlaubt. Wozu brauchte ich auch ein weiteres Diplom, wenn ohnehin von mir erwartet wurde, dass ich heirate, die Partybegleiterin eines Mannes werde und zu Hause bleibe und Kinder kriege?« Ihre Stimme wurde leiser, und Abscheu schwang darin mit.

Er runzelte die Stirn. »Du willst nicht heiraten und eine Familie haben?«

»Natürlich will ich das«, erwiderte sie empört. »Mit einem Mann, in den *ich* mich verliebe, und nicht mit einem, der sorgfältig für mich ausgewählt wird. Ich will und brauche mehr vom Leben, als aus geschäftlichen Gründen und um das Unternehmen meines Vaters abzusichern verheiratet zu sein.«

Das konnte er verstehen. Und er hatte Respekt vor ihr, weil sie stark genug war, an ihren Überzeugungen festzuhalten und ihren Eltern die Stirn zu bieten. »Ich verstehe dein Bedürfnis, unabhängig zu sein, aber ich bin mir sicher, dass du nicht für den Rest deines Lebens Kellnerin sein möchtest.«

Sie trank einen Schluck aus ihrer Wasserflasche, und ihre Augen funkelten vor Vergnügen, als sie die kühle Flüssigkeit hinunterschluckte. »Du musst zugeben, dass es ein interessanter Anfang ist für das, was kommen mag«, sagte sie schließlich.

Er schmunzelte, er schätzte ihre positive Einstellung. »Wenn du tun könntest, was *du* wolltest, was wäre das dann?« Er wusste nicht, warum er ihr die Frage stellte oder warum es ihn überhaupt kümmerte, wie sie sich ihre Zukunft vorstellte, aber alles an dieser Frau faszinierte ihn, und er fühlte sich bereits mit ihr verbunden, obwohl er sich seit der ersten Sekunde ihres Kennenlernens bemüht hatte, genau das zu verhindern.

»Na ja … obwohl ich einen Abschluss in Politikwissenschaften habe, ist mir klar geworden, dass ich kein Interesse daran habe, mich politisch zu betätigen oder Anwältin zu werden oder Öffentlichkeitsarbeit zu machen.« Sie hatte den Snack aufgegessen, den er ihr zubereitet hatte, schob den Teller beiseite, verschränkte die Arme auf dem Tisch und erwiderte fast schüchtern seinen Blick. »Ich würde liebend gern Konditorin werden.«

Er hätte nicht schockierter sein können und beugte sich auf seinem Stuhl vor. »Wirklich?«

Sie nickte eifrig. »In meiner Kindheit habe ich mich immer in die Küche geschlichen und unserer Haushälterin Maggie geholfen, wenn sie den Nachtisch gemacht hat«, sagte sie mit einem schelmischen Lächeln. »Sie hat mir alles über das Backen von Kuchen, Gebäck und Torten beigebracht, und ich habe es geliebt, mit ihr zu arbeiten. Meine Mutter hat geglaubt, es sei nur eine Phase, die vorübergehen würde, und da es mich beschäftigt hielt und ich aus dem Weg war, wenn ich Maggie in der Küche half, hat sie es mir erlaubt.« Sie krauste auf hinreißende Weise die Nase. »Vor zwei Jahren bin ich auf eine Kochschule gegangen, um die Zertifizierung als Konditorin zu bekommen, aber auch das haben meine Eltern nicht ernst genommen.«

»Aber du hast es getan«, sagte er leise.

Sie nickte, ein Hauch von Stolz und Trotz in den hübschen Augen.

Ohne wirklich über die Folgen nachzudenken, streckte er eine Hand aus und legte sie auf eine ihrer Hände, wobei er sich einredete, dass es eine Geste der Unterstützung und der Ermutigung sei. Und nicht, weil er sich danach sehnte, sie zu berühren. »Wenn es dich glücklich macht, solltest du das tun.«

Sie stieß einen Seufzer aus und drehte die Hand unter dem Gewicht der seinen, sodass ihre Finger seine empfindliche Handfläche streiften, was die Verbindung zwischen ihnen noch viel stärker machte … und verführerisch, was ihn wissen ließ, dass sie beide das unterschwellige Verlangen wahrnahmen, das sie nacheinander empfanden. Und obwohl sie gegen diese Gefühle angekämpft hatten – zumindest er –, fiel es ihm von Minute zu Minute schwerer, ihr zu widerstehen.

»Ich habe ernsthaft darüber nachgedacht«, verriet sie, und ihm wurde klar, dass es um ihren Wunsch ging, Konditorin zu werden, und nicht um das wachsende Verlangen. »Doch hier sitze ich, 26 Jahre alt, ohne wirkliche Lebens- oder Joberfahrung als Konditorin oder irgendetwas anderes. Ich bin nicht sicher, ob irgendein einfaches Restaurant mir eine Chance geben würde, ganz zu schweigen von einem Fünf-Sterne-Etablissement.«

Er hörte die Unsicherheit in ihrer Stimme, und Selbstzweifel gehörten nicht zu den Dingen, die er mit der vor ihm sitzenden Frau verband. »Du wirst es erst wissen, wenn du es versuchst.« Er wollte nicht, dass sie ihre Träume aufgab.

Sie besaß so viele faszinierende Facetten. So viel emotionale Tiefe. Und jedes Mal, wenn sie wirklich miteinander redeten, erfuhr er Dinge über Samantha, die sein Bild von ihr völlig veränderten, und das auf eine Weise, die gefährlich war für das sichere Leben, das er sich geschaffen hatte.

Als er merkte, wie intim es geworden war, ihre Hand zu berühren, zog er seinen Arm wieder zurück.

Verlegen senkte sie den Kopf und wechselte abrupt das Thema. »Was ist mit dir? Wie bist du zum Barbesitzer geworden?«

Er lehnte sich auf seinem Stuhl zurück, dachte einen Moment lang nach, bevor er antwortete. Er war sich nicht sicher, wie viel er über seine grauenhafte, höllische Kindheit und seine Teenagerjahre preisgeben wollte, und entschied sich für die verkürzte, unkomplizierte Version.

»Jerry, der Typ, dem ursprünglich die Bar gehört hat, hat mich angeheuert, als ich 16 war und unbedingt einen Job brauchte.«

Weil er zwei jüngere Brüder ernähren, sie einkleiden und sicherstellen musste, dass sie ein Dach über dem Kopf hatten. »Anfangs hab ich die Böden gewischt, die Aschenbecher geleert und alle anderen Putzarbeiten erledigt. Ich habe mir den Arsch aufgerissen, und Jerry wurde für mich zur Vaterfigur, weil ich keinen Vater hatte. Je härter ich gearbeitet habe, desto mehr lehrte er mich über die Bar und das Geschäftliche, und desto mehr Verantwortung übertrug er mir. Als ich 21 wurde, ließ er mich hinter der Bar arbeiten, bildete mich zum Barkeeper aus und brachte mir bei, wie man Drinks mixt. Er war freundlich und fürsorglich und selbstlos, wenn es darum ging, anderen Menschen zu helfen.«

»›War‹?«, fragte sie leise.

Clay spürte, wie ihm eng in der Brust wurde. So war es immer, wenn er sich daran erinnerte, wie am Boden zerstört er gewesen war, als er an jenem verhängnisvollen Tag Jerrys leblosen Körper im Büro gefunden hatte. »Er hatte einen Herzinfarkt und ist gestorben, als ich 24 war. Da habe ich auch erfahren, dass er mir die Bar hinterlassen hatte. Er hatte keine Frau, keine Familie und keine Kinder.«

Und zusammen mit der Bar hatte Clay ein kleines Vermögen geerbt – zwei Millionen Dollar, die der ältere Mann gespart und von deren Existenz Clay nichts gewusst hatte.

Einen Teil des Reichtums hatte er mit seinen Brüdern geteilt, das meiste davon angelegt und vom Rest einiges verwendet, um seinen Angestellten zu helfen, wenn es nötig war. Wie mit Tara und dem College. Sie wusste immer noch nicht, dass er derjenige war, der die gesamten Studiengebühren bezahlt hatte, und glaubte, sie habe von einem anonymen Spender ein Stipendium bekommen. Und mit Hanks Arztrechnungen hatte er es genauso gemacht – er hatte sie vollständig bezahlt, ohne seine Identität preiszugeben.

Die Ironie entging ihm nicht – Mason nannte ihn Saint Clay, und vielleicht hatte er ja etwas von einem Altruisten –, doch Clay tat das nicht, weil er Anerkennung oder Lob wollte. Er tat es, weil er wusste, wie es sich anfühlte, mit finanziellen Belastungen zu kämpfen und es ganz allein schaffen zu wollen. Oder – in seinem Fall – mit zwei Brüdern, die, wie er beschlossen hatte, nicht bei Pflegeeltern landen sollten. Und jetzt, da er die Mittel hatte, wollte er diejenigen entlasten, die ihm am Herzen lagen.

Samantha legte den Kopf in den Nacken. Ihre blauen Augen analysierten ihn und schienen die Schutzmauern zu durchdringen, die er um sich herum errichtet hatte. Er konnte ihren stechenden, scharfsichtigen Blick *spüren,* und diese plötzliche Verbindung zwischen ihnen brachte ihn aus der Fassung.

»Katrina hatte recht, weißt du«, sagte sie schließlich und brach das Schweigen, das sich im Raum breitgemacht hatte. »Du bist ganz anders als dein Bruder Mason.«

Er brach in Lachen aus, denn diese Aussage war das Letzte, was er erwartet hatte. Aber er war dankbar zu wissen, dass sie ihn anders sah als seinen wilden, unberechenbaren Bruder. »Gott sei Dank bin ich *nicht* wie Mason.« Er beugte sich auf seinem Stuhl vor und fragte: »Was genau hat Katrina dir über mich erzählt?«

»Dass du der Verantwortungsbewusste bist.« Sie stützte das Kinn in die Hand. »Warum nennen die Leute dich Saint?«

»Den Spitznamen hat Mason mir gegeben.« Und sein Bruder hatte es ganz einfach spöttisch gemeint. Wenn man Mason fragen würde, warum er Clay *Saint* nannte, würde er sagen, weil Clay ein Gutmensch sei, was das völlige Gegenteil von Masons großspuriger *Scheißegal*-Haltung war. »Er bezeichnet mich als Heiligen, weil ich dazu neige, Menschen eine Chance zu geben.«

»Wie Hank und Elijah?«, fragte sie einfühlsam. »Und mir«, fügte sie dankbar hinzu.

»Ja.« Es hatte keinen Sinn, es zu leugnen. »Ich hatte kein besonders gutes Leben, bevor Jerry mich eingestellt hat, und ich habe das Glück, nun in der Lage zu sein, anderen Menschen helfen zu können, die das nötig haben. Selbst wenn es bedeutet, ihnen etwas so Einfaches wie einen Job zu geben.«

Sie lächelte ihn an. »Es gefällt mir sehr, dass du das Gute in den Menschen siehst.«

»Das war nicht immer so«, erwiderte er barsch. Nein, eine ganze Weile lang hatte er die Menschen über denselben Kamm geschoren wie seine Mutter und seinen Erzeuger, hatte das Schlimmste geglaubt von der Welt und ihren Bewohnern. Während seiner gesamten Kindheit hatte er nichts anderes gekannt als Vernachlässigung und körperlichen sowie emotionalen Missbrauch, und über Menschen und ihre Absichten zu richten war eine Gewohnheit geworden, mit der er nur schwer hatte brechen können. Ihnen zu vertrauen war gleichermaßen schwer für ihn gewesen. Bis Jerry kam. Der Mann hatte seine Wut verstanden und seine Abwehr durchbrochen, wie es keiner vor ihm vermocht hatte, und ihn gelehrt, anderen im Zweifelsfall einen Vertrauensvorschuss zu geben.

»Dein Leben ist das völlige Gegenteil von dem, wie ich aufgewachsen bin«, unterbrach Samantha seine Gedanken. »Mir wurde alles auf dem sprichwörtlichen Silbertablett serviert, und ich habe die Dinge als selbstverständlich angesehen.« Verlegen senkte sie den Kopf, bevor sie seinen Blick erwiderte. »Es ist nur so, dass …«

Die Traurigkeit, die ihren Blick umwölkte, weckte in ihm den Wunsch, mehr zu erfahren, denn was immer sie auch zu sagen hatte, es war ihm plötzlich wichtig. »Was?«

Sie zuckte die Schultern. »Die Welt, in der ich gelebt habe, ist so oberflächlich, und ich hatte das Gefühl zu ersticken. Auch mit Harrison. Doch jedes Mal, wenn ich etwas für mich tun wollte, um meine Situation oder mein Leben zu verändern, wurde ich daran erinnert, dass ich eine Jamieson bin und gewisse Erwartungen zu erfüllen habe. Was ich wollte, spielte keine Rolle.«

»Na, sieh dich jetzt an«, sagte er in gespielt schleppendem Tonfall, um die Stimmung aufzuheitern. »Total eigensinnig und rebellisch.«

»Ja, und es fühlt sich gut an, *richtig gut*, mir keine Gedanken darüber machen zu müssen, was meine Eltern denken und ob sie das, was ich tue, gutheißen oder nicht.« Sie verzog die Lippen zu einem aufreizenden, schamlosen Lächeln, und ihre Augen funkelten vor Verlangen, einem schwelenden Verlangen, das Hitze in Clays Körper aufwallen ließ.

»Ich glaube, es gefällt mir, ein unartiges Mädchen zu sein«, sagte sie heiser. »Es ist sehr befreiend.«

Nach diesem Geständnis schob sie sich vom Tisch weg, und Clay erkannte schnell, das ihm Probleme bevorstanden. Mit selbstsicherem, verführerischem Hüftschwung kam sie die wenigen Schritte auf ihn zu, bevor sie sich auf seinen Schoß plumpsen ließ wie ein verlockendes Geschenk, das er nicht zurückgeben und so schnell wie möglich auspacken wollte.

Ihr perfekter Hintern schmiegte sich an seine Leiste, und sein gesamter Körper versteifte sich, samt seinem Schwanz. Sie saß seitlich auf seinen harten Oberschenkeln, und es kostete ihn übermenschliche Kraft, sie nicht so herumzudrehen, dass sie rittlings auf ihm saß. Er wollte nichts lieber, als seinen immer härter werdenden Schaft zwischen ihre in Jeans steckenden Schenkel schieben. Und es stellte seine normalerweise unerschütterliche Selbstbeherrschung auf eine harte Probe, die Arme an den Seiten herunterhängen zu lassen und ihren Körper nicht zu berühren.

Sie hingegen plagten solche Skrupel nicht. Sie griff nach seinem Handgelenk, hob seine Hand und legte sie sich auf den Hüftbogen. Dunkelblaue Augen, in deren Tiefen er dasselbe Verlangen sah, das auch in ihm erbarmungslos tobte, nahmen ihn gefangen. »Berühr mich, Clay«, lud sie ihn mit einem leisen, sinnlichen Flüstern ein.

In dem verzweifelten Versuch, seine Hand davon abzuhalten, unter ihr T-Shirt zu gleiten und ihre vollen Brüste zu liebkosen, krampften sich seine Finger um ihre Taille. *»Samantha«*, stöhnte er, seine Stimme barsch und entmutigend. »Ich habe dich bereits heute Morgen gewarnt …«

»Dass du kein Gentleman bist und dass es mit dir nicht harmlos und sanft und nett ist«, wiederholte sie genau die Worte, die er gesagt hatte, während sie ihre Hand auf seine Brust legte und ihre Berührung ihn selbst durch den Baumwollstoff seines T-Shirts versengte.

»Aber ich brauche und will keine Warnung. Ich habe den ganzen Tag darüber nachgedacht, was du gesagt hast und was du mit mir tun willst, und mich gefragt, ob es auch das ist, was ich will.«

Ich mag es, die Kontrolle zu haben und so hart und tief zu ficken, dass du schreien und am nächsten Tag wund sein wirst. Ich würde dich auf den Knien wollen, die Hände in dein Haar verkrallt, während du meinen Schwanz lutschst; und dann würde ich dich über diesen Tisch beugen, deine Beine weit spreizen und dich noch einmal ficken.

Und das war erst der Anfang. Danach würde es nur noch heißer werden. Diese schmutzigen Gedanken und Fantasien ließen das Blut in seinen Adern kochen. »Du hast keine Ahnung, was du da willst«, versuchte er, sie erneut zu warnen.

»Da irrst du dich aber«, sagte sie verführerisch, während ihre Hand zu seinem Hals hochglitt und ihr Daumen über seinen Puls fuhr, dessen Klopfen er tief in seiner Kehle spüren konnte. »Ich weiß ohne jeden Zweifel, dass ich *dich* will. Mehr, als ich je einen anderen Mann gewollt habe.«

Die Wahrheit dieser Aussage loderte in ihren Augen, glühend heiß und feurig. Ihr Eingeständnis brachte ihn an die Grenze seiner Beherrschung und ließ seinen Schwanz so hart werden, dass er wehtat. »Ich versuche mit aller Macht, das, was du mir anbietest, nicht auszunutzen, aber es gibt Grenzen für das, was ein Mann ertragen kann.«

Sie vergrub den Kopf an der anderen Seite seines Halses, ihr leises Lachen weich und feucht auf seiner Haut. »Genau darauf zähle ich ja«, flüsterte sie ihm ins Ohr. »Ich hatte genug von sanft und nett und romantisch mit anderen Typen, allen voran Harrison, der mich nicht einmal zwischen den Beinen berühren mochte, weil er eine Sauberkeitsphobie hat und es nicht mag, irgendwas an den Fingern oder Händen zu haben.«

Was zum Teufel?, dachte Clay und versuchte zu begreifen, was sie gerade gesagt hatte, doch sie war noch nicht fertig damit, seinen Verstand zu vernebeln.

»Dieser Kuss heute Morgen mit dir ... wenn ich nur daran denke und an all die Dinge, die du gesagt hast, daran, dass du tief in mich eindringen und mich hart nehmen willst, dass ich vor dir knien und ... dir einen blasen soll, dann werde ich ...«

»Feucht?«, schlug er vor, als sie unfähig zu sein schien, ihren Satz zu beenden. Gott, er sollte ihrer Verführung ein Ende setzen, statt sie zu ermutigen, damit weiterzumachen!

Sie rieb ruhelos die Beine aneinander, und die Art, wie sie mit ihrem Po auf seinem Schoß hin und her rutschte, machte ihn noch viel, viel härter.

»Das ist definitiv eine der Folgen.« Ihre amüsierte Stimme

kitzelte sein Ohr. »Aber es weckt in mir auch den Wunsch nach sehr viel mehr. Zum Beispiel zu wissen, wie es sich anfühlt, wenn dein Mund auf meinem ruht und deine Zunge mir Lust bereitet. Oder wie es sich anfühlt, wenn du tief in mich eindringst.«

Sie klang so etepetete, während er sich danach sehnte, schmutzigere, schockierendere Worte aus ihrem Mund zu hören. Wie es sich anfühlen würde, wenn er ihre Muschi verschlang, als würde er vor Hunger sterben, und ihren Kitzler in den Mund saugte, bis sie unter seiner Zunge kam. Oder wie es wäre, wenn er seinen Schwanz in ihre enge, heiße Möse stieß und sie fickte, bis sie in tausend Stücke zersprang und seinen Namen schrie.

Doch artige Mädchen, dachte er, taten oder sagten so etwas nicht …

»Ich will kein artiges Mädchen mehr sein«, sagte sie, als hätte sie seine Gedanken gelesen. Sie presste die Lippen gegen seinen Hals, leckte mit ihrer weichen Zunge seine Haut, bis er vor Verlangen danach zitterte zu spüren, wie ihr Mund und ihre Zunge seinen Schwanz liebkosten. »Ich will sehr unartig mit dir sein, *Saint* Clay.«

Schwer atmend hob er die Hand, schob seine Finger in ihr Haar und zog ihren Kopf so zurück, dass er ihr in die Augen sehen konnte, die so dunkel und geweitet waren, dass er in dieser süßen Sinnlichkeit ertrinken wollte.

»Ich bin kein Heiliger, *Cupcake.*« Er spürte, wie er seinem eigenen verzweifelten Hunger nach dieser Frau nachgab. »*Vor allem*, wenn es ums Ficken geht.«

»Das ist gut, denn ich will auch keinen Heiligen«, spöttelte sie, während sie sich mit der Zunge über die Unterlippe fuhr und sinnlich lächelte. »Ich will einen *Sünder.*«

So wie am Morgen gelang es ihr, ihn so zu reizen, dass es kein Zurück mehr gab. *Wie schaffte sie etwas, was keiner anderen Frau je gelungen war?*

Sie schloss leicht die Augen und öffnete die vollen rosa Lippen, atemlos und erhitzt allein bei dem Gedanken, wieder von ihm geküsst zu werden. Scheiß auf den Versuch, ehrenhaft zu sein, dachte er, als der letzte Funken Selbstdisziplin dahinschwand und seine aggressive Seite zum Vorschein kam.

Wenn sie einen Sünder wollte, okay, denn sündigen war das, was er am besten konnte.

Er griff noch fester in ihr Haar, kippte ihren Kopf zur Seite und zögerte nicht, ihren Mund in Besitz zu nehmen – hart, tief und gründlich. So wie er sich danach sehnte, ihren Körper in Besitz zu nehmen.

Aber *das* würde nicht geschehen. Dieser Kuss musste genügen.

Er verschlang ihr anfängliches Keuchen und ließ seine Zunge über und um die ihre wirbeln, zog sie tiefer hinein in seine Zügellosigkeit. Ihr weicher, gefügiger Mund war für Sex und Sünde wie gemacht, *und dafür, seinen Schwanz zu lutschen*, dachte er mit einem fiebrigen Stöhnen. Ihr Duft machte auf köstliche Weise süchtig, und er wusste, dass Küssen nicht reichen würde, um das nie enden wollende Verlangen zu stillen oder die Begierde zu befriedigen, die ihn zu verzehren drohte. Aber es *musste* reichen, weil alles darüber Hinausgehende sie zugrunde richten würde.

Er machte keine Versprechungen. Für ihn gab es keine Liebe, kein Für-immer. Er war dunkel, und sie war hell. Sie war rein und er verdorben. Und sie verdiente so viel mehr, als er ihr je würde bieten können.

Zum zweiten Mal an einem Tag würde er ihr also einen Korb geben. *Herrgott noch mal, wann bin ich so verdammt ritterlich geworden?* Er sagte sich, dass er nicht wollte, dass Samantha etwas bereute, doch eigentlich hatte er Angst davor, dass er sie nie wieder würde gehen lassen wollen, sobald er wusste, wie es sich anfühlte, tief in ihr vergraben zu sein.

Clay beendete den Kuss, und ein begieriges Stöhnen entfuhr ihren Lippen, als sie die Augen öffnete. Er ignorierte die nicht zu übersehende Enttäuschung in ihrem Blick und den pochenden Schmerz in seinen Hoden. »Es ist schon spät, Samantha«, sagte er. Das war eine erbärmliche Ausrede.

Zu seiner Überraschung erhob sie keine Einwände. »Es *ist* spät, und ich brauche eine lange, heiße Dusche.« Sie glitt von seinem Schoß, hielt aber seinen Blick fest, während sich auf ihren vom Küssen geschwollenen Lippen langsam ein verwegenes Lächeln breitmachte. »Kommst du auch nach oben?«

Die Einladung in ihren Worten war nicht zu überhören, doch er schüttelte den Kopf und blieb standhaft, weil er bereits wusste, wie gefährlich es war, gemeinsam mit ihr zu duschen, und heute Abend war sie vollkommen nüchtern. »Nein. Vorläufig nicht.«

Belustigung stand ihr ins Gesicht geschrieben, selbst noch, als ihr gieriger Blick ihn durchbohrte. »Angst, dass ich versuchen werde, etwas Verruchtes mit dir zu tun?«

»Ganz und gar nicht.« Nein, er hatte mehr Angst davor, dass er sie wie ein sexgeiles Tier bedrängen und das beenden würde, was sie begonnen hatten. Es war ja nicht so, dass sie sich wehrte, und er wusste ehrlich gesagt nicht, wie viel länger er ihre Annäherungsversuche würde ablehnen können.

»Okay«, sagte sie mit einem lässigen Achselzucken und einem allzu wissenden Lächeln. Zweifellos glaubte sie ihm keine Sekunde lang. »Gute Nacht, *Saint.*«

Ja, sie zog ihn mit seinem Spitznamen auf, also tat er dasselbe. »Gute Nacht, *Cupcake.*«

Sie lachte. Der unbeschwerte Klang entlockte ihm ein Lächeln, und er fragte sich, wie ihr nächster Angriffsplan aussehen würde. Und ob er die innere Stärke hatte, ihr zu widerstehen.

KAPITEL 7

Samantha schloss die gebundene Ausgabe des Romans, den sie gerade las – ein aktueller Bestseller, der auf dem Couchtisch gelegen hatte –, und seufzte frustriert. Seit dem Abend in der Bar waren drei lange Tage vergangen, an denen Clay sich bewusst rar gemacht hatte. Er war schon weg, wenn sie morgens aufwachte, und er blieb noch lange, nachdem die Bar geschlossen hatte, unten, während sie alleine in die Wohnung zurückkehrte. Soweit sie wusste, schlief er auch dort.

Er vermied es eindeutig, mit ihr allein zu sein, doch das änderte nichts an der sexuellen Anziehung zwischen ihnen, die ganz offenkundig war, wenn sie ihn während ihrer Schicht sah. Selbst in der überfüllten Bar, umgeben von Dutzenden von Menschen, erwischte sie ihn dabei, wie er sie mit diesen dunkelbraunen Augen beobachtete – nicht als ihr *Arbeitgeber*, sondern als heißblütiger Mann, der sie mit Gewalt nehmen wollte.

Der Gedanke ließ sie erzittern, vor allem, weil sie bereits eine Kostprobe von Clays verführerischen Küssen erhalten hatte, die so köstlich waren, dass sie nicht mehr darauf verzichten wollte. Und so wie ein Junkie, der nicht genug von seinem Stoff kriegen konnte, sehnte sie sich so nach mehr von ihm, dass ihr Körper ständig nach all den Empfindungen gierte, die Clay in ihr auslöste. Er war die Droge ihrer Wahl, und inzwischen stellten sich Entzugserscheinungen ein und machten sie ruhelos.

Sie erhob sich, ging in Clays Küche und goss sich ein kleines Glas Apfelsaft ein. Es war erst elf Uhr morgens, und ihr war langweilig. Während der letzten Tage war es ihr gelungen, sich zu beschäftigen, bis ihre Schicht begann. Sie hatte Clays Wohnung geputzt und einen Teil ihres Trinkgelds darauf verwendet, die Grundnahrungsmittel in seinem Kühlschrank aufzufüllen – Milch, Brot, Butter, Proteine, Obst und Gemüse, damit sie etwas zu essen hatten. Sie wusch seine Wäsche, und an einem Morgen war sie durch das Viertel geschlendert, um sich mit der Gegend und den Geschäften in der Nähe vertraut zu machen.

Sie hatte einen Lebensmittelladen gefunden, der in Familienbesitz war, ein italienisches Restaurant und sogar eine schicke Boutique namens Dress For Less, in der sie ein paar pfiffige Outfits, einen hübschen, dazu passenden Spitzen-BH samt Slip und Sandalen erstanden hatte, und all das für weniger als 50 Dollar. Eines Nachmittags hatte sie auf Clays Laptop den Namen und die Adresse von Masons Tattooshop herausgesucht, MapQuest für die Wegbeschreibung genutzt und war dann zu Inked spaziert, um sich den Laden anzusehen. Katrina hatte am Empfang gesessen und sie mit einem freundlichen, einladenden Lächeln begrüßt. Sie hatte sogar eine Pause gemacht, damit sie einen Eiskaffee trinken und ein wenig über die frustrierenden Männer in ihrem Leben plaudern konnten – Mason und Clay.

Nach langer Überlegung hatte Samantha beschlossen, ihrer Mutter eine Postkarte mit einer kurzen Nachricht zu schicken, damit ihre Eltern wussten, dass es ihr gut ging und dass sie sich ganz bewusst entschieden hatte, nicht zurück nach Hause zu kommen. Sie wollte nicht, dass sie sich in die Entscheidungen einmischten, was sie mit ihrem Leben und ihrer Zukunft anfangen wollte. Sie versuchte noch immer, sich darüber klar zu werden. Doch je mehr sie an ihre Unterhaltung mit Clay über ihren Wunsch, Konditorin zu werden, zurückdachte, desto besser gefiel ihr die Idee. Er hatte sie nicht ausgelacht, was sie in ihrem Entschluss, es zu *versuchen*, noch bestärkt hatte. Sie wünschte nur, die mangelnde Erfahrung würde sie nicht so verunsichern – sie war das Haupthindernis, das sie zögern ließ, ihrem Traumjob nachzugehen.

Heute hatte sie jedoch keine Idee mehr, wie sie sich beschäftigen konnte. Sie trank gerade den gekühlten Apfelsaft aus, als sie an ihrem Knöchel das sanfte Streicheln von Fell spürte. Sie blickte nach unten, wo Xena mit ihrem gesunden Auge zu ihr aufschaute und leise miaute. Lächelnd hob Samantha die süße, verschmuste Katze hoch und drückte sie an ihre Brust. Dabei fiel ihr ein, wie Clay das Kätzchen gerettet hatte, was die meisten Menschen aufgrund ihres schäbigen Aussehens und wegen der Tierarztkosten nicht getan hätten.

»Dein Besitzer ist ein Softie, weißt du das?«, sagte Samantha, während sie Xena hinter dem Ohr kraulte und grinste, als die Katze zustimmend schnurrte. »Er ist auch dickköpfig und stur, umwerfend und so verdammt heiß, dass er mich verrückt macht«, schimpfte sie verzweifelt.

Als fühle sie mit Samantha mit, rieb Xena den Kopf an ihrer Handfläche und verlangte ungeniert die Aufmerksamkeit und Zuneigung, die sie sich wünschte.

Genau das sollte ich auch tun, wurde Samantha plötzlich klar – ihre Wünsche kundtun und verlangen, was sie wollte, ohne ein Nein als Antwort zu akzeptieren. Es stand außer Frage, dass Clay genauso geil auf sie war wie sie auf ihn. Einer von ihnen musste dafür sorgen, dass er seine unerschütterliche Kontrolle aufgab, und sie wusste, dass es an ihr war.

Sie erschauerte bei der Aussicht, dass sie ihren sexuellen Hunger befriedigen würden, gestand sich aber ein, dass sie hoffte, mehr von Clay zu bekommen als nur Sex. Sie wünschte sich, dass dieser Mann ihr einen tiefen Einblick gewährte, wer er wirklich war. Aus Katrinas Erzählung und den wenigen Dingen, die Clay ihr gesagt hatte, wusste sie bereits, dass er ein hartes Leben gehabt hatte, weswegen er die Menschen offensichtlich auf Abstand hielt.

Samantha sehnte sich danach, alles über diesen Mann zu erfahren. Sie hatte flüchtig die Schatten in seinen Augen gesehen, als er über seine Vergangenheit gesprochen und ihr von Jerry erzählt hatte, der Vaterfigur in seinem Leben. Was war mit seinem leiblichen Vater? Als der Älteste von drei Geschwistern und offensichtlich der Verantwortliche, hatte er vermutlich die Vaterrolle für seine Brüder übernommen. Und was war mit seiner Mutter? Wo war sie jetzt? Samantha wollte all das und noch viel mehr wissen.

Doch erst einmal würde sie sich damit begnügen, Clay zu verführen. Sie würde endlich diese physischen Barrieren niederreißen und den heißen, schmutzigen Sex erleben, mit dem er ihr in dem Bemühen, sie abzuschrecken, gedroht hatte. Zu schade für Clay, dass die neue, mutigere Samantha Jamieson sich nicht so leicht einschüchtern ließ.

Sie würde nicht lockerlassen, ob es Clay gefiel oder nicht.

Clay wurde allmählich zum Tetris-Champion, wenn auch nicht freiwillig. Nein, er spielte das Online-Spiel auf seinem Bürocomputer, um sich die Zeit zu vertreiben, bis seine Angestellten eintrafen. Normalerweise wäre er jetzt oben, würde eine Pause machen und sich entspannen, bevor die Bar öffnete, doch solange Samantha sich tagsüber dort aufhielt, war die Wohnung für ihn tabu.

Als Folge seiner selbst auferlegten Isolation hatte er sich so eifrig um den Warenvorrat, die Gehaltsabrechnungen und den Dienstplan gekümmert wie noch nie. Sein Büro war sauberer als seit Monaten, und all der Papierkram, der sich normalerweise auf seinem Schreibtisch türmte, war erledigt und abgeheftet, alle Rechnungen waren bezahlt, alle Berichte unterzeichnet und eingereicht. Es gab tagsüber nichts mehr zu tun, sodass Tetris sein treuster Freund geworden war.

Er traute sich nicht, mit Samantha allein zu sein, weil er befürchtete, dann etwas unglaublich Dummes zu tun, wie sie zu berühren oder schon *wieder* zu küssen, was zweifellos dazu führen würde, dass er sie auszog und die Lust stillte, die direkt unter der Oberfläche schwelte.

Bei jeder Gelegenheit führte Samantha ihn in Versuchung, und er wusste, dass sie es tun würden, und das sehr schnell, wenn er zuließ, dass ihm die Kontrolle noch weiter entglitt. Wenn es um Sex ging, hatte jeder Mann einen Punkt, an dem die Grenze seiner Selbstbeherrschung erreicht war, und er war dem seinen ganz nahe. Das Unausweichliche wäre nicht mehr aufzuhalten, und sobald er tief in ihr wäre, würde er ihre Lust beherrschen, ihren Höhepunkt bestimmen und ihren Körper in Besitz nehmen. Er erzitterte bei dem Gedanken, diese Frau zu besitzen, und ein leises, gequältes Stöhnen entfuhr seiner Kehle.

Doch damit war die Szene, die er sich ausmalte, noch nicht vorbei. Er würde alles fordern, was sie zu geben hatte, und sich noch mehr nehmen, bis sie zu erledigt war, um noch denken oder sich bewegen zu können. Und dann würde er sie erneut nehmen. Härter. Schneller. Tiefer. Das war die unerlaubte Fantasie, die bewirkte, dass er sich die ganze Nacht auf dem Sofa hin und her wälzte, mit steinhartem Schwanz, der nach Erlösung schrie. So wie er es gerade jetzt tut, dachte er, während er mit der Handfläche über die wachsende Ausbuchtung in seiner Hose rieb.

»Brauchst du Hilfe dabei?«, fragte eine heisere, weibliche Stimme.

Er riss die Augen auf. Einen Moment lang glaubte er, Samantha sei eine Halluzination, eine Nachwirkung der Fantasie, der er sich gerade hingegeben hatte, doch als sie die Bürotür hinter sich schloss und verriegelte, wusste er, dass diese Frau kein Produkt seiner Einbildung war.

Clay wusste auch, dass sein Stündlein geschlagen hatte.

Er setzte sich aufrechter auf seinen Stuhl und fragte sich, ob seine schwindende Willenskraft eine Chance gegen die Entschlossenheit in ihrem Blick oder die Zielstrebigkeit hatte, mit der sie auf seinen Schreibtisch zusteuerte.

Er wusste nicht, ob sie ihn mit ihrer Kleidung verführen wollte, doch das Outfit, das sie trug, törnte ihn total an. Ein blassgelbes bauchfreies Spitzentop ließ ihre weiche, cremige Haut hervorblitzen, und der passende Stufenrock aus Spitze, der in der Mitte der Oberschenkel endete, brachte ihre langen, sexy Beine zur Geltung. Ihr seidiges blondes Haar fiel ihr in weichen Wellen auf die Schultern, und während sie den Abstand zwischen ihnen verringerte, wurde ihm schwindlig, als sei mit einem Mal alle Luft aus dem Raum abgesaugt worden.

Sie kam um den Schreibtisch herum und blieb direkt zwischen seinen gespreizten Schenkeln stehen. Nahe genug, dass er die Hand ausstrecken und mit den Fingern über ihren nackten Bauch oder ihre langen, schlanken Beine fahren konnte. Oder, wenn er sich vorbeugte, seine Zunge in ihren Nabel tauchen konnte. Schon bei dem Gedanken lief ihm das Wasser im Mund zusammen.

Mit Mühe gelang es ihm, Hände und Mund von ihr zu lassen und den Blick wieder auf ihr Gesicht zu richten. Das verführerische Lächeln auf ihren rosafarbenen, glänzenden Lippen und das Flackern in ihrem Blick verrieten ihre ungezogenen Absichten. Er steckte in ernsten Schwierigkeiten.

Sie legte den Kopf schief. »Wie lange willst du es noch vermeiden, mit mir allein zu sein?«

So lange wie möglich, wollte er sagen; doch da er gerade allein mit ihr war, erübrigte sich dies. Und das wusste auch sie.

»Es ist zu deinem eigenen Besten«, sagte er barsch.

»Wie kommt es, dass jeder denkt, er wüsste, was für mich am besten ist?« Sie runzelte leicht die Stirn. »Wann zählt das, was *ich* will?«

Er hörte die Verärgerung in ihrer Stimme, verstand sogar ihren Missmut, doch das hielt ihn nicht davon ab, *ein letztes Mal* zu versuchen, sie von ihrem Vorhaben abzubringen. »Samantha ...«

»Bitte sag nicht Nein«, flehte sie leise, während sie mit den Fingerspitzen über seinen harten Oberschenkel fuhr, was einen Hitzestrahl direkt hinauf zu seinem bereits schmerzenden Schwanz sandte. »Nicht dieses Mal, Clay. Ich bin eine erwachsene Frau, und ich will dich. Und ich weiß, dass du dasselbe fühlst.« Ihre blauen Augen glänzten vor Entschlossenheit.

Derselben Entschlossenheit, die sie entgegen den Wünschen ihrer Eltern auf der falschen Seite der Stadt festhielt. Sie war eine starke Frau, auch wenn sie sich auf einen Weg hatte führen lassen, der eindeutig falsch für sie war. Sie hatte beschlossen, dass es Zeit war, sich vom Leben zu nehmen, was sie wollte. Und sie wollte ihn.

Seine guten Absichten gerieten ins Wanken, als sie sich weiter vorbeugte, und er biss die Zähne aufeinander. »Du verschlingst mich gerade mit diesen dunklen Augen, und obwohl du mich noch nicht berührt hast, werde ich feucht bei dem Gedanken an all die schmutzigen Dinge, die du mit mir tun möchtest.« Sie fuhr sich mit der Zunge über die vollen

Lippen. »Ganz zu schweigen von all den Dingen, die ich mit dir tun möchte.«

Oh verdammt, dachte er, als seine Selbstbeherrschung zusammenbrach. Seit jenem ersten Abend, an dem er sie an seiner Bar hatte sitzen sehen, war sie so kühn und schamlos geworden. In so kurzer Zeit war sie zu einer sinnlichen, selbstsicheren Frau aufgeblüht, die keine Angst hatte, sich zu holen, was sie wollte. Warum also verwehrte er ihnen beiden die intensive Wollust, nach der sie sich sehnten?

Er konnte diese Frage nicht länger beantworten, und jetzt, wo sie ihre Hände auf seinen Oberschenkeln abstützte und sich langsam zwischen seinen Beinen auf die Knie hinabließ, spielten seine Argumente keine Rolle mehr.

»Zieh dein Shirt aus, damit ich dich berühren kann.« Ihre Stimme klang heiser, und ihre unschuldsvollen blauen Augen ermunterten ihn.

Sofort zog er sich das Shirt über den Kopf und ließ es auf den Boden fallen. Voller Ehrfurcht starrte sie seine nackte Brust an. Der Druck ihrer Finger auf seine in Jeans steckenden Oberschenkel verstärkte sich, als ihr Blick hinab zu seinem gewaltigen Schaft glitt, der gegen den Reißverschluss seiner Jeans drückte. Er war steinhart für sie.

Seine Finger umfassten ihre schmalen Handgelenke, und er legte ihre Hände flach auf seine nackte Brust. Ihre Handflächen fühlten sich kühl auf seiner erhitzten Haut an, ein erotischer Kontrast, der ihn auf die Zähne beißen ließ, um nicht dem instinktiven Drang zu erliegen, die Kontrolle über die Situation und die Frau zu übernehmen, die ihn so viel mehr als nur Lust *fühlen* ließ.

Bald, sagte er sich. Doch die nächsten Minuten gehörten ihr. »Berühr mich, wo du möchtest, denn sobald du fertig bist, werde *ich* das Kommando haben, verstanden?«

Sie nickte ruckartig, und er ließ ihre Handgelenke los und gab ihr Zeit, seinen Körper zu erkunden. Sie biss sich auf die volle Unterlippe, während ihre Hände ehrfurchtsvoll über seine muskulöse Brust nach unten glitten und ihre Daumen die Konturen seiner harten Bauchmuskeln nachzeichneten, bis sie seine Jeans erreichten.

Samantha hakte die Finger in den Bund seiner Hose und schaute Clay mit einem schalkhaften Funkeln in den Augen an. »Du bist so hart und heiß …«, murmelte sie. Sie beugte sich vor und fuhr mit ihrer weichen, feuchten Zunge langsam und geschmeidig über seinen Bauch. »Und *salzig*.«

Ein Zittern durchlief ihn, und er stieß die Luft aus, wollte plötzlich unbedingt diesen wunderschönen, verführerischen Mund auf seinem Schwanz spüren. Jetzt war er an der Reihe. Er vergrub die Finger einer Hand fest in ihrem Haar, stellte sicher, dass sie verstand, dass nun er das Sagen hatte.

Erregung brannte in ihrem Blick, und er wusste, dass sie auf einer Wellenlänge waren.

»Öffne den Reißverschluss meiner Hose und befreie meinen Schwanz.«

Eifrig tat sie, was er verlangte. Als sie den Reißverschluss geöffnet hatte, zog sie ihm die Jeans samt Slip über die Hüften, bis sein harter, vor Verlangen pochender Schwanz entblößt war. Er legte die Finger um seinen prallen Schaft und streichelte langsam das harte Fleisch. Sie beobachtete ihn mit einer Mischung aus Faszination und dunkler, wilder Erregung. Ein Lusttropfen sickerte aus der Spitze, und er fuhr mit der Daumenbeere über die empfindsame Eichel und benetzte seinen Finger mit der klebrigen Flüssigkeit.

Neugierig zu sehen, wie weit zu gehen sie bereit war und wie wagemutig sie sein würde, schob er ihr den glitschigen Daumen in den Mund, damit sie ihn kosten konnte. »Du weißt, was ich will, oder, Süße?«

Samantha sah ihn verträumt an. Sie zögerte nicht, ihre Lippen um seinen Daumen zu schließen. Ihre Zunge umkreiste ihn, und ihre Zähne streiften seinen Knöchel, als sie ihm mit Taten statt mit Worten antwortete.

Oh ja, sie wusste *genau*, was ihm durch den Kopf ging.

Er zog den Daumen aus ihrem warmen, sinnlichen Mund, malte sich bereits aus, wie es sein würde, ihn mit seinem pochenden Schaft zu füllen. »Sag mir, was ich von deinem heißen Mund erwarte«, drängte er mit leiser, rauer Stimme.

Eine verführerische Röte der Vorfreude überzog ihre Wangen. »Du möchtest, dass ich deinen Schwanz lutsche.«

Diese schmutzigen Worte aus dem Mund seines Cupcakes zu hören steigerte nur noch seine Lust. »Verdammt, ja. Ich kann es kaum erwarten zu spüren, wie deine Lippen meinen Schwanz hinabgleiten. Ich habe davon geträumt und mir mit diesen Bildern im Kopf in der Dusche einen heruntergeholt.« *Unzählige Male.*

»Dann lass mich«, bat sie atemlos. »Bitte.«

Jetzt machte er ernst, wickelte sich ihre langen Haarsträhnen so fest um die Faust, dass sie keinerlei Zweifel daran haben würde, wer hier bestimmte, wo es langging. Dass er mit ihrem Mund tun konnte, was er wollte.

Er führte ihren Kopf zu seinem Schwanz, schob ihn zwischen ihre geöffneten Lippen, bis die empfindliche Spitze gegen ihre Kehle stieß. Sie zuckte nicht zurück. Schob ihn nicht weg. Nein, ihre Wimpern flatterten und senkten sich, und sie stöhnte, ein Laut, der seinen Schaft vibrieren ließ und bei dem sich seine Hoden zusammenzogen.

Jesus Christus! Sein Körper zitterte, als werde ihm zum ersten Mal einer geblasen, und es kostete ihn die größte Willensanstrengung, ihr nicht die Hüften entgegenzudrängen und ihren perfekten Mund härter und tiefer zu ficken. Angesichts der seidigen Hitze, die ihn umgab, und dem saugenden Ziehen, das er spürte, als er sie langsam seinen Schaft entlang zurückzog, bezweifelte er, dass er noch lange durchhalten würde.

Sie leckte ihn wieder, und ihre gierigen hungrigen Lippen und ihre Zunge raubten ihm das letzte bisschen Kontrolle, das er noch hatte. Das Kratzen ihrer Fingernägel über seinen muskulösen Bauch verstärkte noch die erotischen Empfindungen, die ihn überschwemmten. Und als sie die Augen aufschlug und ihr lustgetrübter Blick ihm verriet, wie sehr es ihr gefiel, ihm einen zu blasen, war er erledigt.

Sein Atem ging schnell, und als er spürte, wie das Adrenalin durch seine Adern rauschte, das ihn vor seinem kurz bevorstehenden Höhepunkt warnte, lockerte er seinen Griff um ihr Haar und gab ihr Raum, ihn zu erlösen. »Ich komme gleich, Samantha. *Heftig*«, krächzte er und erkannte kaum seine eigene raue Stimme. »Wenn du das nicht willst, musst du aufhören. *Jetzt.*«

Sie ignorierte seine Warnung, nahm ihn wieder tief in ihre

Kehle auf und schluckte. Ihre Kehlkopfmuskeln schlossen sich um seine Spitze und triggerten den heißesten, heftigsten Orgasmus, den er je gehabt hatte. Seine Bauchmuskeln zogen sich zusammen. Er kam mit einem heiseren Schrei, und seine Hüften zuckten, während ihr Mund fortfuhr, ihn zugrunde zu richten. Mit dem Gefühl, als habe er gerade einen gewaltigen Orkan überstanden, ließ er den Kopf gegen die Stuhllehne sinken, schloss fest die Augen und versuchte, sich von dem heftigen Sturm namens Samantha zu erholen.

Es dauerte ein paar Minuten, bis sein Herz aufhörte zu rasen und sich sein Atem beruhigte. Als er schließlich wieder die Augen öffnete, kniete sie noch immer vor ihm auf dem Boden, ein zufriedenes Lächeln auf den Lippen. Und sie hatte allen Grund, mit sich zufrieden zu sein, weil keine andere Frau ihm je wieder genügen würde.

Statt über die Bedeutung dieses beunruhigenden Gedankens nachzudenken, richtete er seine Aufmerksamkeit darauf, sich zu revanchieren und dafür zu sorgen, dass Samantha genauso befriedigt wurde wie er. Vor allem, wenn er daran dachte, was sie ihm über ihren Ex erzählt hatte, der sie nicht zwischen den Beinen berühren mochte, weil er eine Keimphobie hatte. Clay würde nicht nur ihre weiche, feuchte Muschi mit seinen Fingern berühren, er würde auch ihre köstlichen Säfte mit der Zunge aufschlecken und sicherstellen, dass jeder Zentimeter seines Schwanzes von dieser glitschigen Feuchtigkeit bedeckt war, während er ihr einen so heftigen Orgasmus verschaffte, wie er ihn selbst gerade erlebt hatte.

»Steh auf.« Er war wieder Herr der Lage.

Ihre Augen weiteten sich angesichts seines herrischen Tons, doch sie rappelte sich schnell hoch. Clay begegnete ihrem gespannten Blick und beugte sich mit noch immer offener Hose auf seinem Stuhl vor. Er schaute sie unverwandt an, während er die Hand hob und leicht mit den Fingern über die Innenseite eines ihrer Oberschenkel strich. Seine Hand verschwand unter dem Saum ihres kurzen Rocks und wanderte immer weiter nach oben, bis sie die seidige Barriere ihres Höschens erreicht hatte.

Er presste zwei Finger gegen den Schritt ihres Slips, der durchweicht war von ihren Säften – so sehr hatte es sie erregt, ihm einen zu blasen. »Du bist klitschnass«, murmelte er. Er rieb sie leicht durch den nassen Stoff, liebte die hilflosen kleinen Laute, die aus ihrer Kehle drangen. »Und du bist auch geil, stimmt's?«

»Ja, sehr geil«, flüsterte sie fast verzweifelt, während sie ihm die Hüften entgegendrängte, um den Druck seiner Finger gegen ihre Muschi zu erhöhen, auf die er sich noch nicht wirklich konzentriert hatte. »Lass mich kommen. Ich halt's nicht mehr aus.«

»Mach dir keine Sorgen, ich verspreche dir, du wirst kommen.« Sein Gesicht war jetzt auf einer Höhe mit ihrem Bauch. Seine Lippen streiften ihre nackte Haut, und er leckte das empfindsame Fleisch unterhalb ihres Nabels, so wie sie es bei ihm getan hatte.

Sie stöhnte und trat unruhig von einem Fuß auf den anderen. »Clay …«, flehte sie leise.

Noch nicht bereit, ihren Schmerz zu lindern, ignorierte er ihr gieriges Flehen, streifte ihr den seidigen feuchten Slip ab und ließ ihn zu Boden fallen. Sie stieg aus dem Höschen, schob es zur Seite.

Seine Hände wanderten zu ihren Kniekehlen, und er ließ die Handflächen langsam ihre Oberschenkel hinaufgleiten, unter den Saum ihres Rocks und weiter zu ihrem runden Hintern. »Zieh dein Top und deinen BH aus, damit ich deine hübschen Brüste sehen kann«, befahl er.

Sie zog sich schnell das Top über den Kopf, öffnete dann ihren Spitzen-BH, und beides gesellte sich zu der wachsenden Sammlung von Kleidungsstücken auf dem Boden. Er konnte den tiefen Seufzer der Anerkennung nicht zurückhalten, als ihre vollen, fickbaren Brüste vor ihm auf und ab wippten. Sein Schwanz zuckte vor erneuter Lust, während er sie mit den Augen verschlang. Schließlich ruhte sein Blick auf ihrem Gesicht.

Sie stand nun fast nackt vor ihm, das Haar leicht zerzaust, und sah atemberaubend, ja einfach umwerfend aus. Ihre Haut war blass und weich wie frische Sahne, und ihre rosigen Warzenhöfe und rosaroten Nippel bildeten einen lebhaften Kontrast zu ihrer leuchtenden Haut. Es zu lassen, eine dieser harten Spitzen in seinen Mund zu saugen, gehörte zu den schwierigsten Dingen, zu denen er sich je gezwungen hatte.

Sie griff hinter sich, um den Reißverschluss ihres kurzen Rocks zu öffnen, doch er hielt sie zurück. »Lass ihn an«, sagte er und grinste frech, als sie ihn verwirrt ansah. »Ich will dich mit Rock ficken.«

Mit ihren entblößten Brüsten und diesem winzigen Rock, der ihre nackte Muschi bedeckte, war sie ebenso *seine* lebendig gewordene erotische Fantasie wie auch das unartige Mädchen, das *sie* sein wollte.

Er legte den Kopf schief, sah ihr in die verschleierten Augen und beschloss, ihrer beider Lust noch zu steigern. »Wie schmutzig wünschst du dir dieses erste Mal, Cupcake?«

»Sehr schmutzig«, flüsterte sie. Ihr sexuelles Verlangen stand ihr deutlich ins Gesicht geschrieben, als sie ihre Finger durch sein kurzes Haar schob. »Schände mich, Clay. Nimm mich, wie immer du willst.«

Jesus, dachte er, heftig atmend. Sie hatte ihm gerade die Vollmacht über ihren Körper gegeben, und er würde sie auf die genussreichste, befriedigendste Art *schänden.*

Er lehnte sich auf seinem Stuhl zurück. »Stell dich über mich, die Beine zu beiden Seiten meiner Oberschenkel«, wies er sie an.

Sie trat näher, die Beine weit gespreizt. Als sie sich auf seine Oberschenkel herablassen wollte, packte er ihre Hüften und zog sie wieder hoch. »Nicht setzen«, befahl er. »Leg die Hände neben meinem Kopf auf den Stuhl und wappne dich.«

Sie tat, worum er sie gebeten hatte. In dieser Stellung wölbte sich ihr Oberkörper automatisch, sodass sich ihre wippenden Brüste direkt vor seinem Gesicht befanden, genau dort, wo er sie haben wollte. Grinsend schaute er zu ihr hoch, während er eine Hand unter ihren Rock gleiten ließ und seine Finger wieder die Innenseite ihres Oberschenkels hochglitten. Ihre feuchte Erregung begrüßte ihn, noch bevor er ihr weinendes Fleisch berührte.

»Lass die Beine weit gespreizt. Ich will dich mit den Fingern ficken.« Seine Finger bahnten sich den Weg durch ihre weichen Falten, bevor er zwei von ihnen tief in ihre enge Hitze hineinschob. »So kannst du dich an meiner Hand reiben, während ich an deinen prächtigen Titten sauge.«

Sie wimmerte und wölbte den Rücken, bot ihm dar, was er unbedingt kosten wollte. Er nahm einen Nippel zwischen die Lippen, ließ die Zunge gegen die harte Knospe schnellen und zupfte mit den Zähnen daran, bevor er den Mund öffnete und so viel von ihr, wie er konnte, so tief wie möglich darin aufnahm. Gleichzeitig fuhr er mit dem Daumen über ihren geschwollenen Kitzler und drang wieder und wieder mit seinen von ihrem Saft feuchten Fingern in sie ein, bis ihr kleiner sexy Körper zu zittern und sich anzuspannen begann.

Sie warf den Kopf in den Nacken, und ihr ungehemmtes Keuchen füllte seine Ohren. »Oh Gott, oh Gott, oh Gott«, stöhnte sie wild, während sie hemmungslos die Hüften gegen die Hand zwischen ihren Beinen drängte und schamlos nach der Erlösung suchte, die, wie er spürte, kurz bevorstand.

Er fuhr mit den Zähnen über einen empfindlichen Nippel, biss auf die feste Perle und fügte ihr gerade genug Schmerz zu, um sie völlig um den Verstand zu bringen. Sie rang nach Luft, ihr ganzer Körper zuckte und zitterte, als ihre inneren Muskeln sich um seine streichelnden Finger zusammenzogen.

Sie kam mit einem leisen Lustschrei, einem Laut, der ihm direkt in den Schwanz fuhr und erneut sein Verlangen nach ihr weckte, während ein einziger Gedanke ihn quälte.

Würde er je genug von ihr kriegen?

KAPITEL 8

Samantha sank erschöpft gegen seine Brust; ihr drehte sich der Kopf nach diesem phänomenalen Orgasmus. Sein Atem ging so ungleichmäßig wie ihrer. Sie hatte das Gesicht an seinem Hals vergraben und hielt unabsichtlich seinen Arm gefangen, sodass seine langen, kräftigen Finger noch tief in ihr vergraben waren und ihre Muskeln sich um sie spannten.

Sein Arm zuckte, als er versuchte, seine Hand zwischen ihren Beinen hervorzuziehen, doch sie hing da wie ein Mehlsack, und er konnte sich nicht bewegen.

»Du musst dich aufsetzen, Samantha«, sagte er mit zugleich amüsierter und vor Erregung rauer Stimme.

Sie lehnte sich auf seinen Oberschenkeln zurück, schien zu seiner Überraschung keinerlei Scham zu empfinden, dass sie halb nackt war und Clay hungrig auf die Brüste starrte, an denen er gerade gesaugt hatte. Sie zitterte, als er seine Finger aus ihr herauszog, und stöhnte leise, als er absichtlich die Fingerspitzen durch ihr empfindliches Fleisch zog.

Während er ihren Blick festhielt, hob er seine Hand zum Mund und leckte und saugte demonstrativ ihren Saft von seinen Fingern. Seine Augen glühten und waren hungrig wie die eines Wolfes, und sie wusste, dass dieser Hunger nichts mit Nahrung, sondern allein mit *ihr* zu tun hatte.

»Ich will mehr.« Es war keine Bitte, sondern eine Forderung.

Ihr Körper reagierte auf diese dunkle Stimme, als habe Clay eine Direktverbindung zu ihrem Geschlecht. Der dominante Alphamann törnte sie offensichtlich total an. *Wer hätte gedacht, dass es mir gefällt, herumkommandiert zu werden?*, sinnierte sie.

Sie schluckte schwer, denn sie war sich nicht sicher, worauf er hinauswollte. »Mehr?«

Er schlang eine Hand um ihren Nacken und zog ihren Kopf zu sich. Bereitwillig ließ sie sich führen. *Sie war so unbeschwert, wenn es um ihn ging.* Zuerst dachte sie, er würde sie küssen, doch er überging ihren Mund, legte stattdessen die sündigen Lippen an ihr Ohr.

»Ich will dich lecken und mit meiner Zunge ficken«, murmelte er heiser.

Ein erstickter Laut blieb ihr in der Kehle stecken, machte es ihr unmöglich, ihm zu antworten, und sie spürte, wie ihr vor Schreck die Hitze in die Wangen stieg – gleichzeitig jedoch eine geheime Erregung sie erfasste.

Er lehnte sich zurück, sah ihre geröteten Wangen und grinste. »Du bist diejenige, die es *sehr schmutzig* wollte, Cupcake, also brauchst du jetzt nicht so verlegen zu sein«, sagte er mit leiser, spöttischer Stimme.

»Ich habe einfach nur nicht erwartet, dass du so etwas sagst, etwas so ...«

»Obszönes?«, bot er an, und erneut umspielte ein teuflisches Grinsen seine vollen Lippen. »Betrachte es als Teil dessen, dass ich dich schände. Und jetzt setz dich auf den Schreibtisch, und spreiz die Beine, oder hast du deine Meinung geändert?«

Samantha wusste, dass er ihr einen Ausweg bot, doch ihr Körper summte bereits vor gespannter Erwartung. Sie kletterte von seinem Schoß, ließ sich auf dem Rand seines Schreibtischs nieder und spreizte, wie er befohlen hatte, weit die Beine, strich jedoch instinktiv ihren Rock glatt und zog ihn über die Oberschenkel. Was albern war in Anbetracht dessen, was er gerade mit ihr gemacht hatte. Doch es war lange her, dass ein Mann so direkt in Berührung mit ihren Geschlechtsteilen gekommen war, und sie war auch nicht daran gewöhnt, sich zur Schau zu stellen.

Seine dichten, dunklen Wimpern verdeckten halb seine Augen, als er seinen Lederstuhl viel, viel näher rückte. »Du siehst so verdammt heiß aus mit deinen entblößten Brüsten und gleichzeitig so etepetete mit den Händen im Schoß und deinem Rock, der dich so sittsam bedeckt.«

Er legte die Handflächen auf ihre Knie und spreizte ihre Beine noch weiter auseinander. »Zieh ihn bis zur Taille hoch, damit ich deine nackte Muschi sehen kann.«

Ein weiterer Befehl, dem zu gehorchen sie sich genötigt sah. Sie zog den Stoff ganz langsam ihre Oberschenkel hoch, wie bei einem Striptease, und ihr Magen überschlug sich, als er seinen *Ich-werde-dich-lecken*-Blick senkte, hin zu dem heiligen Ort, den sie gleich enthüllen würde. Sie biss sich auf die Unterlippe, nahm all ihren Mut zusammen und zog den Rock schließlich bis zur Taille hoch.

Er atmete tiefer und leckte sich gierig die Lippen, als er ihr Geschlecht anstarrte. *»Verdammt«*, murmelte er und schob ihre Hände beiseite. »Lehn dich zurück, damit du beobachten kannst, wie ich dich *verschlinge.*«

Sie stützte die Hände hinter sich ab, neigte den Oberkörper so, dass sie uneingeschränkte Sicht hatte. Der Stuhl, auf dem er saß, hatte die perfekte Höhe, und sie beobachtete, wie er den dunkelhaarigen Kopf senkte, mit offenem Mund einen heißen Kuss auf die Innenseite ihres Oberschenkels pflanzte, dabei mit funkelnden Augen zu ihr aufschaute und ihren Blick festhielt.

Sie zitterte und stöhnte, und ihr Geschlecht pochte vor erneutem Verlangen, als sein Mund gemächlich über ihre Haut nach oben wanderte und saugte, biss und leckte, bis er sein Ziel erreicht hatte. Er hob ihre Oberschenkel an, legte sie sich über die Schulter, rahmte damit sein kräftiges Kinn und sein Gesicht ein. Bei diesem erotischen Anblick hätte sie beinahe alle Selbstkontrolle verloren.

Er ließ die Hände über ihre Hüften gleiten, legte sie auf ihren Unterbauch, spreizte die Finger und fuhr mit den Daumen hinab zu ihren geschwollenen, glänzenden Lippen, so weich und feucht von ihrem ersten Orgasmus. Er zog sie auseinander, setzte ihren Kitzler seinem lodernden Blick aus, und als er den Kopf senkte und mit seinen leichten Bartstoppeln über die noch immer empfindliche Knospe rieb, schloss sie, überwältigt von sündhaftem, verbotenem Verlangen, die Augen. Die Stimulation war zu viel … und doch nicht genug.

»Schau mir zu«, forderte er und machte sich, sobald sie

ihm mit schweren Lidern wieder in die Augen sah, sofort daran, sie alles vergessen zu lassen, was sie glaubte, über Oralsex zu wissen.

Nichts hatte sie auf diesen Ansturm auf ihre Sinne vorbereitet, darauf, von einem Mann verzehrt und beherrscht und verwüstet zu werden, der keine Skrupel hatte, es mit ihr zu treiben. Schmutzig zu treiben. Sein offener Mund war heiß und hart auf ihr, und sie beobachtete, wie seine Zunge durch ihre Falten glitt, bevor er in sie eindrang, so unanständig und verdorben – und *sie liebte es.*

Unwillkürlich entfuhr ihr ein leiser Schrei, und wieder leckte er sie unerbittlich – ein langes, festes Streicheln mit der Zunge, das sie jeder seiner neckenden Liebkosungen die Hüften entgegenheben ließ, Liebkosungen, die sie einem Orgasmus gefährlich nahe brachten, ihr jedoch noch nicht gaben, was sie so dringend brauchte.

»Clay …«, flehte sie. Ihr Körper stand in Flammen.

Noch ein langsames, quälendes, wirbelndes Lecken. »Möchtest du was Bestimmtes?«, murmelte er undeutlich, sein Atem so unglaublich heiß auf ihrem feuchten Fleisch.

Er wollte, dass sie darum bat, und sie tat es. »Lass mich kommen. *Bitte.*«

Er hörte auf, Spielchen mit ihr zu spielen, widmete sich stattdessen jetzt ernsthaft ihrem Kitzler. Seine Lippen und seine Zunge massierten den Lustpunkt mit genau dem richtigen Maß an Druck und Reibung, und sie griff nach unten und fuhr mit ungeduldigen Fingern durch sein Haar.

Mehr, mehr, mehr, skandierte sie lautlos. Vielleicht sprach sie die Worte auch laut aus, weil er nun an ihr saugte, *an ihr nagte*. Ihr Kopf fiel zurück, als sie seinen Mund ritt, und Wellen unvergleichlicher Ekstase erschütterten sie bis ins Mark, Lust, die nie zu enden schien. Bis schließlich ein letztes heftiges Zittern sie durchfuhr.

Der Arm, auf den sie sich stützte, gab nach, und sie legte sich zurück auf den Tisch, ließ die Beine über die Seiten fallen. Sie war sich dunkel bewusst, dass Clay hektisch die Schreibtischschubladen durchwühlte.

»Alles okay?« Ihr Körper kribbelte noch immer.

»Nein, ich will unbedingt in dir sein. *Jetzt*.« Noch eine Schublade wurde zugeknallt. Er öffnete eine andere und stöberte darin herum. »Mason hat ein paar Kondome hier gelassen, als er mein Büro vor ein paar Wochen für eine seiner schäbigen Affären benutzt hat, und ich habe sie in eine dieser Schubladen geworfen.«

Sie lachte leise. »Dein Bruder ist wirklich ein Hurenbock, stimmt's?«

»Du machst dir keine Vorstellung«, murmelte er und stieß dann ein triumphierendes *Ja* aus, als er das Gesuchte fand.

Er riss mit den Zähnen die Verpackung auf, und sie sah, wie er seinen großen beeindruckenden Schwanz umhüllte, der es kaum erwarten konnte, wieder loszulegen.

»Ich hätte nie gedacht, dass ich mal von den Abenteuern meines Bruders profitieren würde«, sagte er kopfschüttelnd.

Samantha musste zugeben, dass auch sie Mason dankbar war, denn sie brannte darauf zu wissen, wie es sich anfühlte, von diesem Mann genommen zu werden, der soeben nicht nur ihren Körper erobert, sondern auch ihre Seele besessen hatte. Nichts … absolut *nichts* würde nach diesem Stelldichein je wieder dasselbe sein. Dessen war sie sich sicher.

Sie erwartete, dass sie Sex von Angesicht zu Angesicht haben würden, und war überrascht, als er sie vom Tisch zog, herumdrehte und ihren Oberkörper so nach vorn beugte, dass ihre Arme wieder auf dem Tisch abgestützt waren. Er drängte sich von hinten gegen sie, und ihr Herz hämmerte wild in ihrer Brust, weil sie nicht genau wusste, was sie erwartete.

Er fuhr mit dem Daumen ihren nach oben gereckten Hintern hinab und hielt inne, kurz bevor er die feuchte Stelle zwischen ihren Oberschenkeln erreichte. »Spreiz die Beine«, befahl er schroff.

Oh Gott. Samantha schluckte hart und tat, wie ihr befohlen. Sie stellte die Füße auseinander und spürte einen kühlen Luftstrom zwischen den Oberschenkeln. Er hatte sie gewarnt, dass er nicht der konventionelle Typ war, wenn es um Sex ging, und ihr versprochen, sie *über einen Tisch zu beugen, ihre Beine weit zu spreizen und sie zu ficken.* Sie hatte ihm sogar gesagt, dass sie das *wollte.*

Doch sie hätte nie gedacht, dass sie sich, kurz bevor es geschah, so verletzlich fühlen würde.

»Willst du es immer noch?«, fragte er leise hinter ihr, als habe er ihre Gedanken gelesen.

Die Tatsache, dass er ihre Unsicherheit gespürt hatte und bereit war aufzuhören, wenn sie es ihm sagte, gab ihr das Gefühl, sich bei ihm sicher fühlen zu können. *Sie vertraute ihm.* Vertraute ihm ihren Körper an. Ihre Lust. Und mehr? Der Himmel wusste, wie gern sie das wollte. Sie gab sich ihm hin, er durfte sie berühren, wo kein anderer Mann sie je berührt hatte. Doch er hatte sie gewarnt, dass es ein Mehr nicht geben würde, und sie würde gut daran tun, diese Bitte zu respektieren.

Das hieß jedoch nicht, dass sie ihm Einhalt gebieten würde. »Ja, ich will es immer noch.« Sie flüsterte die Wahrheit, die, wie sie instinktiv wusste, die Macht hatte, sie eines Tages zu zerstören.

Er atmete tief aus, als habe er die Luft angehalten, während er auf ihre Antwort wartete. Als bedeute ihr *Ich will es* mehr für ihn als nur den heißen Sex, den er ihr bot.

Bevor sie noch weiter darüber nachdenken konnte, legte er ihr die Hände auf die Hüften, ließ seinen Schwanz zwischen ihre Beine gleiten und schob die Eichel ein winziges Stück in sie hinein. Sie wimmerte, denn es war bei Weitem nicht genug, drängte instinktiv ihren Hintern gegen ihn, wollte spüren, wie sein heißer Schaft sie ausfüllte. Sie brauchte das. Sehnte sich danach. *Sehnte sich nach ihm.*

Wieder drängte sie sich gegen ihn, und er stöhnte. Seine Finger vergruben sich in ihrer Haut, während er sich zurückhielt, sich bremste, wo doch seine Kontrolle das Letzte war, was sie wollte. Sie sehnte sich nach der hitzigen Leidenschaft und einem irrationalen Kontrollverlust. Sie musste wissen, wie es war, wirklich von einem Mann *genommen* zu werden. *Nein, von Clay.*

»Tu's«, drängte sie ihn und sprach dann die Worte aus, die sie noch nie zu einem anderen Mann gesagt hatte. »Fick mich, Clay. Jetzt.«

»Herrgott«, brummte er, das Verlangen greifbar, das seinen

Körper durchflutete. »Das wird ein harter, schneller Ritt, Cupcake.«

Im nächsten Augenblick stieß er unglaublich tief in sie hinein, entlockte ihrer Kehle einen schockierten Schrei, als ihr Körper versuchte, sich an das plötzliche, überwältigende Eindringen zu gewöhnen und an das Gefühl, so ausgefüllt zu sein. Ausgefüllter, als sie es je gewesen war. Er ließ ihr keine Zeit, Atem zu holen, bevor er begann, in sie hineinzustoßen, hart und erbarmungslos, mit einer Dringlichkeit, die bei jedem Stoß noch zuzunehmen schien. Er vergrub die starken Finger in ihrer Taille, zog sie jedem seiner groben, hämmernden Stöße entgegen.

Er beherrschte sie auf eine raue, entschlossene Weise. Doch im Grunde war *alles* an Clay rau und entschlossen. Und trotz all ihrer Unterschiede wollte sie ihn gerade deswegen nicht weniger, sondern noch mehr.

Sie stöhnte, überwältigt von Lust, als sie den Rücken wölbte und schamlos die Hüften anhob. In dieser Stellung rieb sein Schaft gegen ein empfindsames Fleckchen Haut in ihr, und sie sah Sternchen. Oh Gott. Es war so atemberaubend, so köstlich. Das Verlangen zwischen ihren Beinen wurde stärker und stärker, und ihr Höhepunkt war zum Greifen nahe.

Mit jedem seiner wilden, kräftigen Stöße verlangte er ihre Kapitulation, und bei Gott, sie wusste, dass sie seiner Forderung bereitwillig nachkommen würde. Wie auch allem anderen, was er wollte. *Sie gehörte ihm.*

»*Oh Gott, Clay*«, krächzte sie, als ihr Orgasmus sich immer stärker in ihr aufbaute.

»*Komm,* Samantha. *Jetzt*«, verlangte er mit dunkler, intensiver Stimme, während er eine Hand zwischen ihre Beine gleiten ließ, ihren Kitzler rieb und das pochende, gierige Fleisch zwischen zwei Finger nahm und daran zupfte. »Ich will spüren, wie du auf meinem Schwanz kommst.«

Seine Macht und seine nachdrücklichen Forderungen waren berauschend, und sie schrie auf, als sie von einem so mächtigen und überwältigenden Orgasmus geschüttelt wurde, dass es sich wie eine außerkörperliche Erfahrung anfühlte. Jeder ihrer Muskeln verkrampfte sich unkontrolliert um seinen Schwanz, während er weiter seiner eigenen Lust nachjagte. Ihr Höhepunkt fühlte sich so roh und real an, war so atemberaubend in seiner Intensität, dass sie nicht wusste, wie sie damit umgehen sollte.

Auch er war kurz davor. Ein tiefes, besitzgieriges Knurren rumorte in seiner Brust, als er wild in sie hineinstieß und sie so fest gegen die Tischkante drückte, dass sie vermutlich am nächsten Tag blaue Flecken haben würde. *Doch es war ihr egal.* Er fluchte, seine Hüften klatschten heftig gegen ihren Hintern, als er sich ein letztes Mal in ihr vergrub, so tief, dass sie nicht wusste, wo er endete und wo sie begann.

Er ließ keinen Teil von ihr unberührt. Was ihren Körper betraf, besaß er sie. Emotional fühlte er sich vollkommen richtig an, so sehr wie ein Teil von ihr. So natürlich. Als habe sie ihr Leben lang darauf gewartet, ihm zu begegnen, mit ihm zusammen zu sein. Nie zuvor hatte sie diese Art von intimer, tiefer Verbindung mit einem Mann gespürt … und sie fürchtete, sie auch nie wieder zu spüren.

KAPITEL 9

Donnerstagabends hieß es im Kincaid's »Zwei Kurze zum Preis von einem«, was stets die jüngeren Leute anlockte. Viele Gäste, die montags zur Ladies' Night auftauchten, kamen wieder, um sich auch dieses Angebot nicht entgehen zu lassen, ebenso wie die Gelegenheit, mitten in der Woche jemanden aufzureißen – zu ihnen gehörte Mason, der sich gerade auf der Tanzfläche befand und mit dem Mädchen rummachte, mit dem er seit einer Stunde flirtete.

Clay schüttelte den Kopf, denn er wusste, dass sein Bruder der Frau an die Wäsche gehen würde, bevor der Abend vorbei war. Solange Mason seine jüngste Eroberung nicht in der Toilette vögelte, würde Clay wegschauen und ihn nicht aus der Bar werfen. Doch wenn Mason es wagte, Clays Büro zu benutzen, würde er seinen Bruder kastrieren, denn er wollte nicht, dass irgendetwas die Erinnerungen an das befleckte, was in diesem Raum geschehen war, an all die erotischen Arten, auf die er seinen Schreibtisch genutzt und Samantha in Besitz genommen hatte. Auch wenn sie ihm nur für diese kurze gemeinsame Zeit gehört hatte.

Bei dem Gedanken daran, wie gut Samantha auf ihn reagiert hatte und wie eng und heiß es in ihr gewesen war, suchte sein Blick die Frau, die ihn vor nur wenigen Stunden völlig umgehauen und ihm einen geblasen hatte. Mit ihr zusammen zu sein war sexy und schmutzig und so unglaublich süchtig machend gewesen, dass er ein verdammter Lügner wäre, wenn er behauptete, er würde sie nicht wieder anfassen – jetzt, wo er wusste, wie ihre Muschi schmeckte und wie es sich anfühlte, wenn ihr Mund sich um seinen Schaft schloss. Völlig überwältigt von dem umwerfendsten Sex, den er je gehabt hatte, hatte sie ihn zurückgelassen. Nie zuvor hatte er so lange an eine Frau gedacht, nachdem der Sex vorbei war.

Ja, er war völlig am Arsch.

Clay stand am hinteren Ende der Bar, als sein Blick am Objekt seiner Begierde haften blieb. Während Tara und Gina im Servicebereich arbeiteten, schlängelte sich Samantha um die voll besetzten Tische herum, servierte Drinks und Essen und nahm Bestellungen entgegen. Sie war völlig entspannt und sah blendend aus, zweifellos von den drei Orgasmen, zu denen er sie vorhin gebracht hatte. Der unzivilisierte Höhlenmensch in ihm war stolz auf das Leuchten ihrer Porzellanhaut und ihrer strahlend blauen Augen.

Sie lächelte die Gäste an und lachte über etwas, was einer von ihnen zu ihr sagte. Doch der Typ beließ es nicht bei seinem Kommentar, er schickte auch noch ein Augenzwinkern hinterher – und verärgert biss Clay die Zähne aufeinander. Zu sehen, wie andere Männer mit Samantha flirteten und sie anbaggerten, war das Schlimmste daran, dass sie in der

Bar arbeitete. Das Abend für Abend mitzuerleben gefiel ihm genauso wenig wie die Tatsache, dass sie überhaupt diese *Gefühle* in ihm weckte.

Clay war nie der eifersüchtige, besitzergreifende Typ gewesen, und er hatte kein Recht darauf, jetzt Eifersucht zu empfinden. Er ließ sich nicht auf chaotische oder komplizierte Beziehungen mit Frauen ein, und er erinnerte sich daran, dass Samantha da keine Ausnahme war. Was sie hatten, war ein kurzes Liebesabenteuer. Er war zu kaputt durch seine beschissene Vergangenheit, zu abgestumpft durch das Leben im Allgemeinen und zu sehr daran gewöhnt, allein zu sein, um an etwas anderes zu glauben. Und vor allem war er emotional zu sehr geschädigt, um irgendeiner Frau – vor allem Samantha – die Art von Liebe und Für-immer-Versprechen zu geben, die sie verdiente und zweifellos wollte.

Er hatte es einfach nicht in sich, und diese Wahrheit hatte Clay immer befähigt, Frauen so zu verschubladen, dass es keine Missverständnisse, keine unrealistischen Erwartungen gab. Nur heißen, unkomplizierten Sex. Er versuchte, Samantha in dieser mit dem Etikett »vorübergehend« versehenen Schublade zu halten – weil er wusste, dass ihre Zeit hier kurz und nichts weiter als eine Atempause von ihrem wirklichen Leben war. Es würde nicht lange dauern, bis sie herausfand, was sie mit ihrer Zukunft anfangen wollte, und weiterzog oder dem elterlichen Druck erlag und nach Hause zurückkehrte, um das feige Arschloch zu heiraten, das ihr Vater für sie ausgewählt hatte.

Bei dieser Vorstellung zog sich Clays Magen vor Schmerz zusammen. Er wollte jetzt nicht darüber nachdenken, ja, er wollte zu keiner Zeit darüber nachdenken, obwohl er, wenn er realistisch war, wusste, dass er nie in ihre Welt passen würde. In sozialer Hinsicht waren sie polare Gegensätze. Sie würde unweigerlich weggehen, so oder so, und er würde auf keinen Fall versuchen, sie aufzuhalten, wenn dieser Tag gekommen war. Er würde ihr sogar einen großen Gefallen damit tun, dass er sie ziehen ließ, wenn es denn so weit war.

Ja, rede es dir nur weiter ein. Wenn es denn half, sie gehen zu lassen. Solange sie nicht Zuflucht zu Option zwei nahm und sich für die Rückkehr nach Hause sowie für das Arschloch entschied, das darauf wartete, ihr einen Ring an den Finger zu stecken. In der Zwischenzeit würde er alles tun, dass sie glücklich war, solange sie hier war – eine weitere Besonderheit für ihn, aber scheiß drauf. Er wollte, dass sie zufrieden war, und dazu gehörte auch, dass er sie dazu ermutigte, ihren Wunsch zu verwirklichen, Konditorin zu werden.

Clay hatte viel darüber nachgedacht, wie er Samantha in dieser Hinsicht helfen konnte. Sie hatte weder Zeugnisse noch die praktische Erfahrung, mit der man einen potenziellen Arbeitgeber beeindrucken konnte, aber sie *war* eine staatlich geprüfte Konditorin und hatte dank der Haushälterin, die ihr ursprünglich das Handwerk beigebracht hatte, im Lauf der Jahre ihre Fertigkeiten vervollkommnet. Am besten wäre es für sie, jemanden zu finden, der sie ihren Wert und ihr Können auf weniger traditionelle Art beweisen ließ. An dieser Idee arbeitete Clay, und mit Katrinas Hilfe hatte er eine Überraschung für Samantha, die er ihr, wie er hoffte, am nächsten Tag präsentieren konnte.

Aus dem Augenwinkel sah Clay einen Typen, der einige Barhocker weiter entfernt saß. Widerstrebend riss er den Blick von Samantha los, richtete ihn auf den Gast und erkannte, dass es sich um seinen jüngsten Bruder, Levi, handelte. Levi war die ganze Woche noch nicht da gewesen, was jedoch nichts Besonderes war. Er war kein Bargänger, und die Tatsache, dass er an einem Abend hierherkam, an dem es rappelvoll war, verriet Clay, dass sein Auftauchen einen bestimmten Grund hatte. Es war nicht schwierig, sich diesen Grund auszumalen oder zu erraten, wessen großes, feistes Maul geplaudert hatte wie ein verdammtes Mädchen.

Clay unterdrückte seinen Ärger und schlenderte zu Levi hinüber. Sein 24-jähriger Bruder war der Hellhäutigste von ihnen, mit hellgrünen Augen und rotblondem Haar. Clay hatte immer vermutet, dass Levi nach seinem Erzeuger geraten war, weil er im Unterschied zu ihm und Mason keinen der Gesichtszüge ihrer Mutter hatte.

»Ich nehme an, du hast mit Mason gesprochen?«, begrüßte Clay ihn.

»Nicht persönlich, aber er hat mir eine SMS geschickt, um mir zu sagen, dass eine Frau bei dir wohnt«, erwiderte Levi mit gerunzelter Stirn. »Ich hätte erwartet, so große Neuigkeiten direkt von dir zu hörren.«

»Sie wohnt nicht so bei mir, wie du denkst«, erklärte Clay, wobei er versuchte, nicht abwehrend zu klingen.

»Es ist egal, *warum* sie bei dir wohnt«, erwiderte sein Bruder mit ernstem Ton und Blick. »Die Tatsache, dass du eine Frau für mehr als eine Nacht in deiner Wohnung bleiben *lässt*, ist ziemlich schockierend und faszinierend.« Levi kniff die Augen zusammen und betrachtete Clay auf die für ihn typische nachdenkliche Art.

Schon als Junge war Levi der Ruhige gewesen, hatte immer erst über eine Situation nachgedacht und sie analysiert, und Clay zweifelte nicht daran, dass er das auch jetzt tat. Dass er Polizist war, verstärkte dieses Persönlichkeitsmerkmal nur noch, und Clay missfiel dieser durchdringende, allwissende Blick.

Er schaute weg, griff nach einem Glas und füllte es mit Eis, um Levi seinen Lieblingsdrink zuzubereiten – Orangensaft mit Sodawasser. Ja, sein Bruder war Antialkoholiker. Nachdem er als Kind miterlebt hatte, welch furchtbare Auswirkungen Alkohol und Drogen auf das Gemüt eines Menschen hatten, hatte er das Zeugs nie angerührt, ganz im Gegensatz zu Mason, der eher selbstzerstörerische Züge zeigte. Ihr mittlerer Bruder liebte den Rausch, wie auch immer er aussah, um die Vergangenheit zu vergessen und den Schmerz zu betäuben.

»Samantha konnte nirgendwo anders hin, da ihre Familie ihr den Geldhahn zugedreht hat.« Clay richtete seine Gedanken wieder auf Samantha, während er den Saft und das Sodawasser gleichzeitig in das Glas goss, damit sie sich mischten. »Ich helfe ihr nur, wieder auf die Füße zu kommen.«

»Das ist sehr großzügig von dir«, sagte Levi gedehnt. Er ließ den Blick über den überfüllten Barbereich schweifen, bevor er sich wieder Clay zuwandte. »Ich nehme an, sie ist die hinreißende Blonde dort drüben?«

Samantha war schwer zu übersehen, und sie war die einzige Kellnerin, die Levi noch nicht kannte. »Ja, das ist sie.«

Clay stellte den gespritzten Orangensaft auf eine Serviette vor seinen Bruder. »Sie heißt Samantha.«

»Auch als Cupcake bekannt?« Levi versuchte, sein süffisantes Grinsen zu verbergen, indem er sein Glas an die Lippen hob, doch Clay sah das verschmitzte Leuchten in seinen Augen.

Clay starrte seinen Bruder an. »Zum Teufel mit Mason und seiner großen Klappe.« Und weil er so ein Arschloch ist, dachte er missmutig.

Levi gluckste amüsiert. »Ahhh, Bruderliebe in Reinkultur. Hast du wirklich etwas anderes von Mason erwartet?«

Statt auf diesen Kommentar seine eigenen Gefühle zum Thema *Bruderliebe* zum Besten zu geben, ließ Clay ein Knurren hören, gerade als er Samantha in den Servicebereich kommen sah, um eine Getränkebestellung abzuholen. Sie schaute mit einem so süßen, sexy und innigen Lächeln zu ihm herüber, dass er keine blasse Ahnung hatte, wie er mit den seltsamen, fremden Gefühlen umgehen sollte, die ihm die Brust zuschnürten.

Also verdrängte er diese Gefühle und hob die Hand, um Samantha herbeizuwinken. Strahlend kam sie auf ihn zu.

»Hey, schöner Mann«, flirtete sie. »Was kann ich für dich tun?«

Oh, verdammt, die Frage enthielt alle möglichen versteckten Andeutungen, und wenn sie allein gewesen wären, hätte er mitgespielt und ihr eine schmutzige und anschauliche Beschreibung dessen geliefert, was genau sie für ihn tun konnte. Doch leider musste er sie jetzt erst mal mit seinem Bruder bekannt machen, und Levi hatte schon wieder diesen forschenden Blick, während er mit allzu großem Interesse die Interaktion zwischen ihm und Samantha beobachtete.

»Samantha, ich möchte dir gern meinen jüngeren Bruder Levi vorstellen«, sagte er mit einem Seufzer und deutete mit dem Kopf auf den Mann, neben dem sie stand. »Er ist Polizist beim Chicago Police Department.«

Statt der Verlegenheit, die Clay erwartet hatte, wurde ihr Grinsen breiter, und ihre Augen leuchteten vor echter Freude, als sie sich seinem Bruder zuwandte. »Freut mich sehr, dich kennenzulernen.« Sie schüttelte eifrig die Hand, die Levi ihr entgegenstreckte.

»Ganz meinerseits«, sagte Levi mit einem Lächeln.

Clay war plötzlich dankbar, dass sein jüngster Bruder bessere Manieren hatte als Mason. Zumindest in Gegenwart von Samantha. Sobald sie weg war, würde das Verhör beginnen, da war Clay sich sicher, und Levi war verdammt gut darin, Informationen aus einem herauszuquetschen.

»Du bist also der ehrbare Bruder«, sagte Samantha in leichtem, humorvollem Ton.

Überrascht runzelte Levi die Stirn. »Wie bitte?«

»Katrina«, warf Clay in dem Wissen ein, dass Levi keine weitere Erklärung brauchte. Katrina hatte klare Ansichten über jeden einzelnen der Brüder, und sie waren ziemlich treffend.

»Ahhh«, sagte Levi verstehend und zuckte die Schultern. »Ich nehme an, ich bin zumindest im Vergleich zu Mason der Ehrbare«, erwiderte er lachend.

»Das ist eine Untertreibung«, murmelte Clay. »Es hat seinen Grund, dass Katrina ihn als Hurenbock bezeichnet.«

Samantha legte den Kopf schief, die blauen Augen klar und viel zu unschuldsvoll. »Ich glaube einfach, dass Mason noch nicht die richtige Frau getroffen hat.«

Augenrollend sah Levi seinen Bruder an, und Clay entfuhr ein Lachen.

»Das ist ein optimistischer Gedanke, selbst was Mason angeht«, sagte er.

Levi nickte. »Da ist was dran.«

Sie kannten ihren mittleren Bruder nur allzu gut. Er hatte nie eine Beziehung mit einer Frau gehabt, die mehr beinhaltete als ein paar Tage, im Höchstfall Wochen, ungetrübten Sex. Ganz zu schweigen davon, dass die *richtige Frau* sich genau vor seiner Nase befand, doch Mason war entweder völlig blind gegenüber ihren Gefühlen oder wollte es nicht riskieren, die enge Bindung und die Freundschaft zu ruinieren, die seit vielen Jahren zwischen ihm und Katrina bestand.

»Samantha, deine Bestellung ist fertig«, rief Gina von der Servicebar her.

»Ich muss wieder an die Arbeit.« Samantha lächelte Levi ein letztes Mal an. »Ich bin mir sicher, wir sehen uns.«

Levi blickte ihr hinterher und schaute Clay, sobald sie außer Hörweite war, wieder mit diesem wissenden Blick in den hellgrünen Augen an. »Die ist anders, stimmt's?«

Clay kämpfte darum, die Wahrheit unter Verschluss zu halten, weil eine zustimmende Antwort ihn zwingen würde, die Gefühle zu bewerten, die in ihm aufwallten. Gefühle, die bestätigen würden, dass Samantha sich tatsächlich von jeder Frau unterschied, mit der er jemals zusammen gewesen war.

Sie war einzigartig – und so viele Nummern zu groß für ihn, dass es dumm war, etwas anderes anzunehmen.

»Was immer zwischen uns sein oder nicht sein mag, es ist vorübergehend und dauert nur so lange, bis sie herausgefunden hat, was sie als Nächstes tun will.« Er weigerte sich, Levi irgendwelche Einzelheiten über ihre Beziehung zu verraten oder zuzugeben, dass er bis über beide Ohren drinsteckte.

Levi schwenkte geistesabwesend den Orangensaft in seinem Glas, sein Blick war so scharfsinnig, dass sich Clay der Magen umdrehte. Sein Bruder war clever. Ob beruflich oder privat, er war immer aufmerksam, direkt und hartnäckig. Er redete auch nicht um den heißen Brei herum und würde keine Angst haben, irgendwelchen Mist aufs Tapet zu bringen, den Clay lieber begraben lassen wollte.

Wenn Clay Glück hatte, würde Levi sich allein auf Samantha konzentrieren. »Was? Spuck's endlich aus«, murmelte Clay.

Levi stellte sein Glas auf den Tisch, beugte sich vor und sah Clay in die Augen. »Wenn du ernsthaft glaubst, *diese* Frau sei was für Gelegenheitssex, dann bist du ein verdammter Idiot.«

»Ich weiß, was ich tue«, reagierte Clay gereizt.

Levi ließ ein gelangweiltes Lachen hören und schüttelte den Kopf. »Du weißt gar nichts! Ich habe den innigen Blick gesehen, mit dem sie dich angeschaut hat.« Er verschränkte die Arme auf dem Tresen. »Und was noch wichtiger ist: Bevor du mich entdeckt hast, ist mir aufgefallen, wie *du sie* angesehen hast. Als seist du bereit, dich über den Tresen zu schwingen, falls irgendein Typ hier in der Bar sie auch nur berühren sollte. Ich habe noch nie einen so besitzergreifenden Blick bei dir gesehen. *Deswegen* weiß ich, dass Samantha anders ist.«

Clay biss die Zähne aufeinander. Er hasste es, dass er so leicht zu durchschauen gewesen war. »Ich kenne Samantha kaum.« Die Lüge brannte in seiner Kehle.

»Ich weiß, dass unsere Mutter uns keinen Grund gegeben hat, Frauen zu vertrauen.« Levi stürzte sich sofort auf das verbotene Thema, das Clay zu vermeiden gehofft hatte. »Wir waren ihr scheißegal, und Wyatt war noch schlimmer«, fuhr sein Bruder fort und wagte es, den elenden Hurensohn zur Sprache zu bringen, bei dem ihre Mutter sie gelassen hatte. Den Mistkerl, der keine Skrupel gehabt hatte, sie regelmäßig grün und blau zu prügeln.

»Halt's Maul«, quetschte Clay durch die zusammengebissenen Zähne heraus. Er redete nicht über Wyatt, *nie.*

Levi kniff die Augen zusammen. »Wie lange willst du dir noch von dem, was unsere Mutter und Wyatt uns angetan haben, deine Zukunft und dein Glück diktieren lassen?«, ignorierte er Clays Warnung, diese Diskussion zu beenden.

Übelkeit rumorte in Clays Magen, als die grauenvollen Erinnerungen, die er lieber unter Verschluss halten wollte, ihn zu ersticken drohten. Wut stieg in ihm auf, doch sein Bruder war jetzt in Fahrt, und da er die Büchse der Pandora geöffnet und die ganze Abscheulichkeit ihrer Vergangenheit herausgelassen hatte, war er nicht mehr zu bremsen.

»Niemand ist perfekt. Verdammt, jeder hat eine Vergangenheit, die ihn geformt hat. Und egal, was du über das, was

Wyatt dir angetan hat, denkst oder fühlst, du bist ein guter Mensch, Clay.«

Clay griff nach dem Handtuch, das auf dem Bartresen lag, und schloss die Augen. Es gab nichts, was er tun konnte, um Wyatts Missbrauch zu vergessen oder die eine Nacht, die ihn vom Jungen zum Mann gemacht hatte, der fest entschlossen gewesen war, ein anderes menschliches Wesen umzubringen. Durch seine Adern war so viel Wut geflossen, und er hatte nicht gezögert, das Messer, das er gestohlen hatte, um seine Brüder zu beschützen, mitten in Wyatts dunkles, böses Herz zu stoßen. Leider hatte der elende Mistkerl trotz des großen Blutverlustes überlebt.

»Hör auf, alten Mist aufzuwühlen«, sagte Clay mit leiser, drohender Stimme, die er kaum als die seine erkannte.

»Tue ich das?«, fragte Levi, unbeeindruckt von Clays Wut. »Wenn du darüber reden würdest, statt so zu tun, als sei es nie passiert, würdest du dich vielleicht nicht mehr hinter dieser Bar und bedeutungslosen Frauen verstecken.« Levi schaute ihn wissend an. »Besser noch: Vielleicht lässt du dann die eine Frau, die es wert ist, nicht gehen.«

Clay stützte die Hände auf den Rand des Tresens und bedachte seinen Bruder mit einem gefährlichen Blick. »Hör verdammt noch mal auf, Levi«, sagte er in seinem drohendsten Ton. »Ich brauche keine Standpauke, und unsere beschissene Vergangenheit hat nichts damit zu tun, was immer für eine Beziehung ich zu Samantha habe.«

»Nein, sie hält dich nur davon ab, überhaupt eine Beziehung zu haben.« Levi seufzte frustriert. »Du musst nicht immer so verdammt stark sein, Clay, und du brauchst die Last nicht allein zu tragen. Wenn du dich erinnerst, ich war auch dabei.«

»Ich erinnere mich an *alles*, Levi.« Wie könnte er das jemals vergessen, wo er regelmäßig von Albträumen heimgesucht wurde? Es war die schlimmste Nacht seines Lebens gewesen, und das sollte etwas heißen angesichts all der entsetzlichen Dinge, die er und seine Brüder als Kinder hatten ertragen müssen. Er hatte noch immer die körperlichen Narben, die ihn jeden verdammten Tag daran erinnerten, was sie durchgemacht hatten.

Clay atmete tief aus, was den Druck in seiner Brust jedoch nicht linderte. »Da du jetzt fertig bist, mich zu analysieren, fühl dich frei zu gehen, denn ich muss arbeiten.«

»Natürlich musst du das«, sagte Levi sarkastisch und glitt von seinem Barhocker, denn er wusste genau, dass er damit entlassen war. »Eine gute Nacht, Clay.«

Wünschte sein Bruder ihm ernsthaft eine *gute Nacht*, nachdem er dafür gesorgt hatte, dass seine Emotionen sich zu einem riesigen verdammten Knoten zusammengeballt hatten?

Clay starrte Levi wütend an und zeigte ihm den Mittelfinger, wobei es ihm völlig egal war, dass jeder in der Bar die unanständige Geste sehen konnte. »Danke, dass du mir den Abend versaut hast, Arschloch.«

»Gern geschehen.« Levis Augen und Gesichtsausdruck verrieten nicht das leiseste Bedauern. Offensichtlich hatte er seine Mission erfüllt. Er drehte sich um, stiefelte davon und ließ Clay allein mit seinen Erinnerungen, die nun roh und gefährlich nahe an der Oberfläche brodelten.

KAPITEL 10

Samantha frühstückte und wusch das Geschirr ab. Ihre Gedanken waren bei Clay, der schon weg gewesen war, als sie heute Morgen aufgewacht war. Sie hatte geglaubt, es sei mehr gewesen als Sex, was gestern Nachmittag in seinem Büro geschehen war, und war enttäuscht, wieder allein zu sein.

Sie hatte wirklich gedacht, dass sich die Dinge zwischen ihnen geändert hätten. Dass er nicht länger versuchen würde, ihr aus dem Weg zu gehen. Doch ihr war aufgefallen, dass sich Clays Stimmung deutlich verändert hatte, nachdem sein Bruder Levi gegangen war. Er schien irgendwie verärgert zu sein. Und als sie trotz der voll besetzten Tische einen Moment Zeit gefunden hatte, ihn zu fragen, ob alles okay sei, hatte sein abruptes »Mir geht's gut« ihr verraten, dass bei Weitem nicht alles in Ordnung war, aber dass das, was immer ihn plagte, nicht zur Diskussion stand.

Und so hatte sie ihm gestern Abend seinen Freiraum gelassen, obwohl sie die Distanz hasste, die er zwischen ihnen geschaffen hatte. Als sie und die anderen Angestellten nach Schließung der Bar mit dem Aufräumen fertig gewesen waren, hatte sie bemerkt, dass Clay in seinem Büro steckte – hinter verschlossener Tür. Fehlte nur noch das Schild *Lass mich in Ruhe*. Tara bestätigte ihr, dass es zwischen Clay und Levi Streit gegeben hatte. Und Samantha hätte Clay gern wissen lassen, dass er mit ihr reden konnte, wenn er jemanden brauchte, der ihm unvoreingenommen zuhörte, doch sie wusste instinktiv, dass er nicht zu den Männern gehörte, die mit einer Frau persönliche Probleme diskutierten oder ihre Gefühle analysierten. Nein, Clay war kontrolliert und zurückhaltend – emotional und physisch. Er war immer für andere Menschen da, hörte ihnen zu und kümmerte sich um ihre Probleme, doch in der kurzen Zeit, die Samantha ihn kannte, war deutlich geworden, dass er sich anderen nicht gern öffnete, und schon gar nicht ihr.

Das war sehr frustrierend, weil sie doch so viel mehr über Clay Kincaid erfahren wollte. Er hatte ihr ein klein wenig von seiner Vergangenheit erzählt, gerade genug, dass sie von seiner alles andere als idealen Kindheit wusste. Leider verstand er es hervorragend, jedem ihrer Versuche auszuweichen, ein bisschen tiefer zu graben und herauszukriegen, welche Erfahrungen ihn zu dem Mann gemacht hatten, der er heute war – großzügig und verlässlich und anständig, aber sehr verschlossen.

Gestern Abend war sie nach oben gegangen, hatte geduscht und vorgehabt aufzubleiben und zu warten, bis Clay endlich nachkam. Doch sobald sie sich aufs Ohr gehauen hatte und ihr Körper in seine weiche Matratze gesunken war, war sie eingeschlafen. Und als sie heute Morgen aufgewacht war, war Clay bereits verschwunden gewesen.

Es fühlte sich an, als seien sie wieder genauso weit wie vorher, doch Samantha weigerte sich, Clay den Rückzug antreten zu lassen, sich *von ihr* zurückzuziehen, nachdem sie gestern Nachmittag endlich Fortschritte mit ihm gemacht hatte.

Samantha hatte gerade den letzten Teller abgetrocknet, als jemand an die Tür klopfte, die von der Wohnung zu dem Parkplatz führte, von dem aus die Bar beliefert wurde und auf dem die Angestellten ihre Fahrzeuge parkten. Sie nahm an, dass es jemand war, der zu Clay wollte, und eilte, da er nicht da war, zur Tür.

Als sie durch den Spion schaute, sah sie Katrina auf der anderen Seite stehen. Samantha schloss auf und öffnete die Tür, glücklich, die Frau zu sehen, die sie bereits als Freundin betrachtete.

»Hey, was machst du hier?«, fragte sie neugierig. Ihr Blick fiel auf Katrinas Outfit, und einen Moment lang empfand sie Neid, weil es Katrina gelang, in einem dunkelbraunen Wildledertop, das vorne geschnürt wurde, zugleich taff und sexy zu wirken. Das eng anliegende Top brachte ihre Brüste voll zur Geltung und ließ sie umwerfend aussehen. Dazu trug sie den passenden Minirock und sexy, beige Wildlederstiefeletten mit einem beeindruckenden Absatz.

»Ich habe eine Lieferung für dich.« Katrina ließ ein Lächeln aufblitzen.

»Für mich?« Samantha lachte, war jetzt noch verwirrter. »Ich kann mich nicht erinnern, etwas bestellt zu haben.«

»Hast du auch nicht. Aber Clay.« Katrina schüttelte den Kopf und wedelte mit der Hand in der Luft herum, was die bunten Schmetterlinge, die auf ihren Oberarm tätowiert waren, so aussehen ließ, als würden sie fliegen. »Genauer gesagt, hat Clay mir erklärt, was er vorhat, und ich habe die Sachen bestellt, weil er das niemals allein geschafft hätte.« Sie wirkte sehr zufrieden mit sich.

Samantha hatte absolut keine Ahnung, wovon Katrina redete, war jedoch eindeutig fasziniert. Die andere Frau zeigte hinunter zum Parkplatz, wo zwei junge, muskelbepackte Männer neben einem kleinen unauffälligen Lieferwagen standen und warteten.

»Bringt alles nach oben, Jungs!«, rief Katrina ihnen zu.

Während der nächsten Viertelstunde stand Samantha mit Katrina im Wohnzimmer, während die Männer unzählige Kartons und Tüten von Williams-Sonoma nach oben brachten – einem exklusiven Geschäft, das die besten Küchengeräte, Haushaltsgeräte, Backformen und Spezialartikel verkaufte. Samantha blieb vor Staunen die Spucke weg. Als einer der Männer einen großen Karton, auf dem das Bild eines Standrührgeräts in Industrieausfertigung prangte, nach oben brachte, dämmerte es ihr schließlich, und ihr fiel die Kinnlade herunter.

»Oh mein Gott«, hauchte sie, schockiert und freudig erregt über das, was Clay getan hatte. Er hatte ihren Traum, Konditorin zu werden, ernst genommen und half ihr nun, ihn Wirklichkeit werden zu lassen.

»Er hat all die Sachen für mich gekauft, damit ich backen kann, stimmt's?«, fragte sie ungläubig.

»Yep«, bestätigte Katrina. »Ich war mir nicht sicher, was genau du brauchen würdest, also habe ich einen Kundenberater in dem Laden gebeten, alles zusammenzustellen, was eine frisch gebackene Konditorin in ihrer Küche haben muss, einschließlich aller Zutaten zum Backen.« Sie klang so aufgeregt, wie Samantha es war. »Du müsstest gut ausgerüstet sein, denn ich habe im Lebensmittelladen die Regale mit den Backzutaten fast leer geräumt.«

Als die Männer alles ausgeladen hatten, war die gesamte Küche voll mit Tüten und Kartons, und Samantha fühlte sich in vielerlei Hinsicht überwältigt. »Ich bin sprachlos.« Bei dem Gedanken, wie viel Clay für sie ausgegeben hatte, presste sie die Hände gegen ihre erhitzten Wangen. Schuldgefühle beschlichen sie. »Das muss ihn ein kleines Vermögen gekostet haben.«

»Was soll's«, sagte Katrina achselzuckend, als wäre Geld kein Thema. »Clay hat nicht gezögert, als ich ihm erzählt habe, was das alles kostet.«

Er hatte wirklich keine Kosten gescheut und ließ sie ohne Worte wissen, dass er an sie glaubte, etwas, was ihre Eltern nie getan hatten und nie tun würden. Er hatte keine Ahnung, wie viel ihr seine Großzügigkeit bedeutete oder wie sehr sein Glaube an ihre Fähigkeiten sie in ihrer Entschlossenheit stärkte, ihre Träume wahrzumachen. Sie wollte sich selbst nicht enttäuschen, aber wichtiger noch, sie wollte *ihn* nicht enttäuschen.

Plötzlich hatte sie einen Kloß im Hals und fühlte die Tränen kommen. Ihr Leben lang hatte sie unglaublich teure Geschenke bekommen – prunkvollen Schmuck, extravagante Autos und Reisen, luxuriöse Designerkleidung und Accessoires –, doch nie hatte ihr jemand ein Geschenk gemacht, das von Herzen kam und so persönlich, so aufmerksam und so bedeutungsvoll war. Obwohl sie wussten, wie gern Samantha buk und wie sehr sie sich wünschte, Konditorin zu werden, hatten ihre Eltern sie kein einziges Mal dazu ermutigt, geschweige denn, ihr etwas geschenkt, das zeigte, dass sie ihre Leidenschaft billigten.

In diesem Moment spürte Samantha das erste Flattern eines Gefühls in ihrem Herzen, das ihr sagte, dass sie auf dem besten Weg war, sich in Clay Kincaid zu verlieben. Sie sollte sich selbst die Leviten lesen und klarmachen, dass die Sache mit Clay lediglich eine Affäre war und dass sie ihr Herz beschützen musste, weil sie sonst verletzt werden würde. Doch als sie die Fülle von Artikeln sah, die ihr in der gut gefüllten Küche zuwinkten, konnte sie weder die Worte finden noch den Willen aufbringen, die Gefühle zu ignorieren, die in ihr wuchsen. Und sie wollte es auch nicht länger, wurde ihr klar.

Sie blickte Katrina an, die unverwandt ihre Reaktion beobachtet hatte. »Ich muss zu ihm und mich bedanken.«

Doch bevor sie nach unten in die Bar eilen konnte, legte Katrina ihr die Hand auf den Arm. »Ich mach dir einen Vorschlag. Wie wär's, wenn du anfängst, die Tüten und Kartons auszupacken und dir alles anzusehen, und *ich* gehe und hole Clay.«

Samantha konnte nicht leugnen, dass sie wie ein kleines Kind an Weihnachten darauf brannte, die Sachen unter die Lupe zu nehmen. »Okay«, sagte sie, und das Erste, was sie auspackte, war das wunderschöne Standrührgerät in ihrer Lieblingsfarbe – Knallrosa.

Katrina fand Clay im Lagerraum, wo er den Alkoholvorrat kontrollierte. Mit einem mulmigen Gefühl im Bauch beobachtete er, wie sie auf ihn zutänzelte. Ihre schelmischen grünen Augen funkelten wie Smaragde.

Clay wusste, warum Katrina da war. Sie hatte ihm vor fast einer halben Stunde eine SMS geschickt, um ihn wissen zu lassen, dass sie mit dem Lieferwagen eingetroffen sei und dass sie die Sachen gleich ausladen würden. Da es seine Idee gewesen war, Samantha mit allem zu versorgen, was sie brauchte, um ihre Desserts zu backen, hatte Katrina wohl erwartet, dass er da sein würde, wenn alles eintraf.

Er hatte ernsthaft darüber nachgedacht, sich nach dem gestrigen Gespräch mit Levi heute Morgen jedoch nicht ganz wohl gefühlt. Okay, das war eine Untertreibung. Er war missmutig und sauer und überhaupt nicht glücklich gewesen, dass sein Bruder herumgestochert und Gefühle aufgewühlt hatte, die er unbedingt unter Verschluss halten wollte. Levi hatte ihn wütend gemacht, und seine üble Laune war das Letzte, womit er Samantha konfrontieren wollte … oder das er erklären wollte.

Deswegen hatte er heute Morgen, als er immer noch genervt aufgewacht war, beschlossen, ins Fitnessstudio zu gehen und ein hartes Workout zu machen, um Dampf abzulassen. Er hatte im Fitnessstudio geduscht und sich umgezogen, und seine Verärgerung über seinen Bruder hatte sich gelegt, als er schließlich in seine Bar zurückgekehrt war. Doch dann hatte ihn wegen seiner impulsiven Entscheidung, eine Konditorenausrüstung für Samantha zu kaufen, plötzlich Unsicherheit beschlichen. Wie würde sie wohl auf sein Geschenk reagieren? Was, wenn sie es für dumm hielt? Was, wenn sie es ablehnte, dass er sich in ihre Angelegenheiten einmischte? Was, wenn sie in die Geste zu viel hineininterpretierte, vor allem nach dem gestrigen Nachmittag?

Und wann in aller Welt war es ihm so wichtig geworden, eine Frau glücklich zu machen?

Katrina verschränkte die Arme vor der Brust und sah ihn durchdringend an. »Ich hab dir vor einer halben Stunde eine SMS geschickt. Ich hab erwartet, dass du nach oben kommst und dir ansiehst, was ich von deinen vielen tausend Dollar für Samantha gekauft habe.«

Er zuckte lässig die Schultern und legte sein Klemmbrett in ein Regalfach. »Ich war beschäftigt mit dem Warenvorrat.«

Sie war so anständig, ihn wegen seiner Lüge nicht zur Rede zu stellen. Vielmehr lächelte sie und sagte: »Ich muss schon sagen, du kennst wirklich den Weg zum Herzen dieser Frau.«

»Hat ihr alles gefallen?« Er versuchte krampfhaft, nicht wie ein verknallter Teenager zu klingen, der das Mädchen, in das er verschossen war, beeindrucken wollte. Gott, er war so erbärmlich.

Katrina verdrehte die Augen und trat von einem unglaublich hohen Absatz auf den anderen. »Du machst wohl Witze, oder? Ich glaube, ich habe noch nie eine Frau gesehen, die sich so sehr gefreut hat, von einem Mann Küchengerate geschenkt zu bekommen. Die meisten Mädchen ziehen Diamanten oder ein paar Louboutins vor, doch mir wird langsam klar, dass Samantha einzigartig ist.«

Katrinas Worte erleichterten ihn so, dass er lachen musste, was endlich die Spannung löste, unter der er seit dem Besuch seines Bruders gestanden hatte. Ja, sie *war* einzigartig, wenn man bedachte, welch bequemes, luxuriöses Leben sie aufgegeben hatte, eines, das keine Wünsche offenließ. Und genau das gehörte zu den Dingen, die er so attraktiv an ihr fand. Sie war so bescheiden, so liebenswürdig. So *einzigartig*.

»Es hat Spaß gemacht, Samantha zu überraschen, aber ich muss zurück ins Inked, bevor dein Bruder anfängt, mein Handy mit SMS vollzumülllen, weil er wissen will, wo ich bin«, sagte Katrina mit einem verärgerten Seufzer. »Ich hab ihm nicht erzählt, dass ich Besorgungen für dich mache.«

»Hast du nicht?«, fragte Clay überrascht. »Warum nicht?«

Trotzig reckte sie das Kinn vor. »Weil es ihn einen Scheißdreck angeht und ich keine Lust mehr habe, ihm jederzeit zur Verfügung zu stehen.«

Clay unterdrückte ein Lächeln angesichts von Katrinas Aufmüpfigkeit. Als Managerin von Inked hielt sie nun schon seit einigen Jahren Masons Bullshit aus, doch anscheinend hatte sie es nun endgültig satt, dass sein Bruder sie und ihre Freundschaft ausnutzte. Höchstwahrscheinlich hatte Mason keine Ahnung, dass sich da ein Gewitter zusammenbraute.

Da er nicht in dieses Scharmützel hineingezogen werden wollte, änderte er das Thema. »Danke für alles«, sagte er, von Herzen dankbar für ihre Hilfe, weil er keinen blassen Schimmer vom Backen hatte. »Ohne dich hätte ich das nicht geschafft.«

»Es war mir ein Vergnügen. Ich ziehe mal los, aber Samantha wartet oben auf dich, also geh hoch und genieß ihre Begeisterung.« Katrina steuerte auf die Lagerraumtür zu, drehte sich jedoch um, bevor sie hinausging, und schaute ihm in die Augen. »Und damit das klar ist, ich mag sie wirklich. Sehr.«

»Ich auch«, antwortete er automatisch. *Viel zu sehr.*

Sobald Katrina weg war, ging Clay hoch zu seiner Wohnung und schlüpfte leise hinein. Samantha war in der Küche, und es war unfassbar, wie viel Zeugs da auf den Arbeitsplatten stand. Im Moment probierte sie gerade einen Mixer in einem Knallrosa aus, das zu ihrer Persönlichkeit passte. Sie schaltete ihn an, und als ein Surren den Raum erfüllte, hüpfte sie enthusiastisch auf den Ballen ihrer nackten Füße herum und lachte voller Freude. Clay musste unwillkürlich grinsen.

Er nahm sich einen Moment lang Zeit, sie einfach nur zu beobachten, während sie verschiedene Backformen und Geräte bewunderte, die sie zu beeindrucken schienen. Ihre Haare waren zu einem Pferdeschwanz zusammengebunden, und sie trug ein weißes Tanktop zu verblichenen Jeansshorts, die sich an den perfekten Hintern anschmiegten, den er gestern Nachmittag hatte liebkosen dürfen, während er sie von hinten genommen hatte. Die heiße Erinnerung ließ seinen Schwanz zucken – *was keine Überraschung war* –, und er schob die schmutzigen Gedanken beiseite, bevor sie noch weiter eskalierten. Sosehr er Samantha auch wollte, in diesem Moment ging es um sie und nicht um seinen schwer zu bändigenden Schwanz.

Er lehnte sich gegen die Wand, schob die Fingerspitzen in die Taschen seiner Jeans und machte sich mit einem Räuspern bemerkbar. »Gefällt's dir?«, fragte er.

Sie wirbelte herum, die Augen weit aufgerissen vor Begeisterung. Ihre unverhohlene Dankbarkeit war wie ein warmer Sonnenstrahl auf seiner Seele, und ihre begeisterte Reaktion und die Freude, die ihr in das wunderschöne Gesicht geschrieben stand, zeigten ihm, dass die Anschaffung jeden Cent wert gewesen war. Und als sie ihn anschaute, als habe er ihr den Mond und die Sterne geschenkt, wollte er ihr noch mehr geben. Verdammt, er wollte ihr *alles* geben.

»Ich kann gar nicht glauben, was du für mich getan hast.« Ihre Stimme war von Staunen und großer Dankbarkeit erfüllt.

Er zuckte die Schultern, versuchte locker zu bleiben. »Wenn du eine Konditorin sein willst, musst du backen. Ich habe nur dafür gesorgt, dass du das kannst.« Doch sie wussten beide, dass die Geste viel mehr bedeutete.

Sie verringerte den Abstand zwischen ihnen, blieb so dicht vor ihm stehen, dass er in ihren Augen ihre Zuneigung und eine Zärtlichkeit sehen konnte, die ihn fast umbrachten. *Niemand* hatte ihn je so angeschaut.

»Danke, Clay«, sagte sie mit bewegter Stimme, die sein Herz hart und fest in seiner Brust schlagen ließ. »Ich kann dir gar nicht sagen, wie viel mir das bedeutet.«

Sie schlang die Arme um seinen Hals, umarmte ihn, und etwas in seinem Inneren brach sich Bahn, veränderte sich. Als Kind war er ohne körperliche Zuneigung aufgewachsen, war nie von seiner Mutter umarmt worden. Als Erwachsener schmuste er nicht mit Frauen und vermied jede Art von inniger Umarmung, weil er sich dabei unbehaglich fühlte. Doch das hier … es war so intim zu spüren, wie ihr Körper sich gegen seinen presste, und die Verbindung zwischen ihnen so ehrlich und real … und es gefiel ihm.

Und es hatte nichts mit Sex zu tun. Er zwang seinen steifen Körper sich zu entspannen, legte ihr zaghaft die Arme um die Taille, zog sie näher heran und drückte sie an sich. Sie war so weich und warm, und er schloss die Augen, atmete den Duft ihrer Haut ein und genoss den Moment. Einen Moment, wie er ihn noch nie erlebt hatte.

Sie löste sich aus seiner Umarmung, und er ließ sie widerstrebend los, obwohl sie nur einen einzigen Schritt zurücktrat. Ihre Hände glitten hinab zu seiner Brust und verweilten dort, und sie hob ihm das Gesicht entgegen.

»Ich werde dir alles zurückzahlen«, versprach sie plötzlich viel zu ernst. »Jeden einzelnen Cent. Ich schwöre es.«

»Es ist ein Geschenk, Cupcake.« Er gab dem Drang nach, mit der Rückseite der Finger über ihre Wangen zu streichen. »Man zahlt nichts zurück, was einem geschenkt wird.«

»Ich kann das alles nicht einfach annehmen.« Sie schüttelte den Kopf. »Das Geld …«

»Ist kein Problem«, unterbrach er sie. Und das war es tatsächlich nicht, doch er sah den Zweifel in ihren Augen und versuchte es mit einer Art Kompromiss. »Ich mach dir einen Vorschlag. Wie wär's, wenn du dich damit revanchierst, mir dein Lieblingsdessert zu backen?«

Ihre Augen leuchteten auf bei seinem Vorschlag und ihr Gesicht glühte wieder vor Begeisterung. »Mein Lieblingsdessert ist nichts Extravagantes«, warnte sie ihn. »Bist du sicher, dass du nicht etwas Ausgefalleneres haben möchtest, zum Beispiel eine Profiterole oder ein Éclair?«

Er lachte. »Sehe ich aus wie jemand, der auf extravagante Éclairs steht, und was war das andere noch mal? Ich will *dein* Lieblingsdessert.«

»Okay«, stimmte sie zu und hüpfte wieder herum, als könnte sie ihren Enthusiasmus kaum zügeln. »Bleibst du hier oben und leistest mir Gesellschaft?«

Er konnte es ihr nicht abschlagen. Wollte es auch gar nicht. »Klar.«

Er setzte sich auf einen der Essstühle, zufrieden, Samantha in ihrem Element zu erleben. Nachdem er ihr eine bestimmte Aufgabe gestellt hatte, konzentrierte sie sich darauf, etwas für ihn zu zaubern. Sie durchsuchte die Tüten, zog weitere Artikel heraus, die sie brauchte, stellte sie auf die Arbeitsplatte und holte noch eine frische Zitrone aus dem Kühlschrank. Das war sein einziger Hinweis darauf, was sie zubereiten wollte. Da sie ihm den Rücken zugewandt hatte, konnte er nicht sehen, was sie vermengte, alles ohne Rezept, nur aus dem Gedächtnis.

Eine Viertelstunde später sah er, wie ein Backblech im Ofen verschwand. Samantha lief weiter in der Küche hin und her, suchte in den Lebensmitteltüten nach weiteren Artikeln, während dieser rosafarbene Mixer lief und irgendetwas verrührte. Sie war so auf ihre Arbeit konzentriert, dass er sie nicht in ein Gespräch verwickelte. Es reichte ihm zu sehen, wie sehr sie das Backen liebte, und er wollte ihre Konzentration nicht stören.

Xena kam aus dem Schlafzimmer angeschlichen und sprang auf seinen Schoß, und er wandte sich seiner Katze zu, die sich an seiner Brust rieb und ihren gerechten Anteil an Aufmerksamkeit forderte. Als er ihr mit der Hand über die Wirbelsäule strich, begann sie zu schnurren. Clay streichelte sie weiter, bis sie genug hatte und von seinem Schoß sprang, um sich über das Katzenfutter in ihrer Schüssel herzumachen.

Schon bald zog Samantha das Blech aus dem Ofen, und der Duft von etwas Süßem, Zitronigem erfüllte die Luft. Da sie ihm bewusst die Sicht auf das versperrte, was immer sie machte, zog er sein Handy hervor und prüfte, ob wichtige Anrufe oder Nachrichten eingegangen waren. Er beantwortete ein paar E-Mails und spielte Tetris, worüber er völlig die Zeit vergaß, bis Samantha schließlich sagte: »Okay, hier ist es. Mein Lieblingsdessert.«

Clay loggte sich aus dem Computerspiel aus und blickte auf, als Samantha mit einem Teller in der Hand auf ihn zukam. Er musste grinsen, als er sah, was sie gezaubert hatte.

»Ein Cupcake?«, fragte er ungläubig. Die Ironie blieb ihm nicht verborgen.

»Nicht *irgendein* Cupcake«, versicherte sie ihm kess, als sie neben seinem Stuhl stehen blieb. Sie senkte den Teller, damit er die *kunstvolle* Leckerei betrachten konnte. »Das hier ist ein Zitronen-Cupcake mit einer *unglaublich* leckeren Zitronencreme darin und einem Zitronenbuttercremeguss obendrauf, bei dem einem das Wasser im Mund zusammenläuft. Ich garantiere dir, dass dies das Beste ist, was du je in deinen Mund stecken wirst.«

Er schüttelte den Kopf, ließ ein anzügliches Glucksen hören und schaute ihr in die Augen. »Vielleicht das Zweit- oder Dritt- oder Viertbeste«, korrigierte er, während er die Finger über ihren glatten Oberschenkel gleiten ließ. »Aber definitiv nicht *das* Beste, das ich je gekostet oder in den Mund gesteckt habe.« Er presste die Fingerspitzen gegen die Naht ihrer Jeansshorts, eine deutliche Anspielung.

Sie atmete tief ein, unternahm jedoch nichts gegen den Druck seiner Finger, die sie langsam, aber fest zwischen den Beinen rieben.

»Du bist so verdorben«, sagte sie mit heiserer Stimme und loderndem Verlangen in den blauen Augen.

»Ich kann sogar noch unanständiger sein«, versicherte er ihr. Sein Schwanz schwoll an, reagierte auf das sexy Spiel, das sie spielten, und auf die Art, wie ihre Nippel gegen ihr Baumwoll-Tanktop drückten und ihn stumm anflehten, sie zu lecken und zu beißen. »Möchtest du, dass ich dir erzähle, welche anderen Dinge so süß wie Naschereien schmecken?«

»Nein.« Sie leckte sich die Lippen und schloss halb die Augen. »Ich möchte, dass du meinen Cupcake isst.«

Das kleine, neckische Lächeln, das ihren Mund umspielte, verriet ihm, dass die Worte bewusst mit Bezug auf den Spitznamen gewählt waren, den er ihr gegeben hatte.

»Ich hatte bereits eine Kostprobe des besten Cupcakes, den ich je haben werde«, versicherte er ihr. »Aber wenn du dich auf meinen Schoß setzt, werde ich diesen Zitronencupcake probieren.«

»Danke, dass du nachsichtig mit mir bist«, neckte sie ihn, obwohl sie beide wussten, dass er mehr kosten würde als nur ihre gebackene Leckerei.

Sie stellte den Teller auf den Tisch und setzte sich nicht

quer, sondern schamlos rittlings auf ihn, den Hintern auf seinen Oberschenkeln. Sie saßen einander direkt gegenüber, und der Schritt ihrer Shorts war auf einer Linie mit seinem harten Ständer, der gegen den Reißverschluss seiner Jeans drückte. Sie schob sich leicht gegen seinen schmerzenden Schwanz, und er stöhnte tief in der Kehle, als eine heiße Welle des Verlangens ihn durchflutete.

Er packte ihre Hüften, bevor sie es wieder tun konnte. »Du sollest mich lieber mit diesem Cupcake füttern, bevor ich es mir anders überlege und stattdessen *dich* aufesse«, sagte er barsch.

Seine sexy Drohung ließ sie erzittern, doch offensichtlich wollte sie *wirklich*, dass er ihr Dessert probierte, denn sie benahm sich. Sie nahm die Gabel, die auf dem Teller lag, teilte mit den Zinken ein Stück des Gebäcks ab, damit er alles auf einmal probieren konnte – den Kuchen, die Füllung, die Glasur –, und fütterte ihn damit.

Als der Kuchen und das süße, zitronige Aroma auf seine Geschmacksnerven trafen, stieg ein anerkennender Seufzer in seiner Kehle auf. Der Cupcake war bei Weitem das beste Dessert, das er je gehabt hatte, und ihre Backkünste beeindruckten ihn. Der Kuchen selbst war saftig, die Füllung zitronig, und die Glasur zerschmolz in seinem Mund.

Der Cupcake auf dem Teller, mit seiner Glasur wie ein zarter Wirbel aus Bändern und Spitze, sah so professionell aus wie … der, den er als Junge in der Stadt durch das Fenster dieser Bäckerei gesehen hatte. Die lange zurückliegende Erinnerung stieg hoch.

»Als ich noch ein Kind war …« Er blinzelte, hörte seine Stimme und erkannte, was er beinahe verraten hätte. Er bremste sich gerade noch, hielt die Worte zurück.

Sie legte den Kopf schief, sah ihn neugierig an. »Als du noch ein Kind warst, was war da?«, ermunterte sie ihn.

Er schüttelte den Kopf. »Nichts.«

»Da war offensichtlich was«, beharrte sie. »Was ist passiert, als du noch ein Kind warst. Durftest du keine Cupcakes haben?« Sie hielt seinen Blick fest.

Das war ziemlich gut erraten, wenn man bedachte, wie wenig sie über seine Kindheit wusste. Doch es reichte offenbar, um zu dieser Schlussfolgerung zu gelangen. Er überlegte ernsthaft, die Unterhaltung auf ein anderes Thema zu lenken, doch ihr weicher, mitfühlender Blick zwang ihn, ihr etwas zu erzählen, an das er lieber nicht einmal denken wollte.

»Als Kind wusste ich lange Zeit nicht, was Cupcakes waren.« Es überraschte ihn nicht, dass sie schockiert die Augen aufriss.

»Wie … wie ist das möglich?« Ungläubig runzelte sie die Stirn.

Er atmete tief aus und beendete, was er begonnen hatte. »Meine Brüder und ich hatten nie eine Geburtstagsparty, und die Schule, auf der ich war, erlaubte es nicht, dass Essen mitgebracht wurde, nicht einmal zu besonderen Gelegenheiten. Wir hatten keinen Fernseher, und wir bekamen unsere Lebensmittel von einer örtlichen Tafel, die uns nur mit dem Notwendigsten versorgte.«

Es war der umfassendste Einblick in seine Vergangenheit, den er je irgendjemandem gegeben hatte, doch es fühlte sich gut an, Samantha etwas so Problematisches und gleichzeitig Schmerzliches anzuvertrauen.

»Oh Clay …« Sie umfasste sanft seine Wangen. In ihren Augen spiegelte sich wieder dieselbe Zärtlichkeit, die er vorhin schon gesehen hatte, dieses Mal gepaart mit Mitgefühl, und dieser Blick sprach Emotionen an, die er normalerweise unter Verschluss hielt.

Er schluckte schwer und zwang sich fortzufahren: »Das erste Mal habe ich Cupcakes auf dem Nachhauseweg von der Schule gesehen. Ich war etwa sieben Jahre alt und kam an dieser edlen Bäckerei in der Stadt vorbei. Ich schaute ins Fenster und sah diese kleinen Kuchen, die so gut aussahen, dass ich nicht aufhören konnte, sie anzustarren. Ich war so hungrig, und ich wollte unbedingt einen haben, doch sobald die Frau in dem Laden mich draußen stehen sah, kam sie raus und jagte mich buchstäblich weg.«

Traurigkeit gefolgt von Wut blitzte in ihren Augen auf. »Warum hat sie das einem kleinen Jungen angetan?«

Er wusste genau, warum, und da er bereits so weit gegangen war, beantwortete er ihre Frage aufrichtig. »Weil die Leute in der Stadt mich als einen zwielichtigen Kincaid kannten. Den unehelichen Sohn einer Cracknutte. Und es war nicht gut fürs Geschäft, wenn ein armes, schmutziges Kind vor ihrem Laden stand.«

Sie blickte ihn tief betrübt an, während sie mit dem Daumen über sein Kinn strich, ihre Berührung war sanft und seltsam tröstlich. »Es tut mir so leid«, flüsterte sie.

Er zuckte die Schultern, gab vor, dass es keine Rolle mehr spielte. »Es ist lange her.«

Sie wollte offenbar noch etwas sagen, lächelte ihn stattdessen jedoch schelmisch an, und er war ihr dankbar dafür.

»Ich werde dir so viele Cupcakes backen, wie du möchtest.« Ihr ehrliches Versprechen ließ sein Herz ein wenig schmelzen. »Wann immer du willst.« Und die ernste Stimmung, die sich breitgemacht hatte, löste sich im Nu auf.

Er lachte, froh über die unbeschwerte Bemerkung, ließ die alten Erinnerungen ruhen und wandte sich dekadenteren, gegenwartsnahen Vergnügungen zu. »*Du* bist der einzige Cupcake, den ich brauche.« Schnell streifte er ihr das Tanktop ab, öffnete ihren BH, ließ ihn zu Boden fallen und gab ihre wunderschönen Brüste seinem Blick frei, seinen Händen, seinem Mund. »Aber ich glaube, du brauchst ein bisschen Glasur.«

Sein kleiner heißer Feger nickte eifrig. »Ja, das glaube ich auch«, bestätigte sie, rutschte unruhig auf seinen Oberschenkeln hin und her und rieb sich wieder mit ihrem mit Jeans bekleideten Geschlecht an seinem immer härter werdenden Ständer.

Ihre Ungeduld entlockte ihm ein Grinsen. Er tauchte einen Finger in die Zitronenglasur und strich eine großzügige Menge auf ihre harten Nippel. Ihre Lippen öffneten sich zu einem Keuchen, das sich in ein süßes, sehnsuchtsvolles Stöhnen verwandelte, als er ihre vollen Brüste mit den Händen hochschob und sich daranmachte, die Sauerei in Ordnung zu bringen, die er angerichtet hatte.

Er ließ die Zunge über ihre festen Perlen schnellen, fuhr mit den Zähnen über die köstlich kecken Nippel, die wie Zuckerwatte mit einem Hauch von Zitronenextrakt schmeckten. *Hmm.* Er öffnete den Mund noch weiter, nahm ihre Brust tiefer darin auf, lutschte und leckte das letzte bisschen der köstlichen Leckerei weg.

Samantha stöhnte leise auf vor Lust und ließ die Finger durch sein Haar gleiten. Ihr Kopf fiel in den Nacken, und sie bog die Wirbelsäule durch, drängte sich seinem Mund entgegen, während sie schamlos durch ihre beiden Jeans seinen harten Schwanz ritt, sich trunken vor Lust an ihm rieb.

Eine wilde, alles verschlingende Hitze durchflutete ihn. *Jesus*, wenn sie nicht mit ihrem erotischen Lapdance aufhörte, würde er in seiner Jeans kommen wie ein geiler Teenager, der keine Selbstkontrolle hatte. Doch das bewirkte Samantha bei ihm. Sie raubte ihm seine Selbstbeherrschung, machte ihn wild, weckte in ihm die verzweifelte Sehnsucht, so tief in ihr zu sein, dass sie nie vergessen würde, dass er da war. Dass sie *ihm* gehörte.

Egal, wie unrealistisch dieser besitzergreifende Gedanke auch war, er trieb ihn an und schürte das pochende Verlangen zu spüren, wie sich ihr Körper um seinen Schwanz spannte und ihn leer melkte. Bis ihm klar wurde, dass er kein Kondom trug.

Er riss sich von ihrem geschwollenen Nippel los und fluchte frustriert. »Ich muss ein Kondom holen.«

Mist, eine echte Spaßbremse, aber er würde auf keinen Fall irgendein Risiko mit ihr eingehen.

Ihre schweren Wimpern beschatteten ihre Augen, als sie langsam die Lider hob, doch das verführerische Lächeln, das ihre rosa Lippen umspielte, war nicht zu übersehen. »Ich habe eins in der Vordertasche meiner Shorts.«

Er blinzelte sie an, überrascht von dieser unerwarteten Wendung. »Wirklich?«

Sie kicherte bezaubernd spielerisch und unartig, als sie eine Folienverpackung herauszog und ihm reichte. »Ich hab in deiner Badezimmerschublade eine Packung Kondome gefunden und wollte vorbereitet sein, wenn es wieder geschieht.«

Er war dankbar und erleichtert über ihre Voraussicht. Die Tatsache, dass sie sich so sicher gewesen war, dass sie wieder Sex haben würden, und deswegen die ganze Zeit über ein Kondom bei sich getragen hatte, machte ihn noch härter, als er es bereits war.

Er half ihr von seinem Schoß. Sie stand jetzt vor ihm, und er öffnete, während er zu ihr hochschaute, Knopf und Reißverschluss ihrer Shorts und ließ sie auf den Boden gleiten. »Du bist ein so unartiges, böses Mädchen«, neckte er sie.

»Mit dir, ja«, gab sie zu und schob, um es zu beweisen, völlig ungeniert ihr Höschen herunter und schleuderte es von sich. Völlig nackt war sie nun seinem Blick ausgesetzt.

Verdammt, sie war wunderschön. Ihr Körper war so geschmeidig, doch mit Rundungen an all den richtigen Stellen. So sinnlich und sexy, dass er wusste, er würde nie genug von ihr kriegen, egal, wie oft er sie vögelte.

»Setz dich auf den Tisch«, befahl er, während er sich das T-Shirt über den Kopf zog und beinahe seine Jeans vorne aufgerissen hätte, um das Kondom überzuziehen und in sie hineinzufahren. Sobald er ihren Nachtisch an einer weiteren Stelle gekostet hatte.

»Lehn dich zurück und spreiz die Beine, Cupcake.« Er

konnte es kaum erwarten, sie noch einmal zu schmecken. »Ich hatte noch nicht genug von dieser köstlichen Glasur.«

Sie kam seiner Aufforderung nach, spreizte weit die Beine und öffnete sich ihm ganz. Ihre Muschi war so prall und feucht, und die glänzenden Falten teilten sich und enthüllten die Perle am Eingang ihres Geschlechts. Er ließ den Blick über ihren Körper schweifen, bis er ihr Gesicht erreichte. Sie biss sich gerade auf die Unterlippe, und die Röte, die ihre Wangen überzog, hatte nichts mit Schüchternheit zu tun. Nein, der Hauch von Rosa und das Heben und Senken ihrer Brüste waren reine Vorfreude.

Er würde sie nicht enttäuschen. Er zog den Daumen durch die Glasur und schmierte die cremige Substanz auf ihren Kitzler und ihre Spalte, um eine Ausrede zu haben, seine Zunge in jeden Winkel gleiten zu lassen und alles aufzuschlecken. Als er die feuchteste Stelle erreichte, zuckten ihre Hüften gegen seine Hand, und ihr stockte der Atem. Unbeirrt schob er zwei dicke Finger ganz in sie hinein und fuhr mit dem Daumen noch einmal über ihren klebrigen Kitzler.

»Clay …« Ihre Stimme war rau vor brennendem, steigendem Verlangen.

Er verstand dieses Verlangen, weil es auch durch seine Adern pulsierte und schnurstracks in seinen Schwanz hineinfuhr. Er wartete nicht länger, neckte sie nicht länger, sondern beugte sich vor, vergrub seinen Mund zwischen ihren Oberschenkeln und verschlang seinen Cupcake. Seine wirbelnde Zunge schleckte alle Spuren der Glasur auf, während er mit den Fingern immer wieder in sie hineinstieß, und als er an ihrem empfindlichen Kitzler saugte, schrie sie auf und packte eine Handvoll seines Haars – nicht um seinen Mund näher zu ziehen, sondern um seinen Kopf wegzustoßen.

Er sah zu ihr hoch, nicht sicher, warum sie ihn aufhielt, denn er wusste, dass ihr Orgasmus kurz bevorstand.

»Ich brauche dich in mir, Clay«, sagte sie heiser. »Jetzt. Bitte.«

Die Leidenschaft in ihrem Blick – in ihren Worten – schürte seine eigene Lust, und plötzlich konnte er es nicht mehr abwarten, ganz tief in sie einzudringen. Er schob seine Jeans ein wenig weiter hinunter, damit sie aus dem Weg war, ohne dass er sich die Zeit nehmen musste, sie auszuziehen. »Komm vom Tisch runter, und dreh dich um«, befahl er forscher als beabsichtigt, doch sie verstand es, seine aggressive, dominante Seite zum Vorschein zu bringen.

Sie schüttelte den Kopf und blieb, wo sie war, ließ auch die Beine weiterhin gespreizt. »Nein.«

»Nein?« Er wusste nicht, ob er über ihre Dreistigkeit grinsen oder sie umdrehen und ihr für ihren Ungehorsam den Hintern versohlen sollte.

»Nein«, wiederholte sie und überraschte ihn dann mit ihrer nächsten schamlosen Bitte. »Ich möchte, dass du mich so nimmst. Dieses Mal will ich dich beobachten …«

»Mich wobei beobachten?«, ermunterte er sie. Er wollte sie diese schmutzigen Worte sagen hören.

Sie leckte sich die Unterlippe und gab ihm, worauf er wartete. »Ich will beobachten, wie du mich vögelst.« Ihre Stimme war so weich wie eine Liebkosung für seinen schmerzenden Schwanz. »Und ich will sehen, wie du kommst.«

Jesus, dachte er und konnte nicht leugnen, dass auch er in diese sinnlichen blauen Augen schauen wollte, wenn sie kam. Er platzierte seine Eichel an ihrem feuchten Eingang, griff nach ihren Hüften, damit sie nicht wegrutschte, wenn er in die weichste, geilste Muschi hineinfuhr, die er je gehabt hatte und die ihn absolut süchtig machte.

Er spürte, wie ihr angespannter Körper jeden Zentimeter von ihm umklammerte, als er immer tiefer in sie eindrang. *Oh, verdammt,* so tief, dass er ganz und gar in ihr verloren war. Körperlich, ja, doch auch das heftige Verlangen nach dieser Frau ließ ihn eine so intensive Lust spüren, dass die Zurückhaltung, die es kostete, sie nicht wie ein Besessener zu nehmen, ihn zittern ließ.

Sie atmete schaudernd, als er sie ausfüllte, und schlang die Beine um seine Taille, stemmte sich gegen ihn, als er begann, immer wieder in sie hineinzustoßen. Er bewegte sich langsam genug, dass sie beide beobachten konnten, wie ihr Körper seinen dicken Schaft verschlang, dann zog er sich wieder zurück, bis nur noch die Spitze seiner Erektion in ihr war, um dann wieder in sie hineinzufahren.

Er nahm sich einen Moment Zeit, um die sexy Wölbung ihrer üppigen, vollen Brüste und ihre festen, zum Saugen einladenden Nippel zu betrachten – und die Art, wie ihre nackten Titten jedes Mal auf und ab wippten, wenn er in sie hineinstieß. Sie sah so verdammt geil aus, wenn sie nackt war, und die Stellung, in der er all dies beobachten konnte, machte es umso erotischer.

Es war ein harter Test für seine Selbstkontrolle, und er führte dazu, dass er instinktiv schneller und fester mit den

Hüften gegen sie stieß, während sein Orgasmus an die Oberfläche drängte. Er wusste, dass er bei diesem Tempo nicht mehr lange durchhalten würde, und er wollte, dass sie gemeinsam mit ihm kam.

»Berühr dich«, sagte er schroff, unfähig, die Hände von ihren Hüften zu nehmen. »Bei mir ist es gleich so weit. Mach, dass du für mich kommst.«

Sie zögerte nicht, ihre Finger auf ihren Kitzler zu legen, noch ein verführerisches Bild, das eine Welle der Lust durch seinen Körper schickte. Sie stöhnte leise, umkreiste und rieb diese feste Knospe, und sein Orgasmus lockte wie der Teufel.

»*Komm*, Samantha«, brummte er, während er das wahnsinnige Tempo seiner Stöße aufrechterhielt und gleichzeitig verzweifelt versuchte, die glühende Hitze abzuwehren, die sich tief in seinem Bauch sammelte und seine Entschlossenheit schwächte. *»Jetzt.«*

Ihre Augen waren glasig vor Verlangen, blieben jedoch fest auf sein Gesicht gerichtet. »Erst, wenn du gekommen bist«, sagte sie heiser, während ihre schlanken Finger weiter über das schlüpfrige Fleisch strichen. »Ich will dir dabei zusehen.«

Ihre schamlose Aufforderung ließ ihn ungläubig auflachen. Sie brachte ihn verdammt noch mal um, auf die beste Art, und wenn sie sehen wollte, wie wild sie ihn machte, dann würde er sich im Vertrauen darauf, dass sie ihm bald folgte, nicht zurückhalten.

Clay atmete schwer, biss die Zähne aufeinander und hielt ihren Blick fest, während er rhythmisch in sie hineinstieß, härter und fester, immer und immer wieder, bis die Reibung in ihrer engen, glühend heißen Spalte, die seinen Schwanz umklammerte, mehr war, als er ertragen konnte.

Komm, komm, komm, skandierte er stumm, nicht länger fähig, auf sie zu warten, als seine Bauchmuskeln sich anspannten und sein Orgasmus ihn überrollte. Ein raues Stöhnen rumpelte in seiner Brust, als er sich hemmungslos gegen sie drängte und ihn eine Flut von Empfindungen, so heftig wie ein Vorschlaghammer, überrollte.

Und gerade als er dachte, es könnte nicht atemberaubender werden, wurde ihr Körper von einem Orgasmus geschüttelt, und ihre Muskeln spannten sich so ungeheuer fest um ihn, pressten auch das letzte Quäntchen Lust aus ihm heraus, bis er nichts mehr zu geben hatte.

KAPITEL 11

Die nächsten beiden Wochen waren geprägt von Sex, Desserts und Arbeit. Vor allem von Sex und Desserts, dachte Samantha grinsend, während sie ihre gerade zubereiteten Macarons auf einem Teller arrangierte. Sie hatte jeden Tag etwas anderes gebacken und war nie glücklicher oder mehr in ihrem Element gewesen. Ohne jeden Zweifel wusste sie, dass sie genau das mit ihrem Leben anfangen wollte, und war endlich bereit, den nächsten Schritt zu tun, um diesen Traum wahrzumachen.

Was auch große Veränderungen für sie und Clay bedeutete. Er wusste es nur noch nicht.

Es war ihr gelungen, ihm das Geld für die Kleidung und die Toilettenartikel zurückzuzahlen, die sie in den ersten Tagen gekauft hatte, und sie hatte seitdem das meiste ihres Trinkgelds und Wochenlohns gespart. Nach langer Überlegung hatte sie auch die Chopard-Diamantuhr und die Mikimoto-Perlenkette verpfändet, die sie an jenem Abend getragen hatte, an dem sie in die Bar gekommen war, und ihrer Mutter ohne Absender auf dem Umschlag den Pfandschein geschickt. So konnten ihre Eltern den Schmuck auslösen, wenn sie dies wollten. Sie hatten ihn nur deswegen gekauft, weil ihre Mutter es sich leisten konnte und sicherstellen wollte, dass Samantha das Beste trug, was bekannte Designer zu bieten hatten. Mit keinem der Stücke war ein sentimentaler Wert verbunden, was sie traurig machte, es ihr jedoch auch sehr erleichterte, sich von ihnen zu trennen.

Der hochwertige Schmuck hatte ihr ein paar Tausend Dollar zusätzlich eingebracht, mit denen sie in einer nahe gelegenen Bank ein Konto eröffnete. Samantha hatte auch ein Handy erstanden und einen Vertrag auf ihren Namen abgeschlossen. Sie wollte nie wieder in die hilflose Lage geraten, kein eigenes Geld zu haben. Und sie wollte nicht mehr von ihren Eltern abhängig sein, wollte nichts anderes mehr von ihnen als ihre Liebe … aber waren sie bereit, ihr diese bedingungslos zu geben? Und war es wirklich Liebe?

Sie schüttelte den Kopf, denn sie wusste, dass sie vielleicht akzeptieren musste, dass ihre Eltern zu diesem aufrichtigen, großherzigen Gefühl nicht fähig waren. Doch damit würde sie sich befassen, wenn es so weit war. Bis jetzt hatten ihre Eltern sie in Ruhe gelassen, zweifellos in der Hoffnung, dass sie scheiterte und wieder angekrochen kam. Da das jedoch nicht passieren würde, konnte sie sich nur fragen, wie wohl der Empfang aussähe, wenn sie den Versuch unternähme, wieder mit einem der beiden zu sprechen.

Sie wollte nur sie selbst sein und ihre eigenen Entscheidungen treffen. Die Freiheit haben, das zu tun, was sie glücklich machte. Den Mann zu heiraten, in den sie sich verliebte, statt in eine Ehe gedrängt zu werden, die allein dem Zweck diente, das Unternehmen in der Familie zu halten. Sie wollte in einer Wohnung leben, die sie sich leisten konnte, statt in dieser monströsen Villa, die ihr Vater gebaut und ihre Mutter eingerichtet hatte, nur um die anderen unglaublich reichen Hausfrauen in River Forest, Chicago, zu beeindrucken.

Sie war fertig mit dem oberflächlichen Leben, das sie hinter sich gelassen hatte. Und da sie jetzt über ein kleines finanzielles Polster verfügte, wurde es Zeit, sich eine eigene Bleibe zu suchen. Sosehr sie es auch genoss, bei Clay zu wohnen, sie wollte seine Freundlichkeit nicht ausnutzen und ihm länger als nötig zur Last fallen, und sie konnte nicht für immer bei ihm bleiben. Obwohl es das war, was ihr Herz sich wünschte.

Es war inzwischen weitaus mehr als nur Verliebtheit, die sie für diesen Mann empfand, der ihr keine Versprechungen gemacht hatte. Er hatte ihr sogar deutlich gesagt, dass langfristige, feste Beziehungen für ihn nicht infrage kamen. Sie hatte gewusst, worauf sie sich einließ. Doch während ihr das zu Beginn gleichgültig gewesen war, wurde ihr jetzt klar, dass sie inzwischen sehr viel mehr von ihm wollte.

Wie gern würde sie glauben, dass er dasselbe empfand. Wenn er unachtsam war, normalerweise beim Sex, sah sie zärtliche, innige Gefühle aufblitzen, die ihr die Hoffnung gaben, dass er sie vielleicht, möglicherweise, in den Teil seines Lebens hineinlassen würde, zu dem sonst niemand Zugang hatte. Seine dunkle, schwierige Vergangenheit quälte ihn noch immer, und sie wollte für ihn da sein, um ihn von seinen Dämonen zu befreien und ihm die wunderbare Zukunft zu zeigen, die sie miteinander teilen konnten. Doch bis jetzt hatte er jeden ihrer Versuche abgewehrt, mit ihm über seine Kindheit zu sprechen. Abgesehen von diesem einen Mal, als er ihr erzählt hatte, wie sehnsüchtig er als Kind in das Fenster dieser Bäckerei geschaut hatte – was ihr beinahe das Herz gebrochen hatte –, hatte er nie wieder etwas von seinen Geheimnissen und Erinnerungen preisgegeben. Sie fragte sich, ob seine Brüder überhaupt das Ausmaß seines Schmerzes kannten.

Deshalb ging sie einstweilen erst einmal eins nach dem anderen an. Und jetzt ging es darum, Clay ihre neueste Köstlichkeit zu bringen, damit er sie probieren konnte – einer ihrer Lieblingsmomente am Nachmittag. Er ließ dann immer die Arbeit ruhen, mit der er gerade beschäftigt war, und während er ihre Leckereien genoss, sprachen sie über belanglose Dinge und hingen eine Weile miteinander herum. Doch egal, wie sehr sie sich eine tiefer gehende Unterhaltung und Verbindung wünschte, er hielt sie auf Abstand.

Heute wollte sie mit ihm über ihre Pläne für einen Job sprechen, der ihr helfen würde, ihre Träume zu verwirklichen, und dass es Zeit für sie wurde, sich eine neue Bleibe zu suchen. Sie konnte nicht leugnen, dass sie es aufregend fand, ihre Träume zu verwirklichen, doch ihr bangte auch vor seiner Reaktion, wenn sie ihm sagte, dass sie ausziehen wollte. Ihr Herz wünschte sich, dass er dagegen rebellieren und sie bitten würde zu bleiben, doch ihr Verstand warnte sie, sich keine allzu großen Hoffnungen zu machen. Sie hatte es hier mit Clay zu tun, dem Mann, der noch immer emotional dichtmachte und sie aller Wahrscheinlichkeit nach wie geplant gehen ließ.

In ihrem Magen rumorte es vor Aufregung, als sie den Teller mit Gebäck nahm und nach unten ging. Bis jetzt hatte sie nie etwas zweimal gebacken, und alles, was übrig blieb, stellte sie in den Pausenraum für die Angestellten. Meistens waren die Leckereien innerhalb einer Stunde verputzt, und alle wollten mehr, was sie als gutes Omen für ihre Zukunft betrachtete.

Normalerweise fand sie Clay in seinem Büro, doch heute war er hinter der Bar. Auf dem Tresen standen ein paar Ständer mit verschiedenen Gläsern, und er schrieb etwas auf einen Notizblock. Es erstaunte sie, wie viel Zeit und Arbeit er ins Kincaid's investierte, doch sie nahm an, dass sein ganzes Herz daran hing. So ähnlich, wie ihres an der Idee hing, Konditorin zu werden.

Als er sie kommen hörte, sah er zu ihr hoch und lächelte. Und ja, ihr Herz flatterte buchstäblich in ihrer Brust. Er war so verdammt heiß und sexy. Sein T-Shirt spannte sich über seiner breiten Brust und seinem straffen Oberkörper, und sie hätte ihn lieber *ohne* das Shirt und nackt gesehen, doch für den Augenblick riss sie sich zusammen, denn sie wusste, dass sie zuerst miteinander reden mussten.

»Was machst du hinter der Bar?«, fragte sie neugierig, während sie den Teller auf den Tresen stellte.

»Ich überprüfe nur schnell die Gläser und ordne sie neu. Das tue ich alle paar Monate, weil immer ein paar kaputtgehen und ich sicher sein möchte, dass wir genügend haben.« Er legte Notizblock und Stift beiseite, kam um die Bar herum zu ihr und beäugte die Leckereien. »Was hast du heute für mich?«

Sie ließ sich auf einem Barhocker nieder und beobachtete, wie er ein Stück von dem Gebäck in die Hand nahm und interessiert betrachtete. »Das ist ein Macaron mit Karamell und Sel de Fleur.«

Clay verdrehte die Augen, was er immer tat, wenn sie einen seiner Meinung nach *extravaganten* Namen benutzte. »So, dass es auch der Laie versteht, bitte.«

Sie schüttelte den Kopf und grinste. »Also, einfach gesagt: Das sind zwei süße Meringueplätzchen, sie sind zart und weich, mit einer geschlagenen Karamellcreme dazwischen.«

»Meringue?«, wiederholte er und runzelte die Stirn. »Schon wieder diese großen Worte.«

»Probier das verdammte Ding einfach.« Sie lachte und genoss das Geplänkel zwischen ihnen, das für sie zum Ritual geworden war.

Er erwiderte ihr Grinsen, biss hinein, kaute und seufzte anerkennend. Sie liebte diesen Laut – es war derselbe, den er von sich gab, wenn er tief in ihr vergraben war, ein offener Ausdruck des Genusses, und es machte sie glücklich, diejenige zu sein, die ihm diese Befriedigung verschaffte, in welcher Form auch immer.

»Jeden Tag backst du etwas Neues. Und jeden Tag schwöre ich, dass es mein Lieblingsdessert ist«, meinte er amüsiert. »Doch dieses Macaron-Dings ist wie ein Stück Himmel in meinem Mund.«

Er umfasste ihren Nacken und zog ihren Kopf nach hinten, sodass sie ihn ansehen musste. »Nach *dir,* natürlich«, murmelte er. Seine Augen funkelten schalkhaft, als er die

Lippen auf ihre legte und sie küsste. Langsam. Bedächtig. Gründlich.

Sie zitterte, als sein Mund sich verführerisch über ihren bewegte und seine Zunge träge mit der ihren spielte, bis sie atemlos und erregt und kurz davor war, ihm die Kleider vom Leib zu reißen und auf der Stelle über ihn herzufallen.

Doch sie war heute mit einer bestimmten Absicht nach unten gekommen und musste sich an ihren Plan halten. Sie legte eine Hand auf seine Brust, schob ihn sanft zurück und begegnete diesem dunklen, glühenden Blick, dem sie nur schwer widerstehen konnte.

»Ich muss mit dir reden«, sagte sie entschlossen und wunderte sich nicht, dass sich seine gesamte Körpersprache veränderte.

Er spannte sich an und trat einen Schritt zurück. Das Wort »reden« machte ihn offensichtlich argwöhnisch.

»Reden wird überbewertet«, sagte er überraschend locker. »Würdest du nicht lieber nach oben gehen und mich meinen Mund für andere Zwecke einsetzen lassen?« Sein neckender, sinnlicher Ton stand im Widerspruch zu seinem wachsamen Blick.

»Wie wär's, wenn wir zuerst reden?« Sie biss sich auf die Unterlippe, wusste, dass sie sich nicht von ihm von ihrem Vorhaben abbringen lassen durfte. »Es geht um etwas, was mir wichtig ist«, fügte sie leise hinzu.

Dieser letzte Satz gab anscheinend den Ausschlag, denn er nickte, setzte sich auf den Hocker neben sie und wandte sich ihr zu. »Was ist los?«

»Erst einmal möchte ich dir dafür danken, dass ich in den

letzten Tagen deinen Laptop benutzen durfte.« Sie wollte das Gespräch ruhig angehen lassen.

Er runzelte die Stirn, hatte offenbar keine so belanglose Bemerkung erwartet. »Ach wo! Das ist doch kein Problem, ich hab ja meinen Desktop im Büro, den ich benutze. Aber das kann nicht das sein, was so dringend ist.«

»Nein.« Sie faltete die Hände im Schoß, um nicht damit herumzufuchteln. »Ich habe in der vergangenen Woche viel nachgedacht und überlegt, welche Möglichkeiten ich habe. Wie komme ich voran als Konditorin? Wie bekommt jemand ohne Erfahrung einen Job? Und wo? Und welche Art von Arbeitsumfeld suche ich? Und mir ist klar geworden, dass ich nicht in einem Restaurant arbeiten möchte. Ich würde gern für eine französische Bäckerei arbeiten.«

Es war nicht leicht gewesen, zu dieser Entscheidung zu gelangen. Sie hatte alles erwogen und nicht nur die Gegebenheiten, sondern auch die damit verbundenen Emotionen berücksichtigt. Zum ersten Mal in ihrem Leben würde sie eine eigene Entscheidung treffen, und sie wollte es richtig machen. Sie wollte nicht einfach nur Kuchen backen und verzieren, sondern kreativ sein. Und genau das erforderte die Herstellung von Torten, Pasteten und extravaganten Desserts.

»Das kann ich mir gut für dich vorstellen.« Er lächelte aufmunternd. »Das meiste, was du in den letzten beiden Wochen gebacken hast, war französisches Gebäck, richtig?«

Sie nickte.

»Ich mochte vor allem dieses Gebäck, das du neulich gemacht hast, das mit den Schichten aus dünnem Blätterteig und Vanillecreme«, sagte er.

»Den Millefeuille.« Sie wusste genau, welches Dessert er meinte.

»Ja, genau den«, sagte er mit einem neckischen Augenrollen. »Mason ist an dem Abend in den Pausenraum gegangen – Gott allein weiß, warum – und hat auch ein bisschen davon probiert. Anschließend hat er mir gesagt, er würde dich heiraten, damit er ein Heimchen am Herd hätte, das ihm die ganze Zeit Gebäck und Pasteten macht.«

Sie lachte laut auf, denn sie konnte sich sehr gut vorstellen, dass Mason etwas so Unverschämtes sagte. Während der vergangenen zwei Wochen hatte Clays mittlerer Bruder es sich zur Aufgabe gemacht, mit ihr zu flirten, und sie war sich ziemlich sicher, dass er es nur tat, um seinen Bruder zu ärgern. Sie fühlten sich nicht zueinander hingezogen, und sie kannte Mason inzwischen gut genug, um zu wissen, dass es ihm großen Spaß machte, Clay auf die Palme zu bringen.

»Was hast du geantwortet?«, fragte sie neugierig.

»Nur über meine Leiche, habe ich ihm gesagt«, erwiderte er ernst.

Clays besitzergreifender Ton ließ ihr Inneres vibrieren. Das war noch etwas, was ihr in letzter Zeit aufgefallen war – dass Clays Beschützerinstinkte erwachten und er besitzergreifend wurde, wenn andere Männer sich an sie ranmachten, selbst wenn es sich um seinen flachsenden Bruder handelte. Clay war ganz der Alpha-Mann, wenn es um sie ging, und das gefiel ihr. Sehr sogar.

Es war paradox, dass sie sich unbedingt aus dem Griff ihrer Eltern befreien wollte, aber nichts dagegen hatte, wenn Clay autoritär und besitzergreifend war. Sie fühlte sich dabei warm und wohlig … und auf seltsame Weise geliebt. Samantha schüttelte den Kopf und verdrängte diesen Gedanken. Sie mochte Clays Kontrolle im Schlafzimmer, und er übte sie gern aus. Ende der Geschichte – für ihn jedenfalls.

»Also, was die französische Bäckerei angeht«, kam sie wieder auf das eigentliche Thema zurück. »Ich habe Kontakt zu einer Frau aufgenommen, die meine Mutter ein paarmal engagiert hat, um Gebäck und Desserts für verschiedene Partys bei uns zu Hause zu machen. Sie heißt Adeline und besitzt ihre eigene französische Bäckerei samt Cateringunternehmen im Zentrum von Chicago. Ich habe ein paar Recherchen über ihr Unternehmen angestellt und Kritiken über die Bäckerei und das Catering gelesen, fast lauter Fünf-Sterne-Bewertungen. Sie hat einen wahnsinnig guten Ruf, und da hab ich meinen ganzen Mut zusammengenommen und sie angerufen.«

Er zog ganz leicht die Augenbrauen zusammen und stützte seinen Unterarm auf den Bartresen. »Ich hatte keine Ahnung, dass du einen neuen Job suchst.«

Er klang überrascht, verbarg jedoch gut, was immer er sonst fühlen mochte.

»Ich wollte nichts sagen, solange ich nichts Konkreteres hatte. Es wäre ja gut möglich gewesen, dass ich in einer Sackgasse lande. Auf jeden Fall konnte Adeline sich an mich erinnern, als ich sie angerufen habe« – *zugegebenermaßen hatte sie zuerst den Namen Jamieson erkannt* –, »und sie will nächste Woche ein Vorstellungsgespräch für eine Stelle als Bäckerin mit mir führen.«

»Das ist ja großartig.« Er lächelte, und sein Blick verriet, dass er sich aufrichtig für sie freute. »Es ist genau das, was du willst, obwohl ich zugeben muss, dass ich es hasse, eine so gute Cocktailkellnerin zu verlieren«, sagte er augenzwinkernd.

Doch sie merkte, dass es ihm gefiel, dass sie ihre Träume verfolgte.

»Da ist noch etwas, das ich dir sagen muss.« Sie rang die Hände in ihrem Schoß und erkannte plötzlich, wie schwierig dieser zweite Teil des Gesprächs werden würde. Fast so schwierig, wie ihren Plan tatsächlich durchzuziehen.

Sie schluckte schwer und presste die Worte hervor. »Ich werde anfangen, mich nach einer eigenen Wohnung umzusehen. Ich habe deine Großzügigkeit schon länger in Anspruch genommen, als ich es hätte tun sollen, und obwohl du großartig gewesen bist, wird es wirklich höchste Zeit.«

Ein Anflug von Erschrecken huschte über sein Gesicht, was ihr die Hoffnung gab, dass er Einwände erheben würde, doch dann setzte er einen Gesichtsausdruck auf, den sie nicht länger deuten konnte. »Aber bist du so weit, dass du dir eine eigene Bleibe leisten kannst?«

Sie hörte, dass er Zweifel hatte, was sie verstand. Er dachte nur an ihren Stundenlohn und ihr Trinkgeld, und obwohl sie drei Wochen lang alles gespart hatte, war es bei Weitem nicht genug, um die erste Miete samt Kaution für eine Wohnung bezahlen zu können und noch Geld für die Lebenshaltungskosten übrig zu haben.

»Ja, ich kann mir eine eigene Wohnung leisten.« Sie atmete tief aus und erklärte ihm, was sie getan hatte. »Ich habe meine Uhr und meine Halskette verpfändet, sodass ich mehr als genug für die Miete und andere lebensnotwendige Dinge habe, solange ich vorsichtig haushalte.«

Haushalten war für sie etwas Neues, aber es machte ihr nichts aus, solange es bedeutete, dass sie unabhängig war.

Er starrte sie an, ballte die Hand, die auf der Bar lag, zur Faust, und sie merkte, dass dies ein weiterer Schock für ihn war und dass er versuchte, ihre Worte zu verdauen.

»Du warst ja sehr rührig«, sagte er schließlich mit tonloser Stimme.

»Ich muss anfangen, über meine Zukunft nachzudenken.« Plötzlich hatte sie einen Kloß im Hals. »Ich kann nicht für immer hierbleiben.«

Sie sahen einander in die Augen, und sie wünschte sich so sehr, er werde *Doch, kannst du* antworten, dass ihr das Herz wehtat. Und sie *würde* bei ihm bleiben, wenn er sie darum bat, doch das war nie eine Option gewesen und würde es wahrscheinlich auch nie sein. Nicht für einen Mann wie Clay, der glaubte, dass er für das Alleinsein bestimmt war. Dass er wegen seiner hässlichen Vergangenheit nicht würdig war, zu lieben und geliebt zu werden.

Doch nichts lag der Wahrheit ferner. Clay hatte so vieles, was man lieben konnte. Seine Güte und die Art, wie er sich um alle um ihn herum kümmerte. Er war ein anständiger, großzügiger und selbstloser Mensch. Er war ein Mann, der nicht zögern würde, für die Frau, die das Glück hatte, an seiner Seite zu stehen, einen Drachen zu töten.

Samantha wünschte sich, *sie* könnte diese Frau sein.

Die Hintertür zur Bar öffnete und schloss sich, was den

emotionsgeladenen Moment zwischen ihnen zerstörte und ihrer Unterhaltung ein Ende setzte.

Clay atmete scharf aus und fuhr sich mit der Hand durchs Haar. »Das muss die Bierlieferung sein, die ich erwarte«, sagte er. Er glitt vom Barhocker und steuerte, ohne sich noch einmal umzusehen, auf den Lagerraum zu.

Mit einem entsetzlichen Schmerz in der Brust beobachtete sie, wie Clay wegging, sie spürte bereits, wie er sich zurückzog, von ihr zurückzog. Und das quälte sie am meisten.

Clay hatte den Raum zur Hälfte durchquert, als ein Mann aus dem hinteren Korridor auftauchte, der definitiv nicht die Berufskleidung eines der Lieferanten trug, die Clay erwartete. Der Fremde betrat mit bewusst langsamen Schritten die Bar und blickte sich voller Interesse um, seine Haltung war so nachlässig, dass Samantha eine Gänsehaut bekam. Er erinnerte sie eher an einen Gangster oder Drogenabhängigen auf der Suche nach dem nächsten Schuss als an einen Gast oder Lastwagenfahrer.

Als Clay ihn erblickte, blieb er abrupt stehen. Sein Körper versteifte sich, und die Muskeln in seinen Schultern und Armen spannten sich an, als wappne er sich für einen Kampf. Plötzlich erfüllte Spannung den Raum, erfasste Samantha, und eine Welle der Angst durchflutete sie, obwohl sie nicht sagen konnte, warum.

»Sieh einer an«, sagte der Mann mit dem dunklen zurückgegelten Haar gedehnt und mit unverkennbarer Arroganz. »Clay Kincaid, ganz erwachsen, mit einer eigenen Bar.«

»Mach, dass du rauskommst«, sagte Clay mit einem so

bösen Knurren, dass Samantha nicht glauben konnte, das es aus der Kehle des Mannes kam, den sie kannte.

Sie spürte, dass ihre Panik berechtigt war, und umklammerte den Rand des Tresens. Die Haare an den Armen standen ihr zu Berge. Nie zuvor hatte sie diese Seite von Clay gesehen oder gehört, und sie machte ihr unsägliche Angst. Ich habe keine Angst *vor* ihm, ich habe Angst *um* ihn, dachte sie, während sie die Szene beobachtete, die sich vor ihren Augen abspielte.

Das Korridorlicht beleuchtete die hässlichen Züge des Mannes, und sein unheimlicher, einschüchternder Gesichtsausdruck hatte rein gar nichts Versöhnliches. Fettiges Haar fiel ihm ins Gesicht, die Nase war krumm, und eine lange, dicke Narbe begann im linken Augenwinkel und endete direkt unterhalb seines Wangenknochens. Und als er Clay mit einem boshaften Lächeln bedachte, konnte sie sehen, dass ihm mehrere Zähne fehlten und dass die, die er noch hatte, dunkel und widerlich verfault waren.

Panische Furcht nagelte Samantha auf ihrem Hocker fest, ließ sie zittern vor Angst.

Der unheimliche Mann strich mit dem Zeigefinger über die entsetzliche Narbe. »Begrüßt man so einen alten Freund?«

»Raus hier, *sofort!*«, brüllte Clay, dessen ganzer Körper vor kaum unterdrückter Wut zitterte.

Der andere Mann hatte Nerven wie Drahtseile, zuckte nicht einmal mit der Wimper. »Nicht bevor wir nicht ein wenig geplaudert haben.«

Sein zwielichtiger Blick glitt gezielt an Clay vorbei und

heftete sich auf sie. Er grinste anzüglich, leckte sich die Lippen, und Samantha drehte sich vor Ekel der Magen um.

Blitzschnell schossen Clays Hände vor, stießen so fest gegen die Schulter des Mannes, dass dieser grunzte, rückwärts stolperte und beinahe auf dem Hintern gelandet wäre. Er fing sich gerade noch rechtzeitig und richtete sich auf. Clay trat auf ihn zu, um ihm noch heftiger zuzusetzen, doch der Typ zog ein Schnappmesser hervor, und Clay blieb abrupt stehen.

»Du warst schon immer ein dummer kleiner Wichser«, fauchte der Mann böse und verengte die Augen zu Schlitzen. »Fass mich noch einmal an, und ich werde nicht zögern, dich aufzuschlitzen, so wie ich es vor all den Jahren hätte tun sollen. Und deine Hure dort drüben kann zuschauen, wie du verblutest.«

Samantha zog scharf die Luft ein. Tränen stiegen ihr in die Augen, und ihre Kehle brannte. Sie hatte sich nie so hilflos gefühlt wie bei dem Gedanken, dass Clay etwas passieren könnte.

»Geh nach oben, Samantha«, befahl Clay ihr mit schockierend fester Stimme, wobei er den messerschwenkenden Mann vor ihm keine Sekunde lang aus den Augen ließ.

Ohne zu zögern, sprang sie von ihrem Hocker und gehorchte Clay, auch wenn sie es hasste, ihn mit diesem unberechenbaren Monster alleine zu lassen.

Sie musste auf dem Weg zur Treppe an den beiden Männern vorbei; dabei wurde ihr speiübel von dem ekelerregenden Körpergeruchs des Mannes, vermischt mit Whisky und schlechtem Atem.

Ihre Blicke trafen sich, der seine pechschwarz, als habe er keine Seele. Sein Lächeln war genauso böse. »Keine Sorge, ich werde deinen Süßen nicht abstechen, es sei denn, er gibt mir einen Grund dazu«, spöttelte er, als sie an ihm vorbeieilte.

Sie stürzte auf die Tür zu, die hoch zur Wohnung führte, und riss sie auf, sie traute sich nicht, einen Blick zurück auf Clay zu werfen. Obwohl ihre Beine sich wie Pudding anfühlten, schaffte sie es, die Treppe hochzulaufen. Die Tränen, die sie zurückgehalten hatte, flossen jetzt heftig, und sie schluchzte, als sie in ihrer Tasche nach ihrem Handy suchte.

Mit zitternden Händen rief sie einen der wenigen Menschen an, die sie in ihre neue Kontaktliste aufgenommen hatte. Katrina.

Samantha war ein totales Wrack, als Katrina ans Telefon kam, viel zu fröhlich für Samantha, die kurz vor einem Zusammenbruch stand. »Schick Mason rüber zur Bar, sofort. Da ist ein Mann, der droht, Clay umzubringen.«

Dann legte sie auf und rief die Polizei an.

KAPITEL 12

Jetzt, da Samantha nach oben gegangen war und sich in Sicherheit gebracht hatte, ignorierte Clay die Übelkeit, die in seinem Magen rumorte, als er seinen größten Albtraum anstarrte – den Mann, der seine Kindheit und die seiner Brüder zur Hölle auf Erden gemacht hatte. Das widerliche Stück Scheiße, das dafür gesorgt hatte, dass ihre Mutter mit Meth vollgepumpt war, und das sie für Geld und Rauschgift auf den Strich geschickt hatte, bis sie wegen Drogenbesitzes und Prostitution für 18 Monate ins Gefängnis gewandert war.

Da hatte der eigentliche Horror für Clay und seine Brüder begonnen.

Wyatt Dawson war das personifizierte Böse. Ein Mann ohne Gewissen und Moral, was ihn zu einem gefährlichen Hurensohn machte. Und er war gekommen, um zu *reden*, was, wie Clay vermutete, nur einen einzigen Grund haben konnte: Erpressung, denn das war die Art, wie korrupte Männer wie Wyatt operierten.

»Wir beide haben nichts zu bereden, Arschloch«, sagte Clay bitter.

»Oh, ich denke doch.« Wyatt lächelte überheblich, doch trotz seines herausfordernden Benehmens entdeckte Clay eine Spur von Verzweiflung in seinem Blick. »Ich brauche ein bisschen Bargeld. Fünfzig Riesen, um genau zu sein, und du beschaffst sie mir bis Ende der Woche.«

Clay stieß ein ungläubiges Lachen aus. »So viel Geld habe ich nicht«, log er und hoffte inständig, dass Wyatt nicht irgendwie von dem Erbe von Jerry erfahren hatte. »Und selbst wenn ich es hätte: Du bist der Letzte auf Erden, dem ich es *geben* würde, also verpiss dich.«

»Nicht so schnell«, sagte Wyatt viel zu geduldig, während er das scharfe, glitzernde Messer wie eine Drohung zwischen den Fingern drehte. »Du *wirst* mir das Geld geben, es sei denn, du möchtest, dass irgendwas mit dieser Bar passiert oder, wichtiger noch, mit diesem süßen blonden Ding mit den großen, unschuldigen Augen. Sie würde *mindestens* fünfzig Riesen auf dem Schwarzmarkt einbringen.«

Weiß glühende Wut kochte in Clay hoch, und es kostete ihn die größte Selbstbeherrschung, dem Scheißkerl *nicht* die Hände um den Hals zu legen und ihn zu erwürgen. »Ich hätte dich umbringen sollen, als ich die Chance dazu hatte«, fauchte er mit tiefer, wilder Stimme.

»Ja, das hättest du. Aber das hast du nicht getan, und jetzt haben wir ein nettes kleines Familientreffen.« Wyatt grinste. »Fünfzig Riesen in bar, und du hast drei Tage, um sie mir zu besorgen.«

Wieder sah Clay, wie Angst in Wyatts Blick aufblitzte, was ihn glauben ließ, dass der Mann in etwas Übles verstrickt war oder sich mit jemandem angelegt hatte, der genauso böse und sadistisch war wie er selbst. »Wie wär's, wenn ich einfach die natürliche Auslese ihren Lauf nehmen ließe«, provozierte ihn Clay, denn er hatte den starken Verdacht, dass derjenige, dem Wyatt das Geld schuldete, ihn vom Erdboden fegen würde, wenn Clay nicht mit dem Geld herausrückte.

Wäre das keine ausgleichende Gerechtigkeit?

»Leg dich *nicht* mit mir an«, knurrte Wyatt wie ein tollwütiger Hund, als er die Spitze seines Schnappmessers gegen Clays Brust drückte, ein Anflug von Panik lag in seinem wilden, verrückten Blick. »Besorg mir die Kohle, oder du wirst es bereuen. Ich melde mich.« Wyatt drehte sich um und verließ die Bar wieder durch die Hintertür.

Sobald er weg war, ließ Cay sich auf den nächstbesten Stuhl fallen. Sein Herz pochte noch immer so heftig und schnell, dass es sich anfühlte, als würde es ihm aus der Brust springen. Er rieb sich mit der Hand über das Gesicht und wartete, dass das Adrenalin verebbte, das durch seinen Körper rauschte.

»Fuck.« Er hatte das Gefühl, als sei gerade seine ganze Welt ins Wanken gebracht und auf den Kopf gestellt worden.

In der vergangenen Stunde hatte man ihm einen Doppelschlag verpasst. Zuerst hatte ihn Samanthas Ankündigung erschüttert, dass sie bald weggehen würde, und dann war der Satan seiner Kindheit höchstpersönlich wiederauferstanden. Er wusste ehrlich gesagt nicht, was schlimmer oder schmerzlicher war. Mit Wyatt und seinen Forderungen fertigzuwerden oder zu wissen, dass die Frau, die ihm inzwischen so viel bedeutete, aus seinem Leben verschwinden würde.

Nach der Konfrontation mit Wyatt war mehr als klar, warum Samantha nicht in seine Welt gehörte. Eine Welt, vergiftet von Hass und Gewalt – von hässlichen, scheußlichen Dingen, mit denen Samantha niemals in Berührung hätte kommen sollen. *Doch das war sie nun.*

Ein tiefes, dunkles Ächzen entfuhr seiner Kehle. Was für ein verdammtes Chaos, und jetzt war Samantha direkt in seine grauenhafte Vergangenheit hineingezogen worden, die mit der Gegenwart kollidierte. Er zweifelte keinen Augenblick daran, dass Wyatt seine Drohung in Bezug auf Samantha wahrmachen würde. Der Mann war zu allen möglichen abscheulichen Verbrechen fähig, und die Tatsache, dass er von Menschenhandel gesprochen hatte, verriet Clay, dass er wahrscheinlich auch darin verstrickt war. Er würgte, denn bei dem Gedanken wurde ihm speiübel, und er war außer sich, dass dieser Mann nach wie vor anderen Menschen wehtat. Anderen Frauen.

Doch Samantha würde nicht zu ihnen gehören. Er würde es nie im Leben zulassen, dass Wyatt sie anrührte oder auch nur wieder in ihre Nähe kam. Er würde den Mann umbringen oder selbst sterben bei dem Versuch, die Frau zu beschützen, die er liebte.

Sein Magen drehte sich um, als das Wort ihm so leicht, so schnell, so verdammt natürlich in den Sinn kam, dass ihm schwindlig wurde. Clay hatte geschworen, dass er nicht wisse, was Liebe sei, geschweige denn, wie sie sich anfühle, und trotzdem wusste er ganz genau, dass Samantha die allererste, ja, die *einzige* Frau war, die er in seinem Leben wollte. Und nicht nur als vorübergehenden Zeitvertreib.

Mist.

Die Hintertür wurde aufgerissen. Clay sprang auf die

Füße und ballte instinktiv die Hände zu Fäusten, um sich, falls nötig, zu verteidigen.

»Wo zum Teufel ist er?«, brüllte Mason wutentbrannt. Er stürmte in die Bar, dicht gefolgt von einem zurückhaltenderen, aber sichtlich erzürnten Levi, der seine Uniform trug und die Dienstpistole gezogen hatte.

Eine Welle der Erleichterung erfasste Clay, und es überraschte ihn nicht im Geringsten, dass seine Brüder *wussten*, wer hier gewesen war, nachdem Samantha sie zu Hilfe gerufen hatte. Sie hatte alles für ihn getan, was sie konnte. Er dankte Gott, dass sie den sichersten, klügsten Weg gewählt hatte.

»Wyatt ist weg«, bestätigte er ihren Verdacht.

Mason schaute sich mit wildem Gesichtsausdruck um. »Wo ist Samantha?«, wollte er wissen. »Ist alles okay mit ihr?«

Clay nickte. Wie sehr doch *jeder* sie nach so kurzer Zeit mochte, allen voran Mason, dachte er. Es gab nur sehr wenige Menschen, die den Beschützerinstinkt seines mittleren Bruders weckten, und Samantha gehörte eindeutig dazu.

»Sie war hier unten, als Wyatt kam, und hat ihn von seiner besten Seite erlebt«, sagte er angewidert.

»Verdammtes Arschloch«, betitelte Mason den Mann, der sie alle drei gequält hatte.

Dagegen ließ sich nichts einwenden. »Ich hab sie nach oben geschickt, sobald ich konnte«, erklärte Clay. Wieder dankte er Gott, dass sie auf ihn gehört hatte. »Ich nehme an, sie hat euch angerufen.«

»Sie hat Katrina angerufen«, murmelte Mason. »Die wollte unbedingt mitkommen, also hab ich sie durch den Hintereingang hochgeschickt, damit Samantha nicht allein ist.«

Zu wissen, dass sie jemanden hatte, mit dem sie reden konnte und der sie beruhigte, ermöglichte es Clay, hier unten bei seinen Brüdern zu bleiben. »Danke.«

Levi, immer noch ruhig und ernst, steckte seine Waffe wieder in das Halfter. »Was, zum Teufel, wollte er nach all den Jahren?«

»Geld. Fünfzig Riesen, um genau zu sein«, berichtete Clay seinen Brüdern. »Irgendwie hat er rausgefunden, dass die Bar mir gehört. Er braucht offensichtlich eine schnelle Geldspritze und erwartet, sie von mir zu bekommen.«

»Arschloch!« Mason klatschte eine geballte Faust in die andere Handfläche, seine Wut und Energie waren fast greifbar. »Du hättest ihn umbringen sollen, Clay. Du weißt, dass ich dir geholfen hätte, den Leichnam zu vergraben oder den Haien zum Fraß vorzuwerfen.«

Clay wusste, dass Mason es ernst meinte, doch die Art, wie Mr. Gesetzeshüter die Arme vor der Brust verschränkte und den hitzköpfigen Bruder anstarrte, machte deutlich, dass es keine Option war, *Wyatt umzubringen*. Levi war ein vorbildlicher Polizist, der sich streng an die Vorschriften hielt.

Mason grinste Levi höhnisch an. »Du bist so ein verdammter Spielverderber.«

Levi zuckte die Achseln. »Ich versuche nur, einen hübschen Jungen wie dich vor dem Knast zu bewahren und davor, der Stricher irgendeines Typen zu werden.«

Mason stieß die Luft aus und ging zur Bar. »Verdammt, ich brauche einen Drink.«

Da er wusste, dass er und seine Brüder viel zu besprechen

hatten, setzte sich Clay an einen der Tische. Mit besorgtem Blick nahm Levi neben ihm Platz.

»Alles okay mit dir?«, fragte Levi.

Clay konnte nicht glauben, dass er und Levi sich vor nur wenigen Wochen wegen Wyatt gestritten hatten, und jetzt war er zurück in ihrem Leben. Es war die reinste Ironie.

»Ich bin okay«, versicherte er seinem Bruder. Im Moment konnte er nichts weiter dazu sagen, denn zuerst mussten sie einen *legalen* Weg aus diesem Schlamassel finden.

Sie warteten auf Masons Rückkehr, der schließlich mit einer vollen Flasche mit hochwertigem Bourbon unter dem Arm sowie zwei Shotgläsern und einem Drink für Levi zu ihnen kam. Er stellte die Gläser und den Bourbon auf den Tisch und reichte Levi das andere Glas, das fast bis zum Rand gefüllt war.

»Ich hab mir gedacht, du könntest was Stärkeres brauchen als deine normale Schorle«, sagte Mason spöttisch. »Orangensaft, pur.«

»Immer der Komiker, was?«, meinte Levi gedehnt und kippte das halbe Glas in einem langen Zug hinunter, während Mason den Knob Creek Single Barrel Reserve in die beiden Shotgläser goss.

Clay schüttete gleichzeitig mit Mason den Bourbon hinunter und kam dann zur Sache. »Es gibt noch etwas, was ich euch beiden sagen muss.« Beide Brüder schenkten ihm sofort ihre ungeteilte Aufmerksamkeit. »Wyatt hat mir drei Tage gegeben, um das Geld aufzutreiben, und er wirkte verzweifelt, sodass ich annehme, dass er in irgendwelchen Schwierigkeiten steckt.«

»Von mir aus kann er in der Hölle schmoren«, sagte Mason, der bereits seinen zweiten Drink konsumierte.

Als Clay nicht gleich reagierte, schaute Levi ihn finster an. »Du hast doch nicht etwa vor, ihm das Geld zu geben, oder?«, fragte er ungläubig.

»Es ist nicht meine erste Wahl, aber er hat Samantha bedroht.« Bei dem Gedanken an die Einschüchterungstaktiken des Mannes verknotete sich Clays Magen wieder. »Er hat gesagt, dass er fünfzig Riesen für Samantha auf dem Schwarzmarkt bekommen würde, wenn ich ihm das Geld nicht bis Ende der Woche besorge.«

»Jesus«, flüsterte Mason angeekelt. »Der Arsch treibt jetzt Menschenhandel?«

»Das hat er angedeutet, und wir wissen alle, wozu Wyatt fähig ist«, erwiderte Clay.

Seine Brüder nickten zustimmend. Levi lauschte der Unterhaltung weiter in der für ihn typischen in sich gekehrten Art. Clay hatte keine Zweifel, dass Levis scharfer Verstand daran arbeitete, eine legale Lösung für ihr Problem zu finden, und er hoffte sehr, dass ihm bald etwas einfiel.

»Im Endeffekt kann ich Samantha nicht ewig in meiner Wohnung einsperren, um sie zu beschützen. Und wenn ich Wyatt nicht gebe, was er will, und Samantha deshalb etwas zustoßen sollte, würde es mich *umbringen.*« Allein bei dem Gedanken, dass ihr jemand wehtun könnte, stach ihm ein messerscharfer Schmerz ins Herz.

»Nichts wird ihr passieren«, ergriff Levi schließlich das Wort.

Clay war immer der Versorger der Familie gewesen, der

Beschützer, und zum ersten Mal in seinem Leben ertappte er sich dabei, dass er von Levi einen Rat erwartete, dass er hoffte und betete, dass sein jüngster Bruder einen Weg finden würde, diesem Irrsinn ein Ende zu bereiten.

»Was hast du im Sinn?«, fragte Clay.

»Seinen Namen durchs System laufen zu lassen und zu sehen, was dabei rauskommt«, schlug Levi vor. »Ich bin mir sicher, dass er ein kilometerlanges Vorstrafenregister hat, was uns nichts nützt, aber vielleicht liegt ja ein Haftbefehl gegen ihn vor. Wenn er wieder auftaucht, können wir ihn verhaften und außerdem wegen Erpressung anklagen.«

»Damit er eine weitere Verwarnung bekommt und sich in ein paar Wochen wieder draußen rumtreibt?«, spöttelte Mason.

Verständnis flackerte in Levis Blick auf. »Ich weiß, dass es nicht ideal ist, aber gib mir einen Tag, um zu sehen, was ich rausfinden kann, und dann entscheiden wir, wie es weitergeht.«

»Meine Idee, ihn den Haien zum Fraß vorzuwerfen, gefällt mir viel besser«, murmelte Mason gereizt.

Auch Clay fand, dass Levis Szenario nicht die dauerhafte Lösung war, auf die er gehofft hatte. Früher oder später würde Wyatt aus dem Gefängnis kommen und ihm nachstellen. Oder, schlimmer noch, Samantha.

Er schaute Levi an. »Es ist mir egal, was mit mir passiert, aber solange die Sache nicht geklärt ist, muss ich wissen, dass Samantha in Sicherheit ist, rund um die Uhr.«

»Ich kümmere mich sofort darum«, sagte Levi mit einem Nicken. »Ich werde schnellstens für Personenschutz sorgen.«

»Danke.« Clay konnte nichts weiter tun, als alles in seiner Macht Stehende zu versuchen, Samantha zu beschützen. Und er hasste es, sich so hilflos zu fühlen, wo er es doch vorzog, ein Mann der Tat zu sein. Die nagende Sorge um Samantha war auch etwas Neues. Ein Gefühl, das zu vermeiden er keine Mühe gescheut hatte, wie ihm jetzt klar wurde. Doch Samantha war in sein Leben geplatzt und füllte seine monotonen Tage mit Farbe und Licht. Sie gab ihm etwas, worauf er sich jeden Tag freuen konnte. Auch Hoffnung, erkannte er, war etwas Neues für ihn.

Doch er hatte immer gewusst, dass sie nicht lange in seinem Leben bleiben würde. Sie verdiente so viel mehr, etwas so viel Besseres, als er ihr je würde geben können. Hatten Wyatts plötzliches Auftauchen und seine Drohungen dies nicht in höchstem Maße bewiesen?

Und deswegen war das Selbstloseste, was er tun konnte, sie gehen zu lassen, sobald das Problem mit Wyatt gelöst war.

Samantha wälzte sich psychisch erschöpft, aber unfähig, in einen tiefen Schlaf zu fallen, im Bett herum. Inzwischen war es fast zwei Uhr morgens. Sie war zwar mehrmals eingedöst, seit sie sich hingelegt hatte, aber immer wieder aus dem Schlaf aufgefahren, weil sie von furchterregenden Bildern des Mannes gequält wurde, der am Nachmittag in die Bar gekommen war. Von entsetzlichen Albträumen, in denen er Clay in den Bauch stach, während Samantha hilflos dasaß und zuschauen musste, wie er starb.

Nachdem Clay sie nach oben geschickt und sie Hilfe gerufen hatte, war sie wieder nach unten geschlichen und hatte an der Tür gelauscht. Und da hatte sie gehört, womit der Mann gedroht hatte, wenn er nicht in den nächsten Tagen *fünfzigtausend Dollar* bekam – Geld, über das Clay, wie er beharrlich behauptete, nicht verfügte. Der Mann hatte auch gedroht, ihr etwas anzutun, doch darüber wollte sie nicht nachdenken. Jetzt ging es allein um Clay.

Nicht zum ersten Mal schnürten ihr Tränen die Kehle zu. Die Angst, dass Clay etwas Schlimmes passierte, war berechtigt – sie hatte den bösen Blick des Mannes gesehen. Und sie konnte nicht einfach die Hände in den Schoß legen. Konnte es nicht riskieren, dass er Clay ernsthaft verletzte oder gar umbrachte. Schon der kurze Blick, den sie von Weitem auf ihn erhascht hatte, reichte, um sie davon zu überzeugen, dass er dazu fähig war.

Sie hielt die Tränen zurück, als weitere Erinnerungen zurückkehrten. Schon bald nach ihrem Anruf waren Mason und Levi eingetroffen, zusammen mit Katrina, die bei ihr in der Wohnung geblieben war und sie beruhigt hatte. Nach einer halben Ewigkeit war schließlich Clay nach oben gekommen, um nach Samantha zu sehen und sie wissen zu lassen, dass sich draußen auf dem Parkplatz ein verdeckter Ermittler in einem Zivilfahrzeug befand, der dafür sorgte, dass sie jederzeit in Sicherheit war.

Er hatte ihr auch erklärt, dass sie ein paar Tage lang nicht in seiner Bar arbeiten dürfe, und war aus der Wohnung gestürmt und Gott weiß wohin gegangen. Nach einer Weile hatte Katrina gehen müssen, und Samantha war den Rest des Nachmittags und den Abend sich selbst überlassen gewesen. Nicht einmal eine Fernsehshow hatte sie ablenken können, weil sich in ihrem Kopf wie in einer Endlosschleife immer wieder die Konfrontation zwischen Clay und diesem Mann wiederholte. Und jedes Mal, wenn sie sich das Endergebnis ausmalte, wäre sie beinahe in Schluchzen ausgebrochen.

Während sie im Dunkeln an die Decke starrte und ihr Gehirn auf Hochtouren arbeitete, tüftelte sie schließlich einen Plan aus. Tränen rannen ihr über das Gesicht, weil sie wusste, was sie tun musste. Die Entscheidung war keine leichte gewesen, denn ihr war klar, welche Folgen sie haben würde. Doch sie musste sicherstellen, dass *Clay* außer Gefahr war, und dafür würde sie sich, ihr Leben und ihre Freiheit opfern. Sogar ihre Träume. Und sie wusste, dass sie nicht übertrieb. Denn sobald sie ihren Vater um das Geld bitten würde, das Clay brauchte, wäre der Preis nicht nur das Leben, das sie sich so hart erkämpft hatte. Der Preis wäre der, Clay aufzugeben. Dafür würde ihr Vater sorgen.

Eine weitere halbe Stunde war vergangen, als sie Clay *endlich* in die Wohnung kommen hörte. Samantha wartete darauf, dass er ins Schlafzimmer kam, doch das tat er nicht. Sie gab ihm noch eine Viertelstunde, bevor sie die Bettdecke zurückwarf, um die Sache selbst in die Hand zu nehmen.

Offensichtlich ging er ihr wieder aus dem Weg, doch sie mussten über das, was in der Bar geschehen war, reden, ob ihm das gefiel oder nicht. Schlimmer noch, sie musste ihm sagen, dass sie nach Hause zurückkehren würde, was ihr wieder die Tränen in die Augen trieb. Sie hatte keine Möglichkeit zu gehen, ohne dass er es herausfand, da er sie so gut beschützen ließ. Und außerdem war er so gut zu ihr gewesen, dass sie ihm die Wahrheit schuldete und ihm sagte, wohin sie ging – wenn auch nicht genau, warum. Die fünfzigtausend, die er brauchte, würden eintreffen, nachdem sie weg war, und dafür sorgen, dass dieser schreckliche Mann aus seinem Leben verschwand.

Sie hatte keine andere Wahl. Wenn sie ihm jetzt sagte, dass sie das Geld für ihn besorgen wollte, würde er sich dagegen wehren. Ein stolzer Mann wie Clay würde weder ein Almosen akzeptieren noch wollen, dass sie ihm aus der Patsche half. Sie hoffte nur, dass er das Geld annahm, wenn er es bekam, und wissen würde, dass sie es getan hatte, weil sie ihn liebte.

Ohne das Licht im Schlafzimmer anzuschalten, öffnete sie leise die Tür und sah sich in dem angrenzenden Wohnzimmer um. Abgesehen von dem Mondlicht, das durch das Küchenfenster drang und auf Clays Gestalt fiel, war es völlig dunkel in der Wohnung. Er stand mit dem Rücken zu ihr, ohne Shirt, nur mit seiner Jeans bekleidet. Als sie sich leise näherte, konnte sie sehen, dass er die Hände auf die Anrichte gestützt hatte und den Kopf hängen ließ, als sei er erschöpft und entmutigt. Letzteres brach ihr fast das Herz.

Sie trat näher, wollte ihm die Hände um die Taille legen und ihn von hinten umarmen, damit er sich nicht so allein fühlte, schreckte jedoch zurück, als sie mindestens zwei Dutzend Narben auf seinem Rücken sah, die etwa den Durchmesser eines Bleistifts hatten. Ein Schock durchfuhr ihren Körper, und ihr wurde klar, dass sie trotz der vielen Male, die sie zusammen gewesen waren und die er kein Shirt getragen hatte, nie seinen nackten Rücken gesehen hatte – er hatte ihn offensichtlich bewusst vor ihren Blicken verborgen, damit er nicht erklären musste, wie er zu diesen Brandmalen gekommen war, die vermutlich von einer glimmenden Zigarettenspitze stammten.

Sie streckte eine Hand aus, um seinen Rücken zu berühren. Als ihre Fingerspitzen leicht über eine der Narben strichen, wirbelte er so schnell herum, dass sie nach Luft rang, und umklammerte, noch bevor sie wieder ausatmen konnte, mit seiner starken Hand ihr Handgelenk. Sein Gesichtsausdruck war finster und grimmig, und seine Augen funkelten wild, als würde er sie nicht erkennen. Er wirkte gequält und gebrochen. Dieser normalerweise unerschrockene Mann, der für alle anderen so stark war und nie eine Schwäche zeigte, sah nun völlig schutzlos und verletzlich aus. Und sie wollte alles dafür tun, seine Qual und seinen Schmerz zu lindern.

»Clay«, sagte sie mit lauter, fester Stimme, um ihn aus der Trance oder den Erinnerungen zu reißen, in denen er sich verloren hatte. »Ich bin's. Samantha.«

Er blinzelte im trüben Licht. Sein Blick wurde klar und richtete sich auf sie, als Erkennen über sein Gesicht huschte. »Herrgott«, fluchte er barsch und ließ ihre Hand los. Doch das grimmige Stirnrunzeln und die Anspannung in seinem Körper blieben. »Was zum Teufel machst du hier?«

»Ich konnte nicht schlafen.« Sie weigerte sich, vor der Ungeduld und Wut in seiner Stimme zurückzuschrecken. »Genau wie du.«

»Geh wieder ins Bett, Samantha«, sagte er schroff.

Sie schluckte schwer und rührte sich nicht von der Stelle. Nach dem, was heute passiert war, war die Schutzmauer um ihn herum höher denn je. Und obwohl sie wusste, dass es nichts an ihrer Entscheidung ändern würde, am Morgen wegzugehen, wollte sie diese Mauer jetzt niederreißen. Nur dieses eine Mal. Sie wollte, dass er ihr seinen Schmerz und alles, was er durchlitten hatte, anvertraute. All die entsetzlichen Dinge, über die er nie sprach, weil die Erinnerungen unerträglich waren.

Die Entschlossenheit machte sie mutig. Sie hob das Kinn, um ihn wissen zu lassen, dass sie nirgendwohin gehen würde, bevor sie nicht miteinander geredet hatten. »Erzähl mir, wie du zu den Narben auf deinem Rücken gekommen bist.«

Er biss die Zähne aufeinander angesichts ihres Drängens, und ein Funken Wut blitzte in seinen Augen auf. »Herrgott, es ist nicht wichtig.«

Es war das, was *er* ernsthaft glaubte, doch sie wollte – *nein, musste* – ihn wissen lassen, dass sie ihn gern hatte. Sehr gern. Unwiderruflich. »Alles, was dich angeht, ist für mich wichtig«, sagte sie, unfähig, die aufkommenden Gefühle zu unterdrücken, die ihre Stimme zittern ließen. »Auch, wie du zu diesen Narben gekommen bist.«

»Lass es, Samantha«, warnte er finster.

Eine klügere Frau wäre aus der Küche und zurück in die Sicherheit des Schlafzimmers geflitzt, doch es gab an Clay nichts, was sie fürchtete, außer ihn zu verlieren, und das würde sie sowieso. Wie ein brodelnder Vulkan, der gleich ausbrechen und einen Feuersturm emotionaler Wut entfachen würde, stand er vor ihr.

Sie wusste instinktiv, dass die Erinnerungen an die leidvolle Kindheit, die er seit Jahren verdrängt hatte, versuchten, sich ihren Weg an die Oberfläche zu erkämpfen, und dass es brutal und heftig werden würde, wenn all diese unerträglichen Qualen hervorbrachen.

Doch wie eine eiternde Wunde musste er gereinigt werden, bevor er gesunden konnte.

Und so bohrte sie weiter. »War es der Mann, der heute hier war? Hat er dir wehgetan?«

Clay ballte die Hände zu Fäusten. Sein Atem wurde tiefer. »Hör. Auf.«

Das konnte sie nicht, denn das hieß, *ihn* mit all seinem Schmerz allein zu lassen. »Du brauchst nicht alles unter Verschluss zu halten.«

Sein Blick war hart und kalt. »Meine Vergangenheit ist dunkel, pervers und hässlich, und das Letzte, was ich will, ist, dich mit diesen grauenvollen Bildern zu belasten«, blaffte er, doch die plötzliche Hitze in seinen Augen stand im Widerspruch zu seinem barschen Ton und ließ sie vor Verlangen zittern. »Lass mich in Ruhe, bevor ich etwas tue, was wir beide bereuen.«

Der sexuelle Unterton verriet ihr, was dieses *etwas* war. Trotz seiner Versuche, sie wegzustoßen, war nicht zu verkennen, dass er sie wollte. Und wenn das einzige Ventil, das sie ihm bieten konnte, ein physisches war, dann würde sie ihm die Erlaubnis geben, ihren Körper zu benutzen, um seine emotionalen Bedürfnisse zu stillen.

»Ich werde nie etwas bereuen, was ich mit dir getan habe. *Niemals.*« Sie hoffte, dass er sich an diese Worte noch lange, nachdem sie gegangen war, erinnerte.

Bevor er noch etwas sagen konnte, trat sie mutig näher,

schlang ihm die Arme um den Hals, sodass ihr Körper eng an seinen gepresst war, und drückte ihren Mund auf seinen.

Allein die Berührung ihrer Lippen brachte Clay aus dem Gleichgewicht. Mit einem tiefen, gutturalen Stöhnen hob er die Hände und packte ihr Haar nahe der Wurzeln. Sie hieß den leichten Schmerz willkommen. Er bog ihren Kopf zurück und nahm ihren Mund in Besitz, und sie hatte kein Problem damit, ihm die Kontrolle zu überlassen. Bei dieser rohen fleischlichen Paarung ging es allein um ihn, und sie würde *alles* tun, was er wollte oder von ihr brauchte.

Er drückte ihren Rücken gegen die Anrichte und hielt sie dort mit seinem muskulösen Körper gefangen, während seine Zunge tief in sie eindrang und sein Mund den ihren plünderte, bis ihre Lippen sich geschwollen und wund anfühlten. Sein Brustkorb hob und senkte sich schnell, als sein Atem heftiger wurde und sein Hunger nach ihr wuchs. Sie ließ die Hüften kreisen, und ein leiser, begieriger Laut entfuhr ihren Lippen, eine sinnliche Bitte, das Sehnen zu befriedigen, das sich in ihrem Inneren aufbaute und ausdehnte.

Er ließ ihr Haar los, schob die Hände unter ihr langes Nachthemd, umfasste ihren Hintern, hob sie an und presste ihr Geschlecht gegen die gewaltige Schwellung, die gegen den Reißverschluss seiner Jeans drückte. Sie drückte ihr Becken gegen seins, und ein starkes Zittern durchlief ihn. Er ließ die Hände an ihren Oberschenkeln hinabgleiten und hob sie hoch, bis sie die Beine fest um seine Taille schlingen konnte.

Sie stöhnten beide in den Mund des anderen, als sein harter Schwanz gegen die feuchte Seide rieb und drückte, die ihr Geschlecht bedeckte. Er stieß sein Becken gegen sie, hart und brutal, immer wieder, und fickte sie durch die Kleidung, die ihre Körper trennte, entschlossen, sich dennoch die Lust zu verschaffen, nach der er suchte. Sie umklammerte sein Haar und wölbte den Rücken, war so hungrig nach Clay und sehnte sich so sehr danach, das feste Fleisch zu fühlen, das sie auf so köstliche Weise ausfüllte. So perfekt und auf eine Weise, wie es kein Mann je wieder tun würde.

Mit einem scharfen Zischen riss er sich von ihrem Mund los und vergrub das Gesicht an ihrem Hals, die heißen, feuchten Lippen nah an ihrem Ohr. »*Samantha* …«, stöhnte er mit trauriger, tief erschütterter Stimme. »Ich brauche dich so sehr.«

Dieses Eingeständnis brach ihr beinahe das Herz. Ein Mann wie Clay wollte niemanden *brauchen*, doch er erlaubte es ihr auf die einzige Art, die er kannte, eine verletzliche Seite von ihm zu sehen, was ihn angreifbar und schutzlos machte.

Sie würde dieses Geschenk nicht als selbstverständlich betrachten. »Nimm mich, wie immer du willst«, flüsterte sie. »Ich gehöre dir.« Und egal, was nach diesem Abend passierte, sie wusste, dass sie diesem Mann für immer gehören würde. Mit Herz und Seele.

Er stöhnte erleichtert auf, trug sie, während sie die Arme und Beine fest um ihn geschlungen hielt, ins Schlafzimmer, legte sie mit dem Rücken auf die Matratze und zog ihr schnell das Nachthemd und den Slip aus. Dann trat er einen Schritt zurück, streifte Jeans und Unterhose ab. Schließlich holte er ein Kondom aus dem Nachttisch, stülpte es über und stieg auf das Bett zwischen ihre bereits gespreizten Beine.

Ehrfurchtsvoll zog er die Fingerspitzen durch ihre weichen, feuchten Falten, eine zärtliche Liebkosung, die in völligem Gegensatz zu der besitzergreifenden Hitze stand, die in seinem wilden Blick loderte und ihr sagte, dass diese Vereinigung hart und gierig werden würde. Dass es ein unbarmherziger, gnadenloser Ritt werden würde, sobald er in ihr vergraben war.

Bei diesem Gedanken flatterte ihr Magen, und ihre Nippel richteten sich zu harten, begierigen Kuppen auf. Sie war bereits völlig feucht und empfindsam, ihr Körper ganz auf seine Berührung eingestellt. Als er seine geschickten Finger wieder zwischen ihre Falten tauchen und dort kreisen ließ, umklammerte sie die Daunendecke und zitterte, denn sie wusste, dass es nicht mehr viel brauchte, damit sie kam.

Sicher, dass sie bereit für ihn war, hob er ihre Beine so an, dass die Fußgelenke auf seinen Schultern lagen. Er platzierte seine angeschwollene Eichel an ihrem Eingang, beugte sich weit vor und stützte die Arme zu beiden Seiten ihres Kopfes ab. Er bannte sie mit seinen dunklen, funkelnden Augen, bäumte sich auf und fuhr mit einem harten, schonungslosen Stoß in sie hinein.

Schockiert zog sie die Luft ein – angesichts des zuckenden Schmerzes, der überraschenden Dicke seines Schwanzes und der Art, wie ihre Hüften sich ihm wie selbstverständlich entgegenreckten, damit sie ihn ganz tief in sich aufnehmen konnte. Sie war unter ihm festgenagelt, ihr Körper vollkommen für ihn geöffnet, gehörte ganz *ihm*, so, wie er es zweifellos beabsichtigt hatte. Diese unkonventionelle Stellung gab ihm alle Macht, alle Möglichkeiten, sie zu nehmen, *wie er wollte*.

Sein angespannter Körper zitterte, und ihr wurde klar, dass er sich zurückhielt. Instinktiv wusste sie, warum. »Egal, was du machst, du brauchst keine Angst zu haben, dass du mir wehtust, und ich werde nicht zerbrechen«, versicherte sie ihm heiser und gab ihm, was er hören musste. »Fick mich, Clay. Fick mich hart, denn genau das will ich auch.«

Ihre Worte ließen ihn aufhorchen, und er begann sich zu bewegen, in sie hineinzufahren, wieder und wieder. Seine Hüften drängten schneller und schneller gegen sie. Und er stieß immer härter zu, glitt tiefer und tiefer in sie hinein, wobei seine Eichel jedes Mal über die empfindlichen Nervenenden am Eingang ihrer Spalte rieb, bis das Gefühl so stark war, dass sie versuchte, den aggressiven Stößen entgegenzukommen. Sie konnte nicht atmen, konnte sich nicht bewegen. Sie konnte nur zulassen, dass sich ihr Höhepunkt aufbaute, als Clays Kontrolle schließlich zerbrach.

Mit einem animalischen Knurren entblößte er die Zähne. Seine Hüften bogen sich ihr entgegen, und er *pumpte, pumpte, pumpte*, bis die erbarmungslose Reibung ihren Orgasmus auslöste. Ihr Körper zersplitterte in tausend Stücke, beförderte sie jenseits alles Gekannten und raubte ihr den Verstand. Sie stöhnte und warf den Kopf zurück, spürte, wie ihre inneren Muskeln weiter flatterten, sich zusammenzogen und um ihn zuckten, als sie kam und kam und kam – so lange und hart, dass sie ihren Lustschrei nicht zurückhalten konnte.

Ein letzter brutaler Stoß und er folgte ihr mit einem heiseren Schrei. Sein Körper bebte, er fand nicht nur Erlösung, sondern wurde auch, wie sie hoffte, von seinen Dämonen befreit.

Es war das letzte Geschenk, das sie ihm machen konnte, und sie wollte, dass es zählte.

KAPITEL 13

Die Ruhe nach dem Sturm. So fühlte es sich an, als Clay mit dem Rücken auf dem Bett lag, eine warme, nackte Samantha in der Armbeuge, deren Kopf auf seiner Schulter ruhte. Obwohl das Problem mit Wyatt ihn noch immer beunruhigte, waren der Zorn und die kaum unterdrückte Wut, die er den ganzen Tag und die ganze Nacht mit sich herumgetragen hatte, jetzt nur noch ein dumpfer Schmerz in seiner Brust. *Gott sei Dank.*

Samantha hatte ihm geholfen, einen der schlimmsten Tage in jüngster Zeit zu überstehen, hatte sich ihm so selbstlos hingegeben, ihren Körper und, wie er vermutete, noch viel mehr. Sie hatte sich ihm völlig ausgeliefert, hatte es ihm ohne Zögern erlaubt, sein Urbedürfnis in ihr zu befriedigen und all den Schmerz loszulassen, den er seit seiner Kindheit unter Verschluss gehalten hatte, weil er nicht wusste, wie er mit seinen Emotionen umgehen sollte. Es war viel leichter gewesen, den Schmerz und das Leid zu unterdrücken, obwohl die dunklen Erinnerungen direkt unter der Oberfläche lauerten, dort schwärten und nur auf den einen Auslöser warteten, der alles hervorbrechen lassen würde, sobald die Vergangenheit sich wieder meldete.

Wyatt nach all diesen Jahren wiederzusehen, sich an die entsetzlichen Dinge zu erinnern, die dieser Mann ihm angetan hatte, und zu erleben, dass er Samantha bedrohte, war eben dieser Auslöser gewesen, der in einem Feuersturm der Wut und Bitterkeit, der ihn zu verzehren drohte, all die Hässlichkeit freigesetzt hatte. Und er hätte ihn verzehrt, wäre Samantha nicht aus dem Schlafzimmer gekommen und für *ihn* stark gewesen. Sie war der Anker gewesen, den er so nötig gebraucht hatte, um geerdet zu bleiben, als er so verdammt nahe daran gewesen war, den Verstand zu verlieren und zu zerbrechen.

Sie hatte ihn nach den Narben auf seinem Rücken gefragt, und nach allem, was Samantha ihm gerade gegeben hatte, verdiente sie es – nicht zuletzt auch wegen der Tatsache, dass Wyatt sie im Visier hatte –, die Wahrheit zu erfahren. Über alles. Doch zuerst schuldete er ihr eine Entschuldigung, weil er so grob gewesen war und sie wie ein verdammtes Tier genommen hatte.

Er hob die Hand und strich sanft mit den Fingern durch ihr weiches, seidiges Haar. »Es tut mir leid.« Seine Stimme klang krächzender, als er es erwartet hatte.

»Mir nicht«, erwiderte sie leise. Sie verstand, warum er sich entschuldigte, noch bevor er es ihr erklären konnte. »Es war das, was du gebraucht hast, und ich bin dankbar, dass ich für dich da sein konnte.« Ihr warmer Atem strich über seine Brust, während sie sprach.

Auch er war dankbar, dankbarer, als sie je erfahren würde.

Gott, sie kannte ihn so gut. Hatte noch vor ihm gewusst, was er brauchte. »Dann sollte ich wohl danke sagen.«

Bevor sie etwas erwidern konnte, stieß er schnell die nächsten Worte hervor, um es sich nicht doch noch anders zu überlegen. »Du hast nach den Narben auf meinem Rücken gefragt und danach, was passiert ist, als ich noch ein Kind war.«

»Ja. Erzählst du es mir?« Ihre Stimme klang ruhig und hoffnungsvoll, aber nicht fordernd.

Er erkannte, dass sie ihm eine Wahl ließ, und zum ersten Mal in seinem Leben *wollte* er jemandem seine persönlichste, privateste Seite offenbaren. Sie Samantha offenbaren. Und er tat es, erzählte ihr alles von Anfang an.

»Meine Mutter war eine Cracknutte und eine Prostituierte.« Er machte sich darauf gefasst, dass Samantha irgendwie negativ reagieren würde – zusammenzucken, zittern, irgendetwas, was ihre Abscheu erkennen ließ. Doch sie tat nichts weiter, als ihre Hand auf seine Brust zu legen, direkt auf sein schlagendes Herz, als brauche sie diese emotionale Verbindung zu ihm so sehr, wie er sie brauchte.

Er schluckte den dicken Kloß in der Kehle hinunter und fuhr fort: »Mason, Levi und ich, wir haben alle unterschiedliche Väter. Unsere Mutter wurde jedes Mal von einem anderen Typen schwanger, sodass wir nicht einmal wissen, wer unsere Väter sind. Da war nie ein Mann, der eine Rolle in unserem Leben gespielt hätte. Doch es gab viele Wichser, die bei uns in unserer Wohnung – mit nur einem Schlafzimmer – lebten, und sie waren alle drogenabhängig wie unsere Mutter«, sagte er, unfähig den Ekel zu verbergen, den er empfand. »Und da sie nie wach oder klar genug war, sich um uns Kinder zu kümmern, habe ich schon in einem sehr frühen Alter diese Aufgabe übernommen.«

»Das muss hart gewesen sein«, murmelte sie, ihre Hand noch immer auf seinem Herzen.

Er bestätigte nicht, wie schwierig es gewesen war. »Ich war sechs, als Levi zur Welt kam, und schon da war ich derjenige, der dafür gesorgt hat, dass er seine Flasche bekam. Und ich habe, so gut ich konnte, seine Windeln gewechselt. Ich habe Müsli und Sandwiches für Mason und mich gemacht – zumindest, wenn wir etwas zu essen im Haus hatten, doch oft genug gingen wir auch hungrig ins Bett.«

Sie hob den Kopf und begegnete seinem Blick. Ihre blauen Augen waren voller Mitgefühl, verrieten jedoch auch einen Anflug von Zorn. »Warum hat das Sozialamt sich nicht eingeschaltet?«

Es überraschte ihn nicht, dass jemand, der so rein und unversehrt war wie Samantha, noch an das System glaubte. »Wir wohnten in einer Sozialbausiedlung, und niemand hat sich darum gekümmert, was mit seinen Nachbarn passierte. Niemand hat etwas gemerkt, sodass meine Mutter nie angezeigt wurde. Und in ihren lichten Momenten hat sie mich in Angst und Schrecken versetzt, wenn ich mich beklagt habe. Sie hat mich dann gewarnt, nur keinem zu erzählen, dass sie selten zu Hause war oder dass wir nichts zu essen hatten, weil sonst jemand vom Sozialamt vorbeikommen würde – um uns drei wegzubringen und für immer voneinander zu trennen.«

»Wie schrecklich«, flüsterte sie mit schmerzerfüllter Stimme.

Er zuckte die Achseln. »So war das eben.« Er atmete tief aus, legte ihr sanft eine Hand auf den Hinterkopf und zog sie an sich, sodass ihre Wange auf seiner Brust ruhte, und streichelte weiter ihr Haar. Es war viel leichter, mit ihr über seine Vergangenheit zu reden, ohne in ihre traurigen, ernsten Augen zu schauen.

»Mit sechs hast du also die Aufgabe übernommen, dich um deine Brüder zu kümmern.«

»Mmm-hmm. Ich ging zur Schule, weil ich das musste, denn sonst hätte vielleicht jemand etwas gemerkt, und sie hätten uns getrennt. Und ich war ein braves Kind, weil ich immer so große Angst hatte, dass ich meine Brüder für immer verlieren würde, wenn ich etwas Böses tat.«

»Sie hatten Glück, dich zu haben«, murmelte sie.

Er zuckte die Schultern. »Ich habe getan, was ich tun musste. Ich zog Mason und Levi, so gut ich konnte, groß und versuchte, sie aus Schwierigkeiten rauszuhalten. Als ich 15 war, hat meine Mutter sich dann mit Wyatt eingelassen. Er ist bei uns eingezogen und hat dafür gesorgt, dass sie sich noch mehr mit Drogen zudröhnte. Und er hat sie auf den Strich geschickt, während er seinen eigenen zwielichtigen Geschäften nachging. Und wenn sie nachts weg war, um sich zu prostituieren, hat Wyatt uns terrorisiert.«

Ein kalter Schauer durchfuhr ihn, als er daran dachte. Doch er hatte hiermit begonnen, und er würde es zu Ende führen. »Er war ein gewalttätiges, sadistisches Arschloch, das sich die Schwachen als Opfer ausgesucht hat, und da meine Brüder noch so jung waren und sich nicht wehren konnten, habe ich versucht, seine Aufmerksamkeit auf mich zu lenken und seinen Missbrauch ertragen. Und zu den Dingen, die Wyatt am liebsten tat, um seine Autorität zu behaupten, gehörte es, mich zu Boden zu drücken und mir das brennende Ende seiner Zigarette auf den Rücken zu pressen, bis es buchstäblich ein Loch in mein Fleisch gebrannt hat.«

Bei dieser höllischen Erinnerung stieg ihm die Galle in der Kehle hoch, während Samantha neben ihm erstarrte und ihr ein leiser erstickter Laut entfuhr. Doch Clay war noch nicht fertig. »Das kranke Arschloch machte es geil, wenn ich schrie. Je mehr ich mich wand oder schrie, desto lauter lachte er und desto fester und länger drückte er die Zigarette auf meine Haut.« Er schloss die Augen, versuchte, den Erinnerungen zu entfliehen, mit denen er jeden einzelnen Tag lebte. »Doch zumindest hat er das nicht mit meinen Brüdern gemacht«, wiederholte er die Worte, die ihn den Schmerz und den Missbrauch hatten ertragen lassen. »Und obwohl Mason und Levi manchmal hilflos zuschauen mussten, hatte ich sie gewarnt, sich *nicht* einzumischen.«

Samantha gab noch einen kleinen gequälten Laut von sich. Sie schlang einen Arm um seine Taille und kuschelte sich enger an ihn, hielt ihn fest und tröstete ihn schweigend. Ihre Wärme und ihr wortloses Verständnis beruhigten seine aufgewühlten Gefühle und ermöglichten es ihm weiterzusprechen. Er hatte das Gefühl, als würde die Geschichte nie enden, genau wie es sich angefühlt hatte, als er den Horror durchlebt hatte.

»Das ging monatelang so, bis unsere Mutter eines Tages wegen Drogenbesitz und Prostitution verhaftet wurde. Da es die fünfte Straftat war, derer sie angeklagt wurde, schickte man sie für 18 Monate ins Staatsgefängnis.« Geistesabwesend rieb er mit der Hand über den Arm, der ihn noch immer umfasst hielt. »Ich kenne die Rechtslage nicht, aber irgendwie hat dieses blöde Weibsstück es geschafft, dass Wyatt bis zu ihrer Freilassung als unser Vormund eingesetzt wurde, und während dieser Zeit wurden die Misshandlungen noch schlimmer.«

Samanthas Kopf fuhr ruckartig hoch, ihr Gesichtsausdruck spiegelte Entsetzen wider. »Warum hat sie das dir und deinen Brüdern angetan?«, fragte sie bestürzt.

»Ich weiß es ehrlich gesagt nicht.« Und er würde es auch nie erfahren. »Aber ich vermute, dass es ihrem von Drogen vernebelten Gehirn am vernünftigsten erschien. Er wohnte sowieso bei uns, und ihre Kinder hatten für sie nie Priorität gehabt, waren nichts, worum sie sich Gedanken machte. Ihre einzige Sorge war immer, wie sie an den nächsten Schuss kam.«

»Was ist aus ihr geworden?«, fragte Samantha.

»Als sie drei Monate ihrer Strafe abgesessen hatte, erlitt sie einen Schlaganfall und starb. Wahrscheinlich wegen der Drogen. Und da hat Wyatt beschlossen, dass wir nun sein *Besitz* waren und tun mussten, was er wollte.«

Samantha starrte ihn mit großen, von Grauen erfüllten Augen an. Jemand wie sie, der in Reichtum und Privilegien hineingeboren worden war, war nie einer so rauen Wirklichkeit oder der grausamen Realität, in Armut zu leben, ausgesetzt gewesen.

»Der Gedanke, dass Wyatt unser gesetzlicher Vormund sein würde, bis wir alle das Alter von 18 erreicht hatten, machte mir höllische Angst. Ich wusste, dass er alles in seiner Macht Stehende tun würde, Mason und Levi einzuschüchtern und zu verderben. Ich hatte Angst, dass er sie drogenabhängig machen, auf den Strich schicken oder noch Schlimmeres tun würde. Deswegen habe ich eines Tages in einem Laden ein Fleischermesser geklaut. Nur für den Fall.«

Samantha beobachtete ihn so ruhig und aufmerksam, dass er wegschauen musste, unsicher, ob er den Rest erzählen konnte. Es war die schlimmste Nacht seines Lebens gewesen, und er hasste es, dass er Zuflucht zu derartiger Gewalt hatte nehmen müssen. Doch er würde es wieder tun, um seine Brüder zu beschützen.

Sie berührte sein Kinn, drehte sein Gesicht wieder zu sich hin. »Erzähl es mir«, sagte sie leise. Ihr Blick flehte ihn an, ihr seine Vergangenheit, seinen Schmerz anzuvertrauen.

Was er dann auch tat. »Als ich eines Tages nach Hause kam, hatte Wyatt Levi in die Enge getrieben. Er hatte ihm bereits ein paarmal die Rückhand ins Gesicht gerammt. Ich befahl Levi wegzulaufen. Er schloss sich im Bad ein, und sobald er aus dem Weg war, ging Wyatt, wie erwartet, auf mich los. Ich zog das Messer raus. Ich hatte so viel Wut in mir und war so in Rage, dass ich schwor, das Arschloch umzubringen. Damals war Wyatt verdammt stark, und er hätte mich beinahe überwältigt.« Samantha zog die Luft ein, schwieg und wartete auf den Rest.

Clay schluckte schwer. »Irgendwie habe ich es geschafft, ihn zurückzustoßen und ihm mit der Klinge einen tiefen Schnitt im Gesicht zu verpassen.«

Sie blinzelte ihn ungläubig an. »Du hast ihm die Narbe verpasst?«

»Ja.« Er empfand keinen Stolz bei dieser Erinnerung. »Ich habe ihn auch in den Arm gestochen. Da ist Wyatt klar geworden, dass er uns nicht länger schikanieren konnte, und er ist endlich gegangen.«

Und dennoch war Wyatt zurück in ihrem Leben, was Clay noch einmal bestätigte, dass er verzweifelt sein musste. Aber Clay war es nicht. Als Teenager hätte er nicht gezögert, das Arschloch niederzumetzeln, um seine Brüder zu beschützen. Doch jetzt hatte er viel zu viel zu verlieren, um für den Rest seines Lebens für einen Mord ins Gefängnis zu wandern.

»Wyatt wusste, dass ich es ernst meine, und ist gegangen, und wir haben ihn bis heute nicht wiedergesehen. Er braucht offensichtlich Geld, um aus irgendwelchen Schwierigkeiten rauszukommen.«

Samantha drehte sich der Kopf, als sie versuchte, all das zu verarbeiten, was Clay ihr gesagt hatte. Sie konnte einfach nicht fassen, was er als Kind durchgemacht hatte. Ihr Herz fühlte sich an, als sei es in Stücke gerissen worden. Er war so schwer misshandelt worden und hatte dennoch nicht gezögert, für Mason und Levi stark zu sein.

»Deine Brüder waren noch so jung, als das passiert ist«, sagte sie, gespannt zu erfahren, wie es Clay gelungen war, dass sie ohne die Aufsicht eines Erwachsenen oder irgendwelche finanziellen Mittel hatten zusammenbleiben können. »Und was hast du getan, als Wyatt weg war?«

»Mason war zwölf und Levi zehn. Ich wollte sie auf keinen Fall an Pflegefamilien verlieren«, sagte er barsch. »Also habe ich alles Menschenmögliche getan, um das zu verhindern. Bis ich 18 wurde, habe ich zwei Jahre lang jeden Job angenommen, um die Miete und die Nebenkosten bezahlen zu können und nicht aufzufallen. Rasen mähen. Lebensmittel in Tüten abfüllen. Dosen und Flaschen sammeln und das Pfand einlösen. Ich hab sogar Müllcontainer nach Essen oder anderen Dingen durchsucht, die wir brauchten. Und dann hat Jerry mich hier in der Bar eingestellt und mir einen wöchentlichen Lohnscheck gegeben. Levi war ein guter Junge, der genau das tat, was ich ihm sagte, und sich aus Schwierigkeiten raushielt. Aber Herrgott, Mason war ein verdammter Teufelsbraten«, sagte er mit einem selbstironischen Lachen.

Sie lächelte Clay an. »Er hat also schon früh angefangen, was?«

»Ja.« Clay seufzte schwer. »Mason hatte wegen all dem, was passierte, eine Menge Wut in sich. Und nachdem unsere Mutter gestorben und Wyatt weg war, wurde es schlimmer mit ihm. Er stellte ständig meine Autorität auf die Probe und machte es schwierig, dass wir alle unbemerkt blieben, bis ich 18 wurde und die Vormundschaft für die beiden beantragen konnte. Und da Mason 14 war, waren diese Teenagerjahre ein Albtraum. Er war so verdammt schwierig«, sagte er, mit einem Anflug von Humor in der Stimme, jetzt, wo sein Bruder erwachsen war und er nicht länger die Verantwortung für ihn hatte. »Er schlich sich ständig mitten in der Nacht raus, hing mit den falschen Leuten rum, kam in Kontakt mit Drogen. Als er 17 war, wurde er festgenommen, weil er öffentliche und private Gebäude mit Graffiti beschmiert hatte, und da ich wusste, dass er wirklich auf einem sehr schlechten

Weg war, habe ich nicht versucht, es zu verhindern, als er für sechs Monate ins Jugendgefängnis gesteckt wurde.«

Samantha konnte sich leicht vorstellen, was für ein Früchtchen Mason als Teenager gewesen war. »Ich denke, er hat sich ganz gut gemacht.« Dank des Eifers und der Führung seines Bruders.

»Na ja«, sagte Clay neckend und wurde dann wieder ernst. »Ich bin davon überzeugt, dass Mason mich ständig auf die Probe gestellt und herausgefordert hat, weil er glaubte, dass ich ihn genauso verlassen würde, wie unsere Mutter uns verlassen hat. Sie war vielleicht kein wichtiger Teil unseres Lebens, aber sie war unsere Mutter. Wir hatten keinen Vater, und nicht zu wissen, wer sein Vater war, nur zu wissen, dass es irgendein Typ war, mit dem unsere Mutter wegen eines Schusses gevögelt hatte, hat ihn verrückt gemacht. Und tut es immer noch, glaube ich.«

»Du hast dein Bestes getan.« Sie strich sanft mit den Fingern über seine Brust. »Aus beiden Brüdern sind dank allem, was du für sie getan hast, gute Männer geworden.«

Er rieb sich mit der Hand über die Stoppeln an seinem Kinn, sah plötzlich müde und abgespannt aus. »Nur dass wir jetzt wieder mit dem Mann konfrontiert sind, der uns alle verkorkst hat, wo ich doch glaubte, ihn nie wiedersehen zu müssen.«

Ein sehr gefährlicher Mann, der eine gigantische Geldsumme verlangte, die Clay nicht hatte. Bei der Erinnerung daran zog sich Samanthas Brust zusammen, und die Entscheidung, die sie hatte treffen müssen, brach ihr das Herz. Doch es war die einzige Entscheidung, die sie treffen *konn-*

te, um sicherzugehen, dass Clay und seinen Brüdern nichts geschah. Selbst wenn das hieß, dass sie den Mann verlassen musste, bei dem sie sich vollständig fühlte. Den Mann, den sie mit jeder Faser ihres Seins liebte und schon bald nie wiedersehen würde.

Clay schaute sie mit gerunzelter Stirn an, und erst da merkte Samantha, dass ihre Augen sich mit Tränen gefüllt hatten. Sie konnte sie weder verbergen noch wegblinzeln.

»Hey, was ist los?«, fragte er besorgt, während er eine der Tränen mit dem Daumen wegwischte. »Alles in Ordnung mit dir?«

Sie schluckte hart, unterdrückte eine noch größere Welle der Gefühle. »Ja. Es war einfach nur ein langer Tag und eine lange Nacht«, erwiderte sie mit einem zittrigen Lächeln.

Er war durch die emotionale Mangel gedreht worden, und sie glaubte nicht, dass dies der richtige Zeitpunkt war, ihm zu sagen, dass sie am Morgen gehen würde. Außerdem wollte sie eine letzte Nacht in seinen Armen verbringen, auch wenn dies egoistisch sein mochte. Und da sie nicht wollte, dass er weitere Fragen stellte, küsste sie ihn, um ihn abzulenken, und wichtiger noch, sich davon abzuhalten, über ein Leben ohne Clay nachzudenken.

Als Clay am nächsten Morgen nach einer warmen Dusche nur mit einer Jeans bekleidet aus dem Bad kam, war Samantha gerade dabei, all ihre Kleidungsstücke und persönlichen Gegenstände auf dem Bett zu sortieren und die einzelnen Stapel in eine große Einkaufstasche zu stopfen. Sie sah ihn nicht an, und ein Schauer des Unbehagens durchfuhr ihn.

»Samantha, warum packst du?« Er fragte sich, ob sie bereits eine Wohnung gefunden hatte, doch das ergab keinen Sinn. Sie hatte ihm schließlich gerade erst erzählt, dass sie ausziehen wollte, als Wyatt aufgetaucht war. Sie konnte unmöglich bereits eine andere Bleibe haben. Und selbst wenn sie eine hatte, würde er sie nicht ohne bestimmte Sicherheitsvorkehrungen aus seiner Wohnung lassen.

Als sie ihm nicht sofort antwortete, sondern einfach weiter ihre Sachen packte, wuchs seine Sorge. Er kam auf sie zu und griff sanft nach ihrem Arm, zwang sie, ihn anzusehen. »Samantha?«

Sie hob das Kinn, und er erkannte sofort diese demonstrative Entschlossenheit, doch es war der Schmerz in ihren Augen, der ihm vor Angst die Brust zuschnürte. Eine mit dem Wissen verbundene Angst, dass seine gesamte Welt gleich auseinanderfallen würde und er nichts tun konnte, um das zu verhindern.

»Ich gehe nach Hause.« Ihre Stimme war heiser vor Emotionen und Schmerz.

Total erschüttert ließ er ihren Arm los und spürte, wie tief in seinem Inneren etwas zerbrach. *Sie verließ ihn*, und eine Verzweiflung erfasste ihn, wie er sie nie zuvor gekannt hatte. Der verzweifelte Wunsch, sie zum *Bleiben* zu bringen. Bei ihm. Für immer.

Doch wie verdammt egoistisch war das, nach allem, was sie allein in den letzten 24 Stunden hatte durchmachen müssen?

»Du gibst also einfach auf, was *du* willst und wofür du so hart gekämpft hast?«

Sie schloss einen Moment lang die Augen, sammelte sich, nahm einen gefalteten Packen Kleidungsstücke und stopfte ihn in die Tasche. »Ich muss das tun.«

Eine andere Erklärung bekam er nicht, und er hatte nicht das Recht, eine zu verlangen. Er presste die Hände an die Seiten, um Samantha nicht wieder zu berühren. Er verstand ihr Bedürfnis, von hier zu verschwinden und weit weg von ihm zu kommen. Ihr Leben war bedroht worden, und letzte Nacht hatte er sie auf eine Weise benutzt, die sie nicht verdient hatte, und dann all seinen Gefühlsmist bei ihr abgeladen. Zeug, das nie ans Tageslicht hätte kommen und mit dem er erst recht nicht Samantha hätte belasten dürfen.

Er hatte immer gewusst, dass seine Vergangenheit einzig und allein von grausiger Hässlichkeit geprägt war. Deswegen hatte er von dem Augenblick an, in dem diese Frau in sein Leben getreten war, versucht, Abstand zu ihr zu halten. Er verdiente ihre Reinheit, ihre Güte, ihr Licht nicht. Doch verdammt, er wollte sie trotzdem. Und jetzt würde seine beschissene Vergangenheit ihn das Beste kosten, was ihm je passiert war. Und er konnte es ihr nicht einmal vorwerfen, dass sie ging.

Samantha war sein süßer, argloser Cupcake. Er hatte von Anfang an gewusst, dass ihrer beider Leben sich zu stark voneinander unterschieden, und dass jemand wie sie nicht geschaffen war, auf lange Sicht in seiner Dunkelheit zu leben.

Indem sie wegging, machte sie alles leichter, richtig? In der Villa ihrer Eltern war sie sicherer, als sie es je bei ihm sein würde, und er konnte sich mit Wyatt auseinandersetzen, ohne sich Sorgen um Samantha machen zu müssen. Doch dieses Wissen hielt sein Herz nicht davon ab zu zersplittern.

»Okay. Tu, was du tun musst, aber ich möchte nicht, dass du ohne Sicherheitsvorkehrungen gehst, bis das Problem mit Wyatt gelöst ist.« Seine Stimme klang, als habe er gerade Glas geschluckt.

Sie senkte den Kopf, und ihr seidiges Haar verbarg ihr Gesicht. »Ich habe meinen Vater angerufen, und er schickt einen Privatwagen mit Sicherheitspersonal. Er müsste jeden Moment hier sein«, sagte sie angespannt, während sie sich mit den Fingern auf eine Weise unter den Augen entlangfuhr, die ihn glauben machte, dass sie Tränen wegwischte.

Wenigstens nahm die Sache auch sie irgendwie mit. Er könnte nicht damit umgehen, wenn sein Herz das einzige wäre, das zerbrach. Dann traf es ihn plötzlich wie ein Blitz.

Sie hatte ihren Vater angerufen.

Clays schlimmster Albtraum war gerade wahr geworden, die eine Sache, die zu verhindern er so hart gekämpft hatte. Sie ging zurück zu ihren Eltern und damit auch zurück zu Harrison. Sie würde dem Unternehmen ihres Vaters zuliebe einen Mann heiraten, den sie nicht liebte … und dabei ihre eigene Identität aufgeben. Angesichts dieser Erkenntnis wurde sein Magen von den schlimmsten Höllenqualen gepeinigt. Doch sosehr er sie auch bitten wollte zu bleiben, er hatte nicht das Recht dazu. Hatte es nie gehabt.

Gerade als sie mit Packen fertig war, klopfte es an die Wohnungstür, und Clays Herz hämmerte wild in seiner Brust, denn er wusste: *Das war's.* In wenigen Minuten würde sie weg sein, als hätte sie nie sein Leben und seine Gefühle völlig auf den Kopf gestellt.

Sie drehte sich um und begegnete seinem Blick. Ihre Augen waren feucht und verrieten dieselbe Furcht, die er im Magen spürte und die ihn gefangen hielt.

»Ich muss gehen«, flüsterte sie mit schmerzerfüllter Stimme.

»Ich weiß«, sagte er und tat das Einzige, was er tun konnte. Er begleitete sie zur Tür und überantwortete sie dem Mann, der gekommen war, um sie nach Hause zu bringen.

KAPITEL 14

Erst ein Tag ohne Samantha war vergangen, doch für Clay fühlte es sich bereits wie eine Ewigkeit an. Ohne sie war nichts mehr dasselbe. Seine Wohnung nicht. Die Bar nicht. Und schon gar nicht sein leeres Bett. Er hatte sich so daran gewöhnt, sie um sich und in seinem Leben zu haben – ihr Lächeln zu sehen, sie lachen zu hören und den süßen Duft zu riechen, wenn sie – was immer auch – buk. Er wusste, dass *nichts* je wieder das riesige Loch in seinem Inneren füllen konnte, das der Verlust von Samantha dort hinterlassen hatte.

Er liebte sie und bedauerte am meisten, dass er es ihr nie gesagt hatte. Doch es war richtig gewesen, diese Worte tief in sich verschlossen zu halten. Sie war wieder zu Hause und vor Wyatt in Sicherheit. Clay versuchte, nicht darüber nachzudenken, dass sie wahrscheinlich der Forderung ihres Vaters nachkommen und Harrison heiraten würde. *Fuck.* Allein dieser Gedanke und das Wissen, dass ein anderer Mann das Recht hatte, sie zu berühren, machten ihn wahnsinnig.

»Herrje, Clay.« Levi, der auf der anderen Seite der Bar saß, schaute ihn schräg an, eine Spur von Mitgefühl im Blick. »Ich weiß, dass es dich umgehauen hat, dass Samantha gegangen ist, aber du musst jetzt genau zuhören, was ich dir zu sagen habe.«

Ihn umgehauen? Verdammt, er lief wie in einer Art Nebel herum, wie ein verirrtes Hündchen, war emotional zerrissen und verloren ohne sie. Und alle fassten ihn mit Samthandschuhen an, einschließlich seiner beiden Brüder. Er konnte an der Entscheidung, die Samantha getroffen hatte, nichts ändern, und hatte es aus Fairness ihr gegenüber auch nicht versucht. Und so zwang er sich, die Gedanken an sie zu verdrängen, damit er sich auf Levis wichtige Informationen konzentrieren konnte.

»Mir geht's gut«, versicherte er schroff und stützte die Arme auf dem Tresen ab. »Was hast du über Wyatt rausgefunden?« Clay wollte, dass das Arschloch so schnell wie möglich aus ihrem Leben verschwand, und dieses Mal hoffentlich für immer.

»Wie nicht anders zu erwarten, eine Menge Mist«, erwiderte Levi. »Sein Vorstrafenregister ist lang und ziemlich beachtlich, mit ein paar Verurteilungen. Doch er hat nur sehr kurz eingesessen.«

Clay fluchte leise. »Verdammt, gibt es denn keine Gerechtigkeit auf dieser Welt?«

»Doch, die gibt es.« Ein triumphierendes Lächeln umspielte Levis Lippen, als habe er das Beste noch zurückgehalten. »Als wir seine Fingerabdrücke durchs System haben laufen lassen, gab es eine Übereinstimmung. Gegen ihn läuft ein Haftbefehl.«

Clay konnte die Vorfreude, die ihn erfasste, nicht leugnen. »Weswegen?«

»Vorsätzlicher Mord.«

Ein makabres Gefühl des Triumphs durchfuhr Clay, denn vielleicht würde das Monster ja nun endlich bekommen, was es verdiente. »Was hat er getan?«

»Es ist etwa ein Jahr her. Er hat mit einer Frau zusammengewohnt, die mehrmals wegen Drogenbesitz und Prostitution festgenommen worden war.« Was Levi sagte, rief Erinnerungen an die Drogenabhängigkeit ihrer eigenen Mutter wach und daran, wie Wyatt ihre Schwäche ausgenutzt hatte – das war offenbar der Modus Operandi dieses Arschlochs. »Laut den Akten und Protokollen war überall am Tatort seine DNA, doch sie konnten ihn nicht finden. Er muss sich die ganze Zeit bedeckt gehalten haben, muss *untergetaucht* sein, denn es ist ihm gelungen, sich einer Festnahme zu entziehen.«

»Aber jetzt ist er wieder aufgetaucht und verlangt Geld. Er muss bei jemandem Schulden haben, vor dem er mehr Angst hat als vor dem Knast«, sinnierte Clay. »Was bedeutet das für uns?«

»Ich habe mit dem zuständigen Kriminalbeamten über den Fall gesprochen, ihm die Situation erklärt, und sie arbeiten bereits daran, ihm eine Falle zu stellen, um ihn festzunehmen, wann und wo immer er dich treffen will.«

»Was ist mit der Geldübergabe?« Clay hatte morgens als Erstes seinen Banker angerufen, um die Barauszahlung zu veranlassen, doch angesichts dieser großen Summe konnte er das Geld erst gegen Abend abholen.

Levi schüttelte den Kopf. »Der Polizeichef will nicht, dass ein Zivilist in die Sache verwickelt wird. Sie wollen offensichtlich mögliche Verletzte vermeiden und den Schaden so gering wie möglich halten. Glaub mir, wir brauchen die Anklage wegen Erpressung nicht, um den Typen wegzusperren. Es gibt mehr als genug Beweise, um Wyatt zu verurteilen, und Mord ist ein Kapitalverbrechen, auf das es keine Bewährung gibt. Er wird im Gefängnis verrotten.«

Clay atmete tief und langsam aus. Er konnte die Erleichterung darüber, dass *endlich* Gerechtigkeit walten würde, nicht leugnen. Aber er würde sich erst wirklich entspannen können, wenn das Arschloch hinter Gittern saß, dort, wo es hingehörte.

»Du musst mich nur die Zeit und den Ort wissen lassen, sobald du von Wyatt hörst, und unsere Leute werden sich um alles andere kümmern.«

»Höchstwahrscheinlich wird er hier auftauchen«, murmelte Clay.

»Sag ihm, dass du das Geld abholen musst und ihn an einem neutralen Ort treffen willst. Und dann ruf mich an wegen der Einzelheiten.« Levi sah ihm fest und direkt in die Augen, eine deutliche Warnung im Blick. »Danach darfst du deinen Arsch nicht mehr von hier wegbewegen, bis wir bestätigen, dass wir Wyatt festgenommen haben, verstanden?«

»Verstanden.« Clay würde nichts tun, um Wyatts Festnahme zu gefährden.

»Gut.« Levi schob den Hocker zurück, glitt herunter und grinste. »Dann ist meine Arbeit hier erledigt.«

Clay begleitete seinen Bruder zum Vordereingang, ließ ihn

hinaus und schloss hinter ihm ab, da die Bar erst in zwei Stunden öffnete. Er war auf halbem Weg zu seinem Büro, als er ein lautes Klopfen hörte. In der Annahme, dass Levi vergessen hatte, ihm etwas Wichtiges zu sagen, ging er zurück zur Tür und öffnete sie.

Zu seiner Überraschung stand ein junger, gut gekleideter Mann davor, der extrem nervös zu sein schien. Sein Blick huschte immer wieder die verlassene Straße entlang. Der Typ sah aus, als wolle er sich vergewissern, dass er nicht gleich überfallen wurde. Er war eindeutig kein Stammgast des Kincaid's. Alles an ihm war adrett und ordentlich und roch nach Geld, von dem kurzen, gestylten Haar über den makellos gebügelten grauen Anzug bis hin zu den blank geputzten Lederschuhen.

Er war offensichtlich auf der *falschen* Seite der Stadt. Doch obwohl Clay keine Unterschiede machte, die Bar war geschlossen. »Tut mir leid, aber wir öffnen erst um vier«, sagte er.

Der Mann sah sich noch einmal verstohlen um – was Clay äußerst amüsant fand –, bevor er Clays Blick erwiderte. »Eigentlich bin ich hier, um mit Clay Kincaid zu sprechen.«

Huh! »Das bin ich.« Clay verschränkte die Arme über der Brust.

Der Typ trat voller Unbehagen von einem Fuß auf den anderen. »Könnte ich vielleicht für ein paar Minuten hereinkommen?«

Clay konnte sich nicht vorstellen, was der Kerl von ihm wollte, doch er bemerkte, dass er einen dicken braunen Briefumschlag in der Hand hielt, und war neugierig zu erfahren, worum es ging. »Ja, sicher.«

Er trat zur Seite, um ihn hereinzulassen, und führte ihn in den Hauptbereich. Dabei entging ihm nicht, dass der Mann den Blick durch die viel genutzte Bar schweifen ließ, nicht so sehr mit Widerwillen als vielmehr überraschend interessiert.

»Was also kann ich für Sie tun, Mr. …« Clay ließ den Satz bewusst ausklingen und forderte den Mann damit auf, sich vorzustellen.

»Blackwell«, sagte der Typ, streckte Clay jedoch nicht die Hand hin. »Harrison Blackwell.«

Sprachlos vor Schreck starrte Clay ihn an – den perfekten, wohlhabenden, gut erzogenen Mann, der höchstwahrscheinlich die Frau heiraten würde, die *er* liebte. Er hatte das Gefühl, als habe man ihm einen Schlag in den Magen versetzt, und schluckte ein qualvolles Stöhnen herunter.

Ein schiefes Lächeln umspielte Harrisons Mund. »Samantha hat Ihnen also von mir erzählt.« In seiner Stimme lag keine Feindseligkeit, nur eine seltsame Akzeptanz, die Clay nicht ganz verstand.

»Das hat sie.« Und Harrisons Auftauchen hieß, dass Samantha dem Typen von *ihm* erzählt haben musste. Clay war sich nicht sicher, was er davon halten sollte. »Was kann ich für Sie tun?«

»Ich bin hier, um ein Päckchen abzugeben.« Harrison hob den dicken Umschlag hoch, den er in der Hand hielt, reichte ihn Clay aber noch nicht. »Und ich wollte den Mann kennenlernen, für den Samantha ihr neues, unabhängiges Leben aufgegeben hat.«

Verwirrt runzelte Clay die Stirn. »Wie bitte?« *Wovon redete der Kerl?*

Harrison lachte und schüttelte den Kopf. »Sie hat es Ihnen nicht gesagt, stimmt's?«

»*Was* gesagt?«, fragte Clay gereizt, nahe daran, die Worte aus dem Mann herauszuschütteln.

»Sie ist im Austausch gegen fünfzigtausend Dollar, die Ihnen sofort in bar überbracht werden sollen, nach Hause zurückgekehrt.«

Weil sie glaubte, er würde das Geld für Wyatt brauchen, erkannte Clay. »Und welche Bedingungen waren an diesen Austausch geknüpft?«, fragte er ungeduldig durch die zusammengebissenen Zähne. Denn Clay wusste ohne jeden Zweifel, dass ihr Vater eine Gegenleistung verlangt hat.

»Samantha hat ihren Vater gestern angerufen und ihm gesagt, dass sie sofort Geld braucht. Dass Sie in Schwierigkeiten stecken und dass sie Ihnen helfen will«, erklärte Harrison und schaute ihm in die Augen, während er den wattierten Umschlag mit dem Geld auf den Tisch legte, neben dem sie standen. »Und Conrad Jamieson hat, wie Sie bereits vermutet haben, einen Handel mit seiner eigenen Tochter abgeschlossen. Ihre Rückkehr nach Hause und ihre Zustimmung, mich zu heiraten, im Austausch gegen die fünfzig Riesen für Sie.«

Was. Zum. Teufel? *Ihr Vater hatte sie bestochen und erpresst.*

Clay war so schwindlig, dass er beinahe auf die Knie gesunken wäre, als ihm plötzlich noch etwas klar wurde. Samantha war nicht zurück nach Hause gegangen, weil sie Angst hatte und nicht länger bei ihm bleiben wollte. Nein, sie hatte ihre Seele an ihren Vater verkauft, um sicherzustellen, dass Clay das Geld hatte, um Wyatt zu bezahlen. Sie hatte es *für* ihn getan, hatte selbstlos dieses neue Leben, das sie sich so mühevoll erkämpft hatte, und ihren Traum, Konditorin zu werden, aufgegeben, um dafür zu sorgen, dass *er* in Sicherheit war.

Wie hatte er nur so blind sein können, das nicht zu sehen?

Harrison musste Clays Fassungslosigkeit bemerkt haben, denn er fuhr jetzt in milderem Ton fort: »Die Sache ist die, dass wir die ganze Zeit gewusst haben, wo Samantha war. An dem Abend, an dem sie weggegangen ist, hat Conrad seine Sicherheitsfirma angerufen und herausfinden lassen, wo sie war. Sie haben Conrad täglich auf dem Laufenden gehalten, und als Samantha bei Ihnen geblieben ist, hat man auch Nachforschungen über Sie angestellt und ihm einen ausführlichen Bericht geliefert.«

Clay zuckte zusammen, denn er war sich sicher, dass seine Vergangenheit einem Mann wie Conrad nicht gefallen hatte. Sicher war er der Meinung, Clay sei nicht gut genug für seine Tochter. Doch er hatte Samantha drei Wochen lang in Ruhe gelassen, *bei ihm gelassen.* »Wenn Conrad gewusst hat, dass Samantha hier war, warum ist er dann nicht gekommen und hat sie geholt?«

Harrison zuckte die Schultern. »Es gab da etwas in dem Bericht, das ihn davon überzeugt hat, dass Sie vertrauenswürdig sind. Da hat er sich gedacht, Samantha müsse sich nur ein bisschen austoben, bevor sie sich niederlassen und mich heiraten würde.«

»Der Investmentgesellschaft zuliebe.«

»Genau«, sagte Harrison mit einem gelassenen Nicken. »Ich weiß, dass Samantha mich nicht liebt, und offen gesagt, ich liebe sie auch nicht. Sie ist mir zu temperamentvoll, viel zu unabhängig, und ich weiß, dass sie in einer arrangierten Ehe, wie unsere es wäre, unglücklich sein würde. Sie will ihr eigenes Leben haben, ihre eigene Karriere, und die Tatsache, dass sie all das aufgegeben und im Austausch gegen dieses Geld den Bedingungen ihres Vaters zugestimmt hat, zeigt mir, wie wichtig Sie für sie sind.«

Es war, als erteile Harrison ihm die Erlaubnis, um Samantha zu kämpfen, und vielleicht wäre er selbst auch dankbar, diese arrangierte Ehe nicht eingehen zu müssen.

»Warum erzählen Sie mir das?«, fragte Clay.

»Weil es mir trotz allem lieber wäre, wenn Samantha das Leben führt, das sie sich wünscht, mit dem Menschen, der sie unterstützen und glücklich machen kann«, erwiderte Harrison aufrichtig. »Und ich weiß, dass ich nicht dieser Mann bin.«

Verdammt, ja, weil *Clay dieser Mann war*. Und er würde mit allem, was in seiner Macht stand, um Samantha kämpfen und sie wissen lassen, dass sie in jeder Hinsicht ihm gehörte und hierhergehörte, zu ihm.

»Einen schönen Nachmittag, Mr. Kincaid«, sagte Harrison, drehte sich um und steuerte wieder auf den Eingang zu.

Als sich die Tür hinter ihm geschlossen hatte, ließ Clay sich auf den nächsten Stuhl fallen. Sein Herz hämmerte so stark in seiner Brust, dass es ihm in den Ohren dröhnte. Sein Blick fiel auf den Umschlag mit dem Bargeld, den Harrison dagelassen hatte, und erneut erfasste ihn Ehrfurcht vor dem, was Samantha für ihn zu opfern bereit war.

Das Paradoxe war, dass er das Geld nicht brauchte. Verdammt, er hatte mehr als genug auf der Bank, um Wyatt zu bezahlen – nicht dass er das noch tun musste – und für sie beide ein richtiges Haus zu kaufen und es so einzurichten, wie sie das wollte. Ja, er griff den Dingen voraus, aber er konnte nicht anders. Er wollte alles mit Samantha, und er wollte es *jetzt*.

Clays erster Impuls war, Conrad Jamieson das Geld zu bringen und Samantha wieder dorthin mitzunehmen, wohin sie gehörte. Aber das konnte er nicht, noch nicht. Nicht bevor er wusste, dass Wyatt aus dem Verkehr gezogen worden war und Samanthas Sicherheit nicht länger bedroht wurde.

Doch sobald das geschehen war, würde er sein Mädchen holen.

Gespannt und nervös verbrachte Clay den nächsten Tag damit, wie ein Tier im Käfig in seiner Wohnung auf und ab zu tigern, während er ungeduldig auf Levis Nachricht wartete, dass Wyatt verhaftet worden war. Stunden vergingen, und gerade als Clay dachte, er werde gleich die Wände hochgehen, meldete Levi sich *endlich*. Die Polizeiaktion war problemlos verlaufen.

Wyatt hatte zwar versucht abzuhauen, als ihm klar geworden war, dass man ihm eine Falle gestellt hatte, war jedoch von einem Dutzend Polizisten in Zivil umstellt gewesen, die ihn festgenommen hatten, bevor er entkommen konnte, und Anklage wegen vorsätzlichen Mordes gegen ihn erhoben. Und das Beste? Levi war derjenige gewesen, der dem Arschloch in die Augen geblickt hatte, während er ihm seine Rechte vorgelesen hatte.

Sobald Clay das Telefonat mit Levi beendet hatte, schnappte er sich den Geldumschlag und seine Autoschlüssel und eilte nach draußen zu seinem Truck. Levi, ganz der fantastische Bruder, der er war, hatte ihm die Adresse des Anwesens der Jamiesons in River Forest gegeben, und Clay machte sich auf den Weg. Es war ihm egal, dass er das Tempolimit überschritt. Für Samantha würde er ein Bußgeld riskieren. Verdammt, er würde *alles* riskieren, um mit ihr zusammen zu sein.

Als Clay bei der Adresse ankam, sah er sich mit dem ersten Hindernis konfrontiert. Das Haus war durch ein massives Tor gesichert, was hieß, dass er auf eine Sprechanlage drücken und sich ankündigen musste. Es machte Sinn, dass jemand, der so wohlhabend und prominent wie Conrad Jamieson war, ein aufwendiges Sicherheitssystem hatte. Widerstrebend nannte Clay der Person am anderen Ende seinen Namen und erklärte, dass er Conrad sprechen wolle. Sobald Clay die Dinge mit Samanthas Vater geregelt hatte, würde er sofort zu ihr eilen.

Die Sprechanlage verstummte, und voller Angst wartete Clay auf eine Antwort. Einen langen Augenblick lang glaubte er, man werde ihm den Eintritt verwehren, doch schließlich öffneten sich die gewaltigen Tore, um ihn hereinzulassen. Und das war gut so, denn Clay hätte nicht davor zurückgeschreckt, darüber zu klettern, um zum Haus und zu Samantha zu gelangen.

Die Auffahrt zu dem riesigen Haus war lang und endete in einem Kreisel vor dem herrschaftlichen Wohnsitz. Er parkte seinen Truck, stieg, den Umschlag in der Hand, aus und klingelte. Sekunden später begrüßte ihn eine Frau mittleren Alters in einer blütenweißen Bluse und einer schwarzen Hose und bat ihn höflich, ihr zu Conrads Arbeitszimmer zu folgen.

Der alte Herr wartete offensichtlich auf ihn.

Das Innere des Hauses sah aus wie ein Palast. Verdammt, es war ein Palast verglichen mit allem, wo Clay bisher gelebt hatte – es war schockierend pompös und stellte all den Reichtum zur Schau, den Conrad angehäuft hatte. Und es spiegelte in keiner Weise die Frau wider, die er in den letzten drei Wochen kennengelernt hatte. Nein, Samantha war süß und anspruchslos gewesen und hatte sich ohne all diesen Überfluss und diese Pracht völlig wohl gefühlt.

Es kam ihm so vor, als hätten sie mindestens einen Kilometer zurückgelegt, bevor die Hausdame schließlich vor einer geschlossenen Doppeltür stehen blieb und sich ihm mit einem Lächeln zuwandte. »Mr. Jamieson erwartet Sie dort drinnen«, sagte sie und ließ ihn alleine.

Clay legte die Hand auf den dekorativen goldenen Türgriff und atmete tief aus. Er hatte angenommen, dass ihn das erste Zusammentreffen mit Samanthas Vater zumindest einschüchtern würde, vor allem unter den gegebenen Umständen, doch er war sich seiner Gefühle für die Tochter dieses Mannes so sicher, dass jegliche Angst, die er verspürte, angesichts seiner Pläne in den Hintergrund trat – falls es das war, was auch sie wollte. Denn er erkannte, dass sie, trotz seiner eigenen Gewissheit, nie darüber gesprochen hatten, ob sie über die vorübergehende Affäre hinaus, auf die sie sich geeinigt hatten, *zusammen* sein wollten.

Ja, und das liegt daran, dass du so ein völliger Idiot gewesen bist, der jedes Mal dichtgemacht hat, wenn es zu emotional zwischen euch wurde.

All das würde sich bald ändern.

Mit gestrafften Schultern und erhobenem Kopf öffnete er die Tür und betrat einen weiteren luxuriös eingerichteten Raum, in dem es nach Leder und einem exotischen Gewürz roch. Samanthas Vater saß hinter einem riesigen Schreibtisch auf einem gleichermaßen imposanten Stuhl, was ihn – zweifellos gewollt – wie einen König auf seinem Thron aussehen ließ.

Die Enthauptung beginnt, dachte Clay sarkastisch, als er das Arbeitszimmer betrat.

Conrad lehnte sich gewollt lässig auf seinem Stuhl zurück, während er beobachtete, wie Clay sich näherte.

Clay hatte keine Angst vor dem älteren Mann, doch er wäre ein Lügner gewesen, würde er nicht zugeben, dass es schön wäre, seine Zustimmung zu erhalten. Allerdings war der Segen von Samanthas Eltern keine Voraussetzung für ihn, sein Innerstes bloßzulegen und ihr die Wahl zu lassen, für immer bei ihm zu bleiben.

Er blieb vor dem Schreibtisch stehen. »Mr. Jamieson«, sagte Clay mit einem Nicken, entschlossen, den Mann mit Respekt zu behandeln, obwohl er seine Tochter erpresst hatte, sich von ihm fernzuhalten.

Er schob ihm den Umschlag mit dem Geld hin, sich durchaus bewusst, dass der andere Mann ihn genau unter die Lupe nahm. »Ich weiß das Geld, das Sie mir geschickt haben, um mir aus der Klemme zu helfen, zwar zu schätzen, aber ich bringe es Ihnen zurück. Ich will es nicht. Ich brauche es nicht. Eigentlich hätten Sie wissen müssen, dass ich ein paar Millionen Dollar auf der Bank habe, da Sie mich genauestens haben überprüfen lassen. Warum also haben Sie sich die Mühe gemacht?«, stellte Clay die Frage, die ihm im Kopf herumgeschwirrt war, seit Harrison die Bar verlassen hatte.

»Genau genommen aus zwei Gründen«, sagte der ältere Mann mit monotoner Stimme. »Zum einen ist Samantha dadurch zurück nach Hause gekommen. Und zum anderen wollte ich wissen, was für ein Mann Sie tatsächlich sind.«

Es war also eine Art Test gewesen? Clay zügelte sein Temperament, ermahnte sich, dass dieser Test Conrads Art war, sich um seine Tochter zu kümmern – wie verkorkst das auch sein mochte.

»Um ehrlich zu sein, Sir, bin ich ziemlich sauer, dass das Geld an ein Ultimatum für Samantha geknüpft war.«

Conrads Mundwinkel verzogen sich leicht, verrieten so etwas wie Belustigung, bevor er mit ausdrucksloser Miene die Schultern zuckte. »Ich war es leid, darauf zu warten, dass meine Tochter wieder zu Verstand kommt und nach Hause zurückkehrt.«

»Also haben Sie sie erpresst?« Clay schluckte die Bitterkeit herunter, die an die Oberfläche zu dringen drohte. »Sie haben sie gezwungen, das Leben aufzugeben, das *sie* leben wollte, um sie als eine Art Pfand zu benutzen, um Ihr Unternehmen zu sichern, und sie mit einem Mann zu verheiraten, den sie nicht liebt?«

Ärger blitzte in Conrads Blick auf. »Sie ist mein Kind, und ich will das Beste für sie.«

»Dann lassen Sie sie ihre eigenen Entscheidungen treffen.« Clay stützte die Hände auf dem Rand von Conrads Schreibtisch ab und beugte sich vor. Seine Ungeduld gewann die Oberhand. »Lassen Sie sie ihr eigenes Leben leben.«

Conrad schaute Clay stirnrunzelnd an. »Das ist schwierig für einen Mann wie mich.«

Ein Mann, der die vollständige Kontrolle über jeden und alles in seinem Reich haben wollte.

Clay straffte den Rücken, er war sich bewusst, dass er sowohl um Samantha als auch für das Leben kämpfte, das sie leben wollte. »Es geht nicht darum, was *Sie* wollen. Sie können keine lebenssprühende, unabhängige Frau wie Samantha zwingen, jemand oder etwas zu sein, was sie nicht ist, und erwarten, dass sie glücklich ist.« Obwohl er sich fragte, ob Samanthas Glück für Conrad überhaupt eine Rolle spielte.

Der ältere Mann lehnte sich auf seinem Stuhl zurück und beäugte Clay grüblerisch. »Und inwiefern passen *Sie* Ihrer Meinung nach in das Leben meiner Tochter?«

»Dieselbe Antwort, Sir. Es geht auch nicht darum, was ich will. Aber ich weiß, dass ich alles in meiner Macht Stehende tun werde, um sie glücklich zu machen.«

»Glück, wie Sie es verstehen, wird viel zu sehr überbewertet.« Conrad runzelte die Stirn. »Ihnen ist doch klar, dass Sie überhaupt nicht der Richtige für sie sind?«

Clay hatte das Gefühl, als teste der alte Herr ihn erneut, denn sonst hätte er ihn inzwischen längst rausgeschmissen.

Er schätzte zwar die Hürden nicht, die er nehmen musste, doch ob er diesen Mann mochte oder nicht, er war und blieb Samanthas Vater.

Und Clay liebte Samantha. »Ich bin zwar kein Investmentbanker oder jemand aus Ihren Kreisen, aber nie hat sich etwas so *richtig* angefühlt, wie mit Samantha zusammen zu sein.«

»Und Sie sind sich sicher, dass sie dasselbe empfindet?«, fragte Conrad.

Clay dachte an ihre letzte gemeinsame Nacht und war sich absolut sicher. »Ja, das bin ich.«

»Ich will Ihnen etwas sagen, mein Sohn.« Conrads Ton war überraschend ruhig, als er Clay in die Augen schaute. »Das, was ich in dem Bericht über Sie gelesen habe, hat mir nicht gefallen, und Ihre Vergangenheit lässt *eine Menge* zu wünschen übrig. Doch der Mann, der Sie trotz alldem geworden sind, beeindruckt mich.« Er legte die Fingerspitzen aneinander und betrachtete Clay mit zusammengekniffenen Augen. Lag da *Anerkennung* in seinem Blick? »Ich bewundere die Tatsache, dass Sie alle Widrigkeiten gemeistert und Ihre Brüder großgezogen haben und dass Sie Menschen helfen, die weniger Glück hatten als Sie.«

Clay schluckte schwer, total geschockt, dass der Mann ihm so viel Anerkennung zollte. Und obwohl er sich sagte, dass es keine Rolle spielte, was andere von ihm dachten, stellte er überrascht fest, dass ihm die Meinung von Samanthas Vater doch wichtig war. Zumindest ein bisschen.

Da er spürte, dass Conrad noch nicht fertig war, schwieg Clay.

»Ein Geringerer hätte Samantha ausgenutzt, vor allem, wenn er herausgefunden hätte, wer sie ist und was sie wert ist. Doch Sie haben sich um sie gekümmert.«

Clay schüttelte verärgert den Kopf. »Das ist mir alles egal.« Er klopfte auf den Umschlag, der auf dem Tisch lag, um seine Aussage zu unterstreichen.

»Ich glaube Ihnen. Und dass Sie genau so reagieren würden, habe ich auch gehofft.«

Wieder schüttelte Clay den Kopf, es überraschte ihn nicht, dass er recht gehabt hatte. Das Geld war ein Test gewesen. Er zügelte seinen Zorn, erinnerte sich daran, dass Conrad Jamieson in einer Welt lebte, die Clay sich nicht einmal vorstellen konnte.

»Wenn es nach mir ginge, würde Samantha Harrison heiraten«, sagte Conrad geradeheraus, ohne seine Gefühle zu beschönigen. »Ich bin davon ausgegangen, dass die Sache mit Ihnen nur ein kleines Abenteuer sei, dass sie sich irgendwann langweilen und es satt sein würde, *ohne all das hier* auszukommen. Dass sie wieder nach Hause kommen, sich beruhigen und die Tatsache schätzen würde, dass eine Ehe mit Harrison ihr den Lebensstil bieten könnte, den sie gewohnt ist, und dass die Firma in der Familie bleibt.«

Clay biss die Zähne aufeinander, empört über das mangelnde Vertrauen des Mannes in den Selbstwert und die Unabhängigkeit seiner Tochter.

»Überflüssig zu sagen, dass ich die Chance sicherzustellen, dass sie wieder nach Hause kommt, wohin sie gehört, und sich von Ihnen trennt, für gekommen hielt, als sie mich anrief und sagte, dass sie das Geld braucht.« Conrad stieß einen resignierten Seufzer aus. »Aber jetzt bringen Sie mir das Geld zurück, was mir viel über Ihren Charakter verrät und noch mehr darüber, was meine Tochter Ihnen bedeutet.«

Clay rührte sich nicht von der Stelle, doch diese Unterhaltung dauerte viel zu lange, denn er wollte nur eins: zu Samantha. Er würde dem Mann den Respekt erweisen, den er nicht verdiente. Aber höchstens noch ein paar Minuten, dann würde er sich seine Frau schnappen.

»Vor einer Stunde hat Samantha ihre Mutter und mich informiert, dass sie trotz der Tatsache, dass wir Ihnen ausgeholfen haben, fest vorhat, heute Abend zu Ihnen zurückzukehren. Meine Tochter ist wild entschlossen, mit Ihnen zusammen zu sein, selbst wenn sie ihr Leben lang arbeiten muss, um uns das Geld zurückzuzahlen.« Er schüttelte den Kopf. »Als würde ich das verdammte Geld brauchen.«

Clay konnte das Grinsen, das sich auf seinen Lippen breitmachte, nicht unterdrücken. Ja, das war sein frecher Cupcake.

Auch Conrad lachte widerstrebend. »Sie ist aufsässig und dickköpfig, und ich habe wirklich versucht, ihr das Beste zu geben. Doch so langsam wird mir klar, dass ich Samantha nicht zwingen kann, das Leben zu führen, auf das ihre Mutter und ich sie so sorgfältig vorbereitet haben. Nicht ohne dass sie uns noch mehr grollt, als sie es bereits tut.«

»Sie ist unabhängig und stolz. Wie Sie«, sagte Clay.

Conrad stieß einen lauten Seufzer aus. »Sie gehen zu lassen gehört zum Schwierigsten, was wir je getan haben, aber ich will mein einziges Kind nicht verlieren. Und das würde ich, wenn ich noch irgendetwas unternähme, um sie von Ihnen fernzuhalten.«

Clay konnte sich gut vorstellen, wie schwer es einem würdevollen Mann wie Conrad fallen musste, dies zuzugeben. Doch es war deutlich, dass er seine Tochter wirklich liebte und sie, wenn es hart auf hart kam, nicht zwingen würde zu bleiben und einen Mann zu heiraten, den sie nicht liebte. Clay war ihm dankbar dafür.

Und so tat er, was er konnte, um ihm zu versichern, dass Samantha immer in guten Händen sein würde. »Ich weiß, dass ich nicht derjenige bin, den Sie für sie ausgewählt hätten, aber ich verspreche Ihnen, dass ich alles in meiner Macht Stehende tun werde, um ihr ein gutes Leben zu ermöglichen. Dass ich sie beschützen und achten und der Mann sein werde, der eine so besondere Frau wie sie verdient.«

»Da ich in dieser Angelegenheit nichts zu entscheiden habe, verlasse ich mich darauf«, sagte Conrad barsch.

»Ich liebe Ihre Tochter«, fügte Clay hinzu, nur für den Fall, dass seine Gefühle zählten. Diese Worte hatte er noch nie einer anderen Frau gesagt, und er erkannte, dass er sein Leben lang auf die *richtige* Frau gewartet hatte. Auf Samantha.

Clay hörte ein leises Keuchen hinter sich. Er drehte sich um und sah Samantha in der Tür stehen, die Augen groß und feucht schimmernd, als sie ihn überrascht anstarrte. Sie war so verdammt schön, und nichts anderes auf der Welt zählte, als sie zu seiner Frau zu machen.

»Meinst du das ernst?« Ihre Stimme zitterte vor Ergriffenheit.

Er schluckte den Kloß im Hals hinunter und lächelte. *Und ob er sie liebte!* »Cupcake, inzwischen solltest du wissen, dass ich immer meine, was ich sage. Ich liebe dich, mehr als ich glaubte, je einen anderen Menschen lieben zu können. Und ich möchte keinen weiteren Tag mehr ohne dich verbringen. Nie wieder.«

Unfähig, den Abstand zwischen ihnen zu ertragen, ging er genau in dem Moment auf sie zu, in dem sie ihm entgegenrannte. Als sie bei Clay war, sprang sie ihm in die Arme, schlang ihm die Arme um den Hals und die Beine um die Taille. Er lachte über ihren Überschwang und fasste unter ihren Hintern, um sie festzuhalten, während sie das Gesicht an seinem Hals vergrub und sich ganz fest an ihn klammerte.

»Ich liebe dich so sehr, Clay.« Sie legte die Hände um sein Kinn und sah ihm in die Augen. »Ich hätte dir unmöglich fernbleiben können.«

»Ich dir auch nicht«, sagte er und meinte es auch so.

Ihr Vater räusperte sich, und Samantha überraschte Clay mit einem Lachen. »Gewöhn dich daran, Daddy.« Grinsend strich sie mit den Daumen über Clays Wangen, Bedauern im Blick. »Als ich nach Hause kam, ist mir klar geworden, welch großen Fehler ich gemacht hatte. Es tut mir so leid.«

»Verlass mich einfach nie wieder.«

»Nie wieder«, versprach sie und sagte dann die Worte, die er hören wollte. »Bring mich nach Hause.«

Sobald sie das Kincaid's erreicht hatten, hob Clay Samantha aus seinem Truck und legte sie sich über die Schulter – wie ein Höhlenmensch, der Anspruch auf seine Frau erhebt.

Und genauso fühlte er sich, und *Anspruch auf sie erheben* stand definitiv als Erstes auf seinem Plan.

Sie lachte glücklich, während sie mit dem Kopf nach unten über seiner Schulter hing, seine Arme fest um ihre Knie geschlungen, damit sie nicht herunterfiel, während er sie über den Parkplatz und die Hintertreppe hinauf in seine Wohnung trug.

Sobald er über die Schwelle getreten und die Tür hinter ihnen ins Schloss gefallen war, gab er ihr durch das niedliche kleine Kleid, das sie trug, einen so festen Klaps auf den Hintern, dass sie verwundert die Luft einsog.

»Auuuu!«, protestierte sie, während sie sich auf seiner Schulter wand. »Wofür war der?«

»*Der* war dafür, dass du mir nicht gesagt hast, warum du mich verlässt.« Er gab ihr wieder einen Klaps, dieses Mal einen leichteren. »Und der war dafür, dass du mich nicht hast wissen lassen, dass du deinen Vater um das Geld bitten wolltest, um mir aus der Patsche zu helfen«, sagte er, während er seinen Weg zum Schlafzimmer fortsetzte.

»Aber du hast es gebraucht. Für Wyatt.«

Er warf sie aufs Bett, flach auf den Rücken. Dann setzte er sich rittlings auf ihre Oberschenkel, und sie schaute mit diesem sanften, doch von heißem Verlangen erfüllten Blick zu ihm hoch. Aber er ließ sich nicht ablenken, er wollte erst ein paar Dinge klären.

»Lass uns eine sehr wichtige Sache klarstellen.« Er stützte die Hände neben ihrem Kopf ab und sah ihr in die Augen. »Ich brauche weder dein Geld noch das deiner Eltern noch das von jemand anderem. Ich habe auf einem Anlagenkonto ein paar Millionen, die Jerry mir zusammen mit der Bar vererbt hat.«

Ihre dunkelblauen Augen weiteten sich erschrocken. »Aber du hast Wyatt gesagt, du hättest das Geld nicht!«

»Natürlich habe ich das gesagt.« Er verdrehte die Augen. »Ich hatte nicht vor, ihm das Geld einfach zu geben.«

Sie presste die Hände auf seine Brust, und ihr Gesichtsausdruck wurde plötzlich ernst vor Besorgnis. »Hast *du* ihm denn das Geld gegeben?«

»Nein.« Er beließ es fürs Erste bei einer Kurzversion dessen, was geschehen war, denn das Reden zerstörte den Augenblick, und er wünschte sich nichts sehnlicher, als in ihr zu sein. »Levi hat ein bisschen gegraben und entdeckt, dass es einen Haftbefehl gegen Wyatt gab. Sie haben ihn heute Nachmittag festgenommen und wegen vorsätzlichen Mordes angeklagt. Er wird für den Rest seines Lebens hinter Gittern sitzen.«

Erleichtert atmete sie aus. »Gott sei Dank. Ich könnte den Gedanken, dass dir etwas zustößt, nicht ertragen.«

Er grinste frech, als er nach dem Saum ihres Kleides griff und es hoch und über ihren Kopf zog. »Mir wird nichts zustoßen, Cupcake … außer heißem, schmutzigem Sex.«

Er berührte sie zwischen den Beinen, ließ die Hand über ihr feuchtes Fleisch gleiten, und allein das reichte, ihr statt weiterer Worte ein entzücktes Luststöhnen zu entlocken. Ein Stöhnen, das er für den Rest ihres gemeinsamen Lebens hören wollte.

EPILOG

Sechs Monate später …

Samantha beendete ihre Nachmittagsschicht bei Adeline ein bisschen früher und stieg aufgeregt und voller Vorfreude in den niedlichen Mini-Cooper, den Clay ihr gekauft hatte. Sie fuhr zu Inked, sie hatte vor, etwas Wildes, Verrücktes, Unartiges zu tun. Etwas, das Clay rasend machen würde, auf eine sehr gute Art.

Sie betrat den Tattoo-Laden, wo Katrina am Empfangstresen saß.

»Bist du dir ganz sicher, dass du das willst?«, fragte ihre Freundin, bevor sie ihr den Entwurf zeigte, den sie für sie gezeichnet hatte. »Wenn du es erst hast machen lassen, ist es endgültig, es sei denn, du willst schmerzhafte Laserbehandlungen über dich ergehen lassen, um es wieder zu entfernen.«

Sobald Samantha das kleine handgezeichnete Bild sah, war sie völlig aus dem Häuschen vor Aufregung. »Ich bin mir absolut sicher. Davon träume ich schon seit Monaten.« Ihr allererstes Tattoo, und es war eine Überraschung für Clay.

»Du bist ein richtig unartiges Mädchen geworden«, neckte Katrina sie.

»Ich weiß«, sagte Samantha mit einem unbekümmerten Lachen. »Ich liebe es, unartig zu sein.«

Katrina grinste. »Komm mit in Masons Kabine, und los geht's.«

Als Katrina dort angelangt war, klopfte sie an die Trennwand, um auf sich aufmerksam zu machen, bevor sie eintrat. »Dein Termin ist da.«

Mason schaute hoch. Erschrecken zeichnete sich auf seinen dunklen, umwerfenden Gesichtszügen ab, als sein Blick auf Samantha fiel. »Was zum Teufel?«

Samantha sah Katrina mit hochgezogenen Brauen an. »Du hast ihm nicht gesagt, dass ich diejenige bin, die das Tattoo haben will?«

Katrina schüttelte den Kopf und grinste. »Er hätte Nein gesagt. Der Überraschungseffekt ist viel besser.«

Mason schaute sie beide finster an, bevor er seinen ernsten Blick auf Samantha heftete. »Ich werde dich nicht anfassen. Du bist eine verdammte Jungfrau.«

Samantha knöpfte ihren hellrosa Konditorenkittel auf und hängte ihn an den Haken für Jacken und Pullover. Sie trug jetzt nur noch ein Mieder. »Glaub mir, nach sechs Monaten mit deinem Bruder bin ich keine Jungfrau mehr. Also mach dir keine Sorgen«, sagte sie scherzhaft.

»Igitt.« Mason zuckte zusammen. »Ich will *nichts* über das schmutzige, abartige Sexleben meines Bruders wissen.«

»Warum nicht?«, fragte Samantha unbekümmert. »Wir sind mit deinem oft genug konfrontiert worden.«

»Was soll's«, murmelte er, leugnete jedoch nicht seine Rumhurerei. »Weiß Clay davon?«

Samantha schüttelte den Kopf. »Es ist eine Überraschung.«

Mason fluchte leise. »Er wird mir eine reinhauen.«

»Nicht mein Problem«, erwiderte Samantha süßlich und wartete darauf, dass jemand ihr sagte, was sie tun musste, damit es losgehen konnte. Doch Mason saß noch immer auf seinem kleinen Hocker, ganz und gar nicht glücklich mit der Situation.

Katrina seufzte ungeduldig. »Da du plötzlich ein Problem mit Jungfrauen zu haben scheinst, wäre es dir lieber, wenn Cain sie tätowiert? Sie will das Tattoo direkt unterhalb der Bikinizone.«

»Auf keinen Fall. Niemand wird sich *um sie kümmern* außer mir«, knurrte Mason gereizt, als er nach dem kleinen Transferpapier mit Katrinas Entwurf griff. »Leg dich hin, bevor ich meine Meinung ändere.«

Samantha legte sich auf den gepolsterten Ledertisch, während Mason alles vorbereitete. Da sie das Bild nahe dem Hüftknochen, aber unterhalb des Slipbunds haben wollte, musste sie ihr Mieder ein wenig hochschieben und ihre Hose aufknöpfen und ein Stück nach unten ziehen.

Mason half ihr, seine Berührung war professionell. Nachdem er sich die Hände gewaschen und sterile Handschuhe angezogen hatte, säuberte er den Bereich mit einem Alkoholspray und rieb ein Gel ein, damit das Transferpapier auf ihrer Haut haften blieb. Er brachte es an, gab Samantha einen Spiegel, damit sie die Platzierung bestätigen konnte, und öffnete ein paar Tuben mit leuchtender Tätowierfarbe.

»Mein Bruder wird mir die Eier abhacken, weil ich dich berühre, ganz zu schweigen davon, dass ich dich tätowiere«, murmelte Mason.

»Lass Clay meine Sorge sein«, erwiderte sie, denn sie wusste, dass er das Tattoo lieben würde, wenn er es sah.

Mason blickte ihr in die Augen, als er nach seiner Tätowiermaschine griff. »Er ist wirklich glücklich, weißt du«, sagte er plötzlich ernst, einen Anflug von Dankbarkeit im Blick. »Glücklicher, als ich ihn je gesehen habe. Das liegt an dir.«

Sie lächelte. »Das freut mich. Er macht mich auch glücklich.« Das war eine Untertreibung. Clay gab ihr das Gefühl, vollständig zu sein. Er bereicherte ihr Leben auf so vielfältige Weise; mit ihm fühlte sie sich geliebt, beschützt und sexy – jeden einzelnen Tag.

Mason zog die Stirn in Falten, als er sich wieder auf den Entwurf konzentrierte, er zögerte offensichtlich, ihre *jungfräuliche* Haut zu verunstalten. Doch dann legte er ihr die Hand auf den Bauch und positionierte die Nadel direkt oberhalb des Entwurfs. »Okay, schließ die Augen, versuch, dich zu entspannen, und atme einfach in den Schmerz hinein. Es ist ein kleines Tattoo, es sollte also nicht so lange dauern.«

Das plötzliche Surren der Tätowiermaschine ließ Samantha aufschrecken, und als die Nadel ihre Haut berührte, wollte sie schreien, weil das intensive Kratzen ihr Fleisch brennen ließ wie Feuer. Heilige Scheiße, wie in aller Welt konnten sich die Leute mehr als ein Tattoo machen lassen, geschweige denn, ihre Körper mit Tattoos bedecken wie Katrina mit ihrem Arm voller bunter Schmetterlinge? Samantha betete, dass sie ihr erstes überlebte!

Mason kicherte. »Jetzt gibt's kein Zurück mehr, Süße. Atme weiter, und denk an was Schönes.«

Und genau das tat Samantha. Sie atmete ein und aus, langsam und tief, und ließ ihre Gedanken schweifen, die normalerweise zu Clay oder zu irgendeinem neuen Gebäck wanderten, das zu backen sie ausprobieren wollte. Das waren die beiden wichtigsten Dinge in ihrem Leben, und sie wollte nie eins ohne das andere.

Seit dem Tag, an dem Clay ins Haus ihrer Eltern gekommen war und sie mitgenommen hatte, war ihr Leben schön und aufregend und genauso, wie sie es sich erträumt hatte. Adeline hatte sie sofort nach dem Vorstellungsgespräch eingestellt. Anfangs war sie nur als Bäckerin tätig gewesen, doch in den vergangenen Monaten hatte sie gezeigt, was sie konnte, und war zur Konditorin befördert worden. Sie buk alle möglichen Desserts für Unternehmen und Cateringbetriebe, aber auch für die Bäckerei, die direkt an die Kunden verkaufte.

Ihr Berufsleben wie auch ihr Leben mit Clay, mit dem sie jetzt jeden Tag und jede Nacht zusammen sein konnte, waren perfekt.

Sie arbeitete immer noch daran, die Beziehung zu ihren Eltern zu kitten. Sie hatten zwar zögernd ihre Entscheidung akzeptiert, mit Clay zusammen zu sein, doch es hatte eine Weile gedauert, bis die Spannungen so weit nachgelassen hatten, dass sie sich wieder miteinander wohlfühlten.

Sie und Clay waren ein paarmal zum Sonntagsbrunch bei ihren Eltern gewesen, und ihr Vater erwärmte sich allmählich für Clay. Als sie das letzte Mal zu Besuch gewesen waren, hatte ihr Dad ihn scherzhaft gefragt, was er davon halte, in der Unternehmenswelt zu arbeiten. Clay hatte mit einem ehrlichen *Auf keinen Fall* geantwortet und ihm damit deutlich zu verstehen gegeben, dass er absolut kein Interesse an der Investmentgesellschaft hatte.

Sie hatte sich gerade an den Schmerz der Nadel gewöhnt – entweder das oder ihre Haut war taub geworden –, als Mason seine Maschine abstellte und verkündete, dass sie fertig seien. Er reichte ihr den Handspiegel, damit sie sich ihr Tattoo ansehen konnte.

Sie grinste, als sie sah, welch großartige Arbeit Mason geleistet hatte. Ihr Tattoo sah genau aus wie ein Cupcake, mit einem Tuff aus schaumigem, rosafarbenem Zuckerguss und verschiedenfarbigen kleinen Herzchen obendrauf. Am unteren Rand verlief ein kleines Spruchband, auf dem in einer hübschen Kursivschrift *Das Leben ist süß* stand.

Sie konnte es kaum erwarten, es Clay zu zeigen, und wusste, wozu das führen würde – sie würden sich ausziehen und eine Menge Spaß haben. Dessen war sie sicher.

Mason strich ein wenig Wundsalbe auf ihre Haut und bedeckte das neue Tattoo mit einem Stück Klarsichtfolie, damit es während der ersten 24 Stunden geschützt war. Er gab ihr ein Blatt mit Nachsorgeanweisungen, und nachdem sie Katrina ihr neues Tattoo gezeigt hatte, fuhr Samantha nach Hause.

Als sie in der Wohnung eintraf, war Clay in der Küche und holte etwas zu trinken. Wie jeden Tag wartete er darauf, dass sie von der Arbeit nach Hause kam – statt die gesamte Zeit unten in der Bar zu verbringen. Aufgeregt wegen ihres kleinen Geheimnisses und voller Überschwang trat sie auf ihn zu und küsste ihn, ohne zu zögern, heiß und tief.

Sie stöhnte glücklich, als er die Führung übernahm und seine Zunge sich mit ihrer vereinte, sein Mund war so hungrig, so gierig. Sie konnte nicht genug von ihm kriegen. Würde es nie. Sie schmiegte sich an ihn, und mit einem tiefen Knurren schlang er einen starken Arm um ihren Rücken und zog sie so fest an sich, dass sie jeden seiner harten Muskeln spüren konnte, einschließlich dem immer dicker werdenden in seiner Hose. *Oh, ja.*

Viel zu schnell beendete er den Kuss, vergrub das Gesicht an ihrem Hals, atmete ihren Duft ein und leckte mit der Zunge ihr Brustbein. »Du schmeckst immer wie ein köstlicher Cupcake, wenn du von der Arbeit nach Hause kommst.« Er ließ die Hände nach unten gleiten, umfasste ihren Hintern und drückte jede ihrer Pobacken. »Ich will dich einfach aufessen, bevor ich dich um den Verstand ficke.«

Sie lachte. »Ja, bitte«, sagte sie mit heiserer, vor Erregung bebender Stimme.

Im nächsten Moment hob er sie hoch und trug sie ins Schlafzimmer, hielt sie, als sei sie leicht wie eine Feder. Doch sie wusste, dass sie das nicht war.

Sie lächelte ihn an. »Ich habe eine Überraschung für dich.«

»Ja?« Er schaute interessiert drein, doch sobald Clay Sex im Kopf hatte, war es schwer, ihn davon abzubringen. »Kann das nicht warten, bis ich meinen Cupcake aufgegessen habe?«

Er ließ sie aufs Bett fallen und wartete ihre Antwort nicht ab, sondern zog ihr zuerst das Mieder aus – das praktischerweise einen eingearbeiteten BH hatte –, dann die Schuhe und die Socken und half ihr aus ihrer Hose. Als er nach ihrem Slip griff, sah er schließlich den Rand der Plastikfolie, die ihr neues Tattoo schützte.

Sein Blick schnellte nach oben. »Heilige Scheiße. Du hast ein Tattoo.«

»Ein *echtes*«, sagte sie, für den Fall, dass er glaubte, es sei eins dieser temporären.

Ein breites Grinsen zeigte sich auf seinem Gesicht. Das war genau das, was sie sehen wollte. Doch schon bald wurde es von einem Stirnrunzeln verdrängt. »Wer hat das Tattoo gestochen?«

Sie biss sich auf die Unterlippe. »Äh, Mason.«

»*Hier?*«, fragte er ungläubig. »Direkt neben deiner …«

Lachend legte sie ihm die Hand auf den Mund, bevor er das Wort *Möse* sagen konnte, doch er zog sie weg.

»Ich bring ihn um«, knurrte er.

Sie verdrehte die Augen. »Glaub mir, er *wollte* es nicht tun, weil er Angst hatte, dass du ihm die Eier abhacken würdest«, sagte sie lachend. »Wäre es dir lieber gewesen, wenn irgendein fremder Typ es gemacht hätte?«

»Nein«, erwiderte er mürrisch. Doch dann wich sein Missmut einem wollüstigen Blick, als er ihr den Slip ganz auszog und sich schnell seiner eigenen Kleidungsstücke entledigte. »Komm auf mich drauf, damit ich deinen Cupcake nicht zerdrücke.« Er legte sich neben sie, streckte sich auf dem Rücken aus und zog sie dann so auf sich, dass sie rittlings auf ihm hockte, sein Schaft direkt zwischen ihren Beinen.

Sie brauchten jetzt kein Kondom mehr. Es gab für sie keine anderen Sexualpartner, sie nahm die Pille, und sie hatten sich beide testen lassen. Er ließ seine Eichel durch ihre bereits feuchten Falten gleiten, bevor er sie ein kleines Stück in sie hineinschob. Dann umfasste er ihre Taille und zog sie nach unten, während er sich ihr gleichzeitig entgegendrängte.

Samantha keuchte, und ihr Körper zitterte, als er sie ausfüllte. Dann blickte sie in seine Augen und begann, gefangen von seinem heißen Blick, sich zu bewegen. Sie stützte die Hände auf seinem Bauch ab und ritt ihn, langsam und tief.

Es dauerte nicht lange, bis sie beide Erlösung fanden. Erschöpft sank sie auf Clay zusammen, bis sie wieder normal atmen konnten. Er strich ihr übers Haar und über den Rücken, und sie fühlte sich viel zu wohl, um von ihm herunterzurollen.

»Ich habe auch eine Überraschung für dich«, sagte er nach einer Weile.

»Ja?« Sie hob den Kopf, um sein Gesicht sehen zu können. »Was denn? Hast du dir auch ein Tattoo machen lassen? Eins, auf dem Saint Clay steht?«, neckte sie ihn.

»Klugscheißerin.« Er gab ihr einen Klaps auf den nackten Hintern, sodass sie aufjaulte, doch sie lächelten beide entspannt. »Ich habe Kontakt zu einem Makler aufgenommen. Ich denke, es wird Zeit, dass wir uns nach einem richtigen Haus umsehen.«

Sie blinzelte überrascht. »Ich wohne gerne hier.«

»Ich weiß«, sagte er leise, während er ihr eine verirrte Haarsträhne hinters Ohr schob. »Aber ich habe vor, dich zu heiraten, und in dieser Wohnung ist nicht genug Platz, wenn wir eine Familie haben wollen.«

Ihr Herz begann zu rasen, und sie schluckte schwer. »Soll das ein Heiratsantrag sein?«

»Ja, ich denke schon.« Seine Stimme war rau vor Emotionen, und seine Augen funkelten erwartungsvoll, als seine Hände sanft ihr Gesicht umfassten. »Willst du mich heiraten, Cupcake? Ich will keinen einzigen Tag mehr ohne dich leben. Du hast mein Leben verändert und mich zu einem besseren Menschen gemacht. Und vor allem: Ich liebe dich und muss wissen, dass du mir gehörst. Für immer.«

Tränen reiner Freude stiegen ihr in die Augen. Dieser außergewöhnliche Mann hatte seit dem Abend, an dem sie sich zum ersten Mal begegnet waren, einen so erstaunlichen Weg zurückgelegt, aber ihm war nicht klar, dass er auch ihr Leben verändert hatte. Sie waren gut zusammen und gut füreinander.

Sie nickte viel zu eifrig, was sie jedoch nicht kümmerte. »Ja, ich will dich heiraten. Sobald wie möglich.«

Er lachte, sah glücklich und zufrieden aus. »Was hältst du von einer kleinen Hochzeit in Vegas?«

Ihre Eltern würden eine feierliche Zeremonie und einen großen Empfang wollen, doch dem würde sie Clay nicht aussetzen. Auch sie wollte und brauchte das Trara nicht, sodass ihr diese Entscheidung leichtfiel.

»Eine Hochzeit in Vegas klingt perfekt«, murmelte sie.

Er seufzte zufrieden, rollte sie von sich und betrachtete noch einmal ihr neues Tattoo. »Ich kann es kaum erwarten, es zu berühren und zu lecken und meine Zunge über die Glasur wirbeln zu lassen«, murmelte er schelmisch.

»Ich kann es auch kaum erwarten.« Sie würde für den Rest ihres Lebens sein Cupcake sein.

LESEN SIE WEITER IN

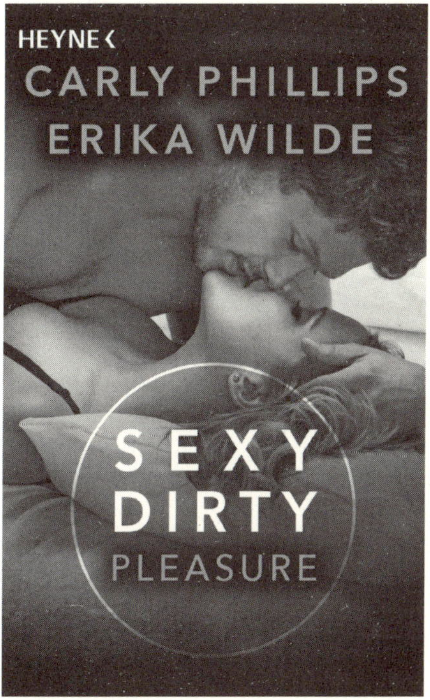

Der zweite Band der Sexy Dirty-Serie
erscheint im Januar 2018

KAPITEL 1

»Wir fliegen nach Las Vegas, Miezekätzchen!« Voller Vorfreude rieb sich Mason Kincaid die Hände. »Sin City ist der perfekte Ort, um rumzumachen und ein bisschen Spaß zu haben. Was glaubst du – werden wir erleben, während wir dort sind?«

Katrina Sands legte ihren Sicherheitsgurt an und machte es sich auf dem Ledersitz der ersten Klasse bequem, gleich neben Mason – ihrem besten Freund seit sie mit vierzehn in die Highschool gekommen waren. Es überraschte sie nicht im Geringsten, dass er in Gedanken bereits eine Liste all der wilden und verwegenen Abenteuer erstellte, die ihn an einem Ort wie Las Vegas erwarteten, an dem alles erlaubt war. Mason Kincaid verstieß gern gegen die Regeln und suchte den Kitzel, ja, er war ein zügelloser, böser Junge, dem es nur ums Vergnügen und die sofortige Befriedigung ging. Nach allem, was sie von der Stadt, die nie schlief, gehört hatte, würde er dort ganz in seinem Element sein.

Na toll, dachte sie mit einem resignierten Seufzer. Nicht, dass sie prüde war. Ganz und gar nicht! Sie war nur nicht begeistert davon, mit ansehen zu müssen, wie ihr bester Freund in Vegas herumhurte. Im Alltag erlebte sie das oft genug aus nächster Nähe.

Sie drehte sich um und blickte in Masons leuchtend blaue Augen. »Dir ist doch wohl klar, dass es bei dieser Reise nicht allein um dich und deinen Schwanz geht, oder? Sondern dass wir nach Vegas fliegen, weil dein Bruder Clay seine Samantha heiratet?«, erinnerte sie ihn an dieses wichtige Detail.

Seine Mundwinkel verzogen sich zu einem nachsichtigen Grinsen. »Natürlich weiß ich, dass mein Bruder sich morgen Nachmittag in Ketten legen lässt. Aber das heißt nicht, dass sich das ganze Wochenende alles um die Hochzeit dreht. Um genau zu sein, haben Levi und ich vor, Clay heute Abend auszuführen, und dafür zu sorgen, dass er seinen letzten Abend als Junggeselle stilvoll verbringt.«

Was Mason die perfekte Gelegenheit gab, sich ein williges weibliches Wesen zu suchen, das er für die Nacht in sein Hotelzimmer abschleppen konnte. So war er. Solange sie ihn kannte, hatte er mit Frauen immer nur eine schnelle Nummer abgezogen und sichergestellt, dass sie wussten, worauf sie sich einließen. Er gab keine Versprechen, ging keine Bindungen ein, ließ sich auf nichts anderes als One-Night-Stands ein.

Und jedes Mal, wenn Katrina dies mitbekam, starb ein wenig von der Hoffnung in ihr. Der Hoffnung, dass Mason eines Tages mehr in ihr sehen würde als seine beste Freundin und die Frau, die sich um seinen persönlichen und beruflichen Mist kümmerte. Doch er wusste nichts von ihren tieferen Gefühlen, und sie war nicht bereit, sie ihm zu gestehen und eine schmerzliche Zurückweisung zu riskieren. Es war viel leichter und sicherer, wenn sie einfach nur Freunde blieben.

Katrina kannte Mason Kincaid nun seit zwölf Jahren und war inzwischen fest davon überzeugt, dass er nicht in der Lage war, sich an irgendeine Frau zu binden. Und angesichts der Kindheit, die er gehabt hatte – keine richtige Vaterfigur und eine Mutter, die sich mehr für den nächsten Schuss interessierte als für ihre Kinder –, fiel es ihr nicht schwer zu verstehen warum. Mason mochte ein Meister darin sein, eine unbekümmerte Scheißegal-Haltung an den Tag zu legen, doch Katrina gehörte zu den wenigen Menschen, die wussten, wie viel Schmerz und Verbitterung sich hinter dieser Lockerheit verbargen.

Inzwischen war das Boarding für ihren Flug nach Las Vegas beendet, und ein Mitglied des Bordpersonals begann, die Gepäckfächer zu schließen, während ein anderes verkündete, dass sämtliche elektronischen Geräte auf Flugmodus geschaltet werden sollten. Eine hübsche brünette Flugbegleiterin blieb neben Masons Gangplatz stehen und legte ihm die Hand auf die Schulter.

Er schaute zu ihr hoch, und die Frau lächelte und errötete leicht, als er seinen starken männlichen Sexappeal voll und ganz ausspielte. Ja, Mason hatte eine atemberaubende Wirkung auf Frauen. Seine umwerfenden Gesichtszüge, dieses sexy Lächeln, bei dem Frauen nur zu gern ihr Höschen fallen ließen, und die Böser-Junge-Tattoos, die seine muskulösen Arme bedeckten, machten ihn einfach unwiderstehlich für das weibliche Geschlecht.

Und der Mistkerl wusste das auch und zögerte nicht, seinen Charme zu seinem Vorteil zu nutzen.

»Würden Sie bitte Ihren Sicherheitsgurt festschnallen, Sir«, säuselte sie ach so süß, während ihre Hand, die auf seiner starken Schulter lag, unübersehbar ein wenig zudrückte.

»Aber sicher. Und nennen Sie mich Mason«, erwiderte er, während er sich den Gurt um die Taille schnallte, wobei sein Ton so locker und flirtend war wie das Zwinkern, das er ihr zuwarf. »Da ich erster Klasse fliege und Sie mich bedienen werden, könnten wir uns doch auch beim Vornamen nennen.«

Katrina verdrehte die Augen, doch die Flugbegleiterin lachte über die Doppeldeutigkeit und musterte ihn unverhohlen, bevor sie zu den Sitzen vor ihnen ging, auf denen Clay und Samantha saßen. Auf der anderen Seite des Gangs saßen Masons jüngster Bruder Levi und Tara, eine der Barkeeperinnen in Clays Bar, dem Kincaid's. Die Flüge erster Klasse verdankten sie Clay, ebenso die individuellen Hotelsuiten, die für sie alle im Hotel Bellagio gebucht waren.

Während die Flugbegleiterin mit wiegenden Hüften den Gang entlangging, reckte Mason den Hals und starrte auf ihren Hintern, bis sie nicht mehr zu sehen war.

Dann schaute er mit diesem für ihn typischen lüsternen Grinsen und dem schamlosen Schimmern in den Augen Katrina an. »Glaubst du, sie wäre bereit, mich in den Mile High Club einzuführen?«, fragte er, und Katrina wusste, dass er das nicht ganz unernst meinte.

Warnend kniff sie die Augen zusammen, denn schon allein der Gedanke, dass Mason nur wenige Meter von ihr entfernt irgendeine Tussi vögeln könnte, war ihr unerträglich. »Vergiss es!«

Er beugte sich so weit zu ihr herüber, dass seine Schulter gegen ihre rieb und seine Lippen nah an ihrem Ohr waren. »Du bist eine Spaßbremse, Miezekätzchen.«

Sein warmer Atem streifte die violetten Spitzen ihres blonden Haars, und sie hatte Mühe, den Schauder zu unterdrücken, der ihr den Rücken hinablief und ihre Brustwarzen unangenehm hart werden ließ.

»Sex in einem engen Toilettenraum in einem Flugzeug zu haben, ist nicht meine Vorstellung von Spaß.«

Herrgott, vielleicht war sie ja doch prüde, dachte sie stirnrunzelnd. Oder vielleicht lag es einfach zu lange zurück, dass sie Sex gehabt hatte. Es war fast ein Jahr her, und selbst dieses letzte Mal mit dem Typen, mit dem sie damals gegangen war, hatte sie unbefriedigt zurückgelassen.

»Es *könnte* dort eng und heiß werden«, stimmte er ihr in einem zugleich amüsierten und anzüglichen Ton zu. »Aber das ist nicht unbedingt etwas Schlechtes.«

Sie schüttelte den Kopf. »Du bist so ein …«

»Ich weiß, ich weiß«, unterbrach er sie, bevor sie ihren Satz beenden konnte. »Ich bin ein Hurenbock.«

Er war tatsächlich ein Hurenbock und machte sich nicht einmal die Mühe, es zu leugnen.

»Aber nur fürs Protokoll, du weißt, dass ich viel mehr Spaß habe als du?« Er lehnte sich auf seinem Sitz zurück, als das Flugzeug sich vom Gate entfernte, und sah sie plötzlich mit ernstem Gesichtsausdruck an.

»Welchen Spaß *hast* du denn in letzter Zeit gehabt?«, fragte er, als zweifelte er daran, dass sie in der Lage war, sich zu amüsieren. »Und wann bist du das letzte Mal flachgelegt worden?«

Bei dieser unerwarteten Frage fiel ihr die Kinnlade herunter. Schnell schloss sie den Mund und starrte ihn wütend an. Verdammt, musste der Arsch das ansprechen?

Er grinste. »Ja, das hab ich mir schon gedacht.«

Es juckte sie in den Fingern, ihm eine zu scheuern und diesen selbstgefälligen Ausdruck aus seinem Gesicht zu vertreiben. »Was, zum Teufel, soll *das* denn heißen?«

»Du warst in letzter Zeit einfach zickig«, sagte er mit einem Achselzucken. »Nervös und mir gegenüber ein bisschen schroff und kurz angebunden.«

Meine Güte, der Idiot war so verdammt begriffsstutzig. Dass sie *zickig* war, lag daran, dass er ständig irgendwelchen Frauen hinterherjagte und einfach nicht sah, was sich direkt vor seiner Nase befand.

Sie war seine beste Freundin und wusste alles über seine beschissene Vergangenheit, seine schwierige Kindheit und seine Angst, verlassen zu werden. Und obwohl sie immer und immer wieder bewiesen hatte, dass sie nicht weggehen und trotz ihrer eigenen Dämonen und ihres Schmerzes immer für ihn da sein würde, betrachtete er sie als selbstverständlich und sah in ihr nie mehr als das gute alte Miezekätzchen.

Andererseits: War es wirklich seine Schuld, dass sie für ihn mehr empfand als nur Freundschaft oder eine schwesterliche Zuneigung? Dass er diese Gefühle aus einer Reihe von Gründen nicht erwidern konnte – vor allem, weil er emotional geschädigt war und nicht wusste, wie er jemanden *nah* an sich heranlassen konnte? Nein, sie konnte es ihm nicht vorwerfen. Zumindest war er ehrlich, machte sich in Bezug auf sich selbst und auf das, wozu er fähig war, nichts vor.

Es war nicht *seine* Schuld, dass sie mehr wollte. Es war ihre Schuld, dass sie sich immer noch Hoffnungen machte.

Vielleicht ist das Teil des Problems, dachte sie, als sie auf ihrem Handy nach einem Audiobuch suchte, das sie sich während des Flugs anhören wollte. Es war so leicht für Mason, sie auszunutzen, wenn sie immer da war und ihm zur Verfügung stand. Verdammt, wem machte sie etwas vor? Sie *hatte* es ihm tatsächlich leicht gemacht, und vielleicht war es an der Zeit, ihre Gefühle für ihren besten Freund und die Tatsache, dass sie nicht erwidert wurden, neu zu bewerten.

Denn einer Sache war sie sich gewiss – unerwiderte Liebe war richtig ätzend.

Er legte die Hand auf ihren nackten Arm, und ihr verräterischer Puls beschleunigte sich um ein paar Schläge, als sie seinen starken Unterarm und das geflochtene dunkelbraune Lederarmband betrachtete, das zweimal um sein kräftiges Handgelenk reichte. Sie hatte es ihm zu seinem letzten Geburtstag geschenkt und es sah zusammen mit all seinen Tribal-Tattoos verdammt sexy aus.

Sie blickte zu ihm auf, ignorierte, wie ihr Körper an all den vernachlässigten Stellen reagierte, und er bedachte sie mit einem neckischen Lächeln.

»Vielleicht solltest du Sin City nutzen und dir irgendeinen Typen angeln, der es dir besorgt, damit du ein bisschen lockerer wirst und dich entspannen kannst.«

Katrina war sich nicht sicher, ob er scherzte oder ob er es

ernst meinte, doch sie verkniff sich eine gereizte Antwort, die ihn in seiner Meinung, dass sie *zickig* war, nur bestätigen würde. »Ja, vielleicht sollte ich das tun«, erwiderte sie enthusiastisch.

Mit irgendeinem Fremden zu vögeln, war überhaupt nicht ihr Stil, doch das musste *er* nicht wissen.

Er blinzelte sie überrascht an, hatte eindeutig nicht erwartet, dass sie so bereitwillig auf seinen ungehörigen Vorschlag eingehen würde. Dem Schock folgte schnell ein leichtes Stirnrunzeln, als wäre er sich nicht sicher, was er davon halten sollte, wenn sie tatsächlich einen One-Night-Stand hätte, obwohl *er* das Thema zur Sprache gebracht hatte.

Egal, dachte sie, während sie versuchte, ihren Frust zu unterdrücken.

Da es nichts weiter zu sagen gab, wandte sie sich von Mason ab, steckte die Kopfhörer ein und schloss die Augen, als das Flugzeug über die Startbahn raste und vom Boden abhob. Im ersten Moment wurde ihr flau im Magen, und sie atmete langsam und tief, während sie zu einer sehr schwierigen Entscheidung gelangte. Einer Entscheidung, mit der sie in den letzten Monaten gekämpft hatte, die jetzt jedoch plötzlich völlig klar war.

Nachdem das glückliche Paar verheiratet und sie alle aus Vegas zurück waren, musste Katrina lebensverändernde Schritte unternehmen. Es wurde für sie immer schwieriger und schmerzlicher, tagein, tagaus in Masons Nähe zu sein und zu beobachten, wie er von einer Frau zur nächsten wanderte. Es war an der Zeit, ihr Leben wie auch ihren Job als Managerin von Inked, Masons Tattooladen, neu zu bewerten.

Und das hieß, den einen Mann hinter sich zu lassen, den sie wollte, aber – abgesehen von der Freundschaft und den Geheimnissen, die sie teilten – nie besitzen würde.

Was, zum Teufel? Mit einem verdutzten Stirnrunzeln beobachtete und *spürte* Mason, wie Katrina sich stillschweigend aus ihrer Unterhaltung und von ihm zurückzog. Sie steckte ihre Kopfhörer ein, schloss die Augen und blendete ihn aus. Gerade noch hatte er sie geneckt, und jetzt, *bam*, wies sie ihn einfach ab – und das, nachdem sie viel zu bereitwillig zugestimmt hatte, in Vegas eine Affäre zu haben.

Frauen, dachte er kopfschüttelnd. Gott, er würde sie nie verstehen.

Okay, diese Aussage entsprach nicht ganz der Wahrheit. Er hatte kein Problem, Frauen zu verstehen, wenn sie auf den Knien vor ihm hockten und ihm einen bliesen oder ihn anflehten, sie härter und schneller zu ficken. Heißer, unbekümmerter Sex und gemeinsames Vergnügen – ja, das waren Dinge, die er problemlos verstand. Verdammt, *diese* Sprache verstand er, ohne ein Wort zu sagen.

Doch Katrinas zunehmende Launenhaftigkeit während der letzten Monate? Herrje, er hatte das Gefühl, durch ein Minenfeld zu schleichen, und nicht die leiseste Ahnung, wie er mit der Situation oder mit ihr umgehen sollte, ohne dass ihm gleich alles um die Ohren flog.

Trotz all der schrecklichen Dinge, die sie im Leben durchgemacht hatte, war es ihr immer gelungen, diesen Mist tief in ihrem Inneren vergraben zu halten und nach außen hin Optimismus an den Tag zu legen. Sie war immer diejenige gewesen, die ihn an einem schlechten Tag zum Lächeln gebracht, ihm seine Angst genommen oder einen Witz gerissen hatte, wenn er angepisst war.

In letzter Zeit jedoch nicht.

Was, zum Teufel, war also los mit ihr? Katrina hatte nie PMS-Symptome gezeigt, diese Theorie schied also aus. Sie war nicht liiert, sodass er sich keine Sorgen machen musste, dass irgendein Typ sie schlecht behandelte. Andererseits richtete sich ihr Ärger immer gegen ihn und niemand anderen. Zu den Kunden im Inked war sie stets höflich und freundlich. Sie scherzte sogar und zog die anderen Angestellten auf, doch wenn er versuchte, sich an dem Spaß zu beteiligen, erteilte sie ihm eine Abfuhr und schloss ihn aus.

So wie jetzt.

Frustriert fuhr er sich mit der Hand durchs Haar und schaute sie an, als das Flugzeug endlich seine Flughöhe erreicht hatte. Ihre Augen waren noch immer geschlossen, sodass er sie ungehindert betrachten konnte. Er liebte ihr blondes Haar mit den violetten Spitzen, das ihr in sanften Wellen um die Schultern fiel. Der flippige Stil passte zu ihrer einzigartigen Persönlichkeit, ebenso die Kleidung, die sie trug. Heute waren es Acid-Washed-Jeans und ein langes graues, mit schwarzer Spitze aufgepepptes Tanktop. Das ärmellose Top gab die farbenprächtigen Schmetterlingstattoos frei, die ihren gesamten Arm bedeckten und sich seitlich an ihrem Hals hochzogen.

Mason, der selbst Tätowierer war, musste ehrlich zugeben, dass die Künstlerin, die Katrinas Arm tätowiert hatte, fantastische Arbeit geleistet hatte – mit dem Tattoo selbst, einem wahren Kunstwerk, und weil sie Katrina ihr Selbstwertgefühl zurückgegeben hatte. Mason gehörte zu den wenigen Menschen, die die körperlichen und emotionalen Narben kannten, die dieses komplizierte Design verdeckte, und er wünschte sich oft, *er* sei derjenige gewesen, der Katrina tätowiert hätte.

Er ließ den Blick zurück zu ihrem Gesicht wandern und nahm in aller Ruhe ihre feinen Züge in sich auf – den Schwung ihrer langen, dunklen Wimpern, die niedliche Nase, die weiche Haut, die vollen Lippen, die dazu gemacht waren, den Schwanz eines Mannes zu umschließen.

Ja, das stellte er sich verdammt noch mal vor.

Er schluckte ein Stöhnen hinunter, als die Hitze, die in ihm aufwallte, und das geheime Verlangen nach seiner besten Freundin seinen Schwanz zucken ließen. Es war weiß Gott nicht das erste Mal, dass er auf sexuelle Art an Katrina dachte. Verdammt, sie würde ausflippen, wenn sie wüsste, dass sie es war, die er in seiner Fantasie vor sich sah, wenn er morgens mit einem Ständer aufwachte und die Finger um seinen Schwanz schloss. Während er sich streichelte, brauchte er sich im Geiste nur auszumalen, wie sie stöhnte und sich ihm entgegenwölbte, während er tief in ihrer engen, glatten Muschi versank, um zu kommen, und das jedes Mal und dazu auch noch schnell.

Er war ein verdammter Perversling, auf diese Weise an sie zu denken. Sie war seine *beste Freundin*, Herrgott noch mal, und er würde diese Beziehung nie im Leben durch Sex versauen. Nie. Katrina bedeutete ihm viel zu viel, um je diese Linie zu überschreiten, egal, wie sehr sein Schwanz gegen diese Entscheidung protestierte. Sie war sein Fels in der Brandung, der einzige Mensch, bei dem er sich darauf verlassen konnte, dass er immer für ihn da war, komme was da wolle. Sie wusste Dinge über ihn, die sonst niemand wusste, und akzeptierte ihn trotz seiner Fehler und Schwächen.

Vor allem war sie die einzige Frau, der er je vertraut hatte – *verdammte Mamaprobleme*, dachte er verbittert –, und er würde nie etwas tun, um das zu gefährden, was sie miteinander verband und als *beste Freunde* teilten.

Deswegen beunruhigte ihn das seltsame Verhalten, das sie in letzter Zeit an den Tag legte, und es gefiel ihm weiß Gott nicht, dass es sich so anfühlte, als distanziere sie sich zunehmend von ihm. Irgendetwas war definitiv nicht in Ordnung, und er musste zugeben, dass der Gedanke, Katrina zu verlieren, in welcher Eigenschaft auch immer, ihm eine Heidenangst machte.

Er rieb sich die feuchtkalten Hände an den Jeans bekleideten Oberschenkeln. Er hasste die Ungewissheit, die von Tag zu Tag zunahm. Er wollte nicht in Panik geraten, doch irgendetwas stimmte nicht mit Katrina, und die Tatsache, dass er das Problem nicht benennen konnte, trieb ihn in den Wahnsinn. Wenn sie von dieser Reise zurückkehrten, musste er herausfinden, was genau für ihre Stimmungsschwankungen verantwortlich war.

Als Passagiere der ersten Klasse hatten sie ihre eigene Flugbegleiterin, und Mason wandte seine Aufmerksamkeit nun der Frau zu, die vorhin mit ihm geflirtet hatte. Sie nahm gerade die Getränkebestellungen entgegen und arbeitete sich durch den Gang zu ihm vor.

Als sie ihn erreichte, las er ihr Namensschild – Tawny –, während sie ihm ein einladendes Lächeln schenkte. »So, Mason, da bin ich, zu Ihren Diensten«, ging sie auf seinen kleinen Flirt von vorhin ein. »Was darf es sein?«

Es entging ihm nicht, dass sie bewusst die Wörter *zu trinken* ausgelassen hatte. Oh ja, sie spielte definitiv sein Spiel mit, und da Katrina ihm die kalte Schulter zeigte, hieß er die Ablenkung willkommen. »Was würden Sie denn empfehlen, Tawny?«

Sie leckte sich die glänzenden Lippen und verschlang ihn mit ihren braunen Augen. »Was ich *gern* empfehlen würde, steht nicht in unserer Getränkekarte.«

Er kicherte, erkannte Angebote, wenn er sie hörte. »In dem Fall nehme ich eine Sprite … fürs Erste.«

Sie notierte sich seine Bestellung und schaute an ihm vorbei zu Katrina – die von dem, was um sie herum vorging, nichts wahrnahm und noch immer mit geschlossenen Augen ihrem Audiobuch lauschte. »Würde Ihre Freundin gern etwas trinken?«, fragte Tawny und zog neugierig die Stirn hoch.

Freundin. Das Wort war ihm völlig fremd, nicht nur im Zusammenhang mit Katrina, sondern weil er nie lange genug bei einer Frau geblieben war, um über den Sex hinaus eine Liebesbeziehung aufzubauen. Denn das war es doch, was dieses Wort implizierte. Aber er wusste, worauf Tawny hinauswollte, auch wenn es sie nicht allzu sehr zu interessieren schien, dass er vergeben sein könnte.

»Sie ist nicht meine Freundin«, versicherte er der hübschen Flugbegleiterin, empfand jedoch, mit Katrina an seiner Seite, einen Moment lang ein seltsames und unerwartetes Bedauern, das absolut keinen Sinn machte.

Tawny grinste ihn an. »Das ist gut zu wissen.«

»Ich weiß nicht genau, was sie möchte. Sie kann ja den Serviceknopf drücken, wenn sie nicht mehr schläft.« Oder was immer Katrina auch tat. Sie war diejenige, die ihn unverhohlen ignorierte, und er hatte nicht vor, sie zu stören und wieder Ärger zu riskieren.

Tawny wandte sich Levi und Tara zu, nahm auch ihre Getränkebestellungen auf und eilte zurück zur Bordküche vorne im Flugzeug. Wenige Minuten später tauchte sie mit einem Getränketablett wieder auf und begann in der ersten Reihe die Erfrischungen auszuteilen, bis sie wieder bei Mason angelangt war.

Sie legte einen Zettel auf sein Tischchen und tippte mit dem Finger darauf, um seine Aufmerksamkeit auf die Zahlen zu lenken, die sie auf das Papier geschrieben hatte. »Ich bin übers Wochenende in Vegas. Rufen Sie mich an, wenn Sie ein bisschen Spaß haben wollen.«

»Gute Idee. Ich werd's mir überlegen«, erwiderte er mit einem Augenzwinkern. Er war sich sicher, dass er nach der Hochzeit, die morgen Nachmittag stattfand, viel freie Zeit haben würde, und es war schön, etwas Sicheres in Aussicht zu haben.

ENDE DER LESEPROBE